常夏の大都市・ウィバンで
新たな出会い
シャリア
大商人でありながらロミナの剣の師匠でもある女傑。
クエストで出会ったカズトを気に入る。
アンナ
シャリアに仕える落ち着いた雰囲気の女性。
かつて暗殺者だったという異色の経歴を持つ。
忘れられ師の英雄譚
wasurerareshi no eiyuutan
2
聖勇女パーティーに優しき追放をされた男は、
記憶に残らずとも彼女達を救う

カルド
正体を隠すため、「増魔の仮面」の力で
変貌を遂げたカズトの別の姿。
「別に、あんたの正体を
明かしに行けって言ってるんじゃない。
ただね。あんただって本当は、
あいつらに会いたかったんだろ？」
「シャリア様。
この度は晩餐にお誘い頂きまして、
誠にありがとうございます」

聖勇女パーティーとの思いがけぬ再会!?

大切な時間を、あなたと——
——「あの……一度だけ、あなたと
二人っきりで一日過ごせないかな?」

忘れられ師の英雄譚 2

聖勇女パーティーに優しき追放をされた男は、
記憶に残らずとも彼女達を救う

しょぼん

HJ文庫
1174

口絵・本文イラスト　∴

wasurerareshi no
eiyuutan

プロローグ　自分の弱さ

いや、何で俺《おれ》なんだ？

夜。宿屋の一室でベッドに横になった俺は、手にしたクエスト受領証の紙をぼんやりと眺《なが》めていた。

ウィンガン共和国で有名らしい女商人、シャリアって人の商隊を護衛するクエスト。

勿論《もちろん》これは俺が受けたクエストだし、多くの冒険者《ぼうけんしゃ》の中から自分がその一人として選ばれたのはわかる。

ただ、その詳細《しょうさい》にある一文が、心をもやもやとさせた。

『貴殿《きでん》に、シャリア直属の護衛を任ずる』

つまり、彼女《かのじょ》の側《そば》にいて護衛しろって話なんだけど……どういう事だ？

俺なんてただのCランクの武芸者。しかもパーティーすら組んでいないってのに。

この護衛クエスト、相手が相手だけにかなり人気のクエストで、シャリア直々《じきじき》に面接し人選していたんだけど、希望者を見渡《みわた》した限り、ランクが上でパーティーを組んでいる冒険者だって大勢いたはず。

それなのに、俺？

予想外の一文に、クエストを受領できた喜びも一瞬《いっしゅん》で吹《ふ》き飛んでいた。

もしかしたら、他のパーティーと一緒《いっしょ》にって感じなんだろうか。

いや。それだったら、そっちのパーティーにだけ任せておけばいいだけ。俺なんていらないはずだけど。

……まあ、今は考えても無駄《むだ》か。後で直接本人から聞いてみるしかないな。

ふぅっとため息を漏《も》らした俺は、クエスト受領証をベッド脇《わき》のサイドボードに置くと、両手を頭の後ろに回し、ぼんやりと天井《てんじょう》を眺めた。

ロデムを離《はな》れてから二ヶ月半、か……。

割り切ったはずの想《おも》いが心に蘇《よみがえ》り、俺はまた情けないため息を漏らした。

魔王《まおう》を倒《たお》した時、魔王の呪《のろ》いを受け死の淵《ふち》を彷徨《さまよ》った聖勇女《せいゆうじょ》ロミナ。

彼女と同じ聖勇女《せいゆうじょ》パーティーの一人だったルッテとの偶然《ぐうぜん》の再会から、結果としてロミナの呪いを解くことができた俺は、その後もずっと一人旅を続けている。

ただ、気持ちを吹っ切って新たに旅を始めたはずなのに、今でもあいつらの事を、未練がましく思い出す事がある。

忘れられ師《ロスト・ネーマー》として絆《きずな》の女神《めがみ》から力をもらった代償《だいしょう》に、パーティーを離れると仲間から忘れられる。

そんな呪いがあると知りながら、それでも自分から忘れられる道を選んだくせに……。

……魔王討伐《まおうとうばつ》まで一緒だった一年。

ロミナを助ける為《ため》、俺を忘れていたみんなと再会し、旅をした一ヶ月。

以前も忘れるまでそこそこかかったけど、やっぱりあいつらとの想い出を忘れるのは簡単じゃない。それだけ、俺はみんなに感謝しているし、仲間でありたかったから。

……『絆の加護』があるからこそ、俺は普段《ふだん》より活躍《かつやく》できなかったけど、みんなは強くあれた。

魔王討伐の旅の途中《とちゅう》、そんな力を持っているんだって話していたら、俺は今でも笑顔《えがお》でみんなと冒険《ぼうけん》できていただろうか？

……いや、ないな。

自嘲《じちょう》した俺は、自然に首を横に振《ふ》った。

仲間をより強くできる『絆の加護』。

それはパーティーにとって十分力になれるものだったと思うし、加護のみを手にしていたら、きっとロミナ達《たち》にも普通《ふつう》に話せていたと思う。

いんだから。

でも、現実は甘くない。忘れられない為に、俺の呪いを受け入れてもらわなきゃいけな
……そんなの、できるわけないだろ。

俺の呪いは魔王の呪いと同じく、簡単に解けるようなもんじゃない。

そんな状況で俺が忘れられたくないってわがままを叶えるためには、あいつらに一生パーティーを組んでもらい続けないといけないんだぞ？　そんな重荷、背負わせられるもんか。

そんなの、あいつらの幸せを奪《うば》う行為《こうい》でしかないんだから。

……確かに、俺は今でも勝手に仲間だと思ってる。

けど、それは俺の身勝手。そして、どうせ遅《おそ》かれ早《はや》かれ、何時《いつ》かはこうやって忘れられ、みんなとの絆は切れるんだ。

つまり、あいつらに忘れられている今こそ、俺達《おれたち》にとっての正しい未来さ。

俺は片手を顔の前に回し、じっと手のひらを見る。

……こんな事を考えてしまうのも、俺の弱さのせい。

そう。俺の心が弱いだけだ。

じゃなかったら、あんな夢なんて見るもんか。

忘れようと思ったあいつらを思い出す、あんな夢なんて……。

三度ため息を漏らした俺は、未練を断ち切るように、ぎゅっと拳《こぶし》を握る。

忘れろ。俺は強くなろうって思ったんだろ。一人で旅しようって決めたんだろ。

それに、明日からクエストなんだ。難しい依頼《いらい》じゃないとはいえ、れっきとした仕事。

そのためにもきちっと休め。

そして、ウィバンに着いたら後はのんびりバカンスを堪能《たんのう》して、そこですっぱり忘れるんだ。

無理やり気持ちを振り切った俺は、サイドボードにあるランタンの火をふっと消すと、横になり無理矢理《むりやり》眠《ねむ》りについた。

……自分の心の弱さを、情けなく思いながら。

第一章　勘から始まる物語

wasurerareshi no eiyuutan

クエストを受領してから二週間。

俺は首都ウィバンが目前に迫《せま》る街道《かいどう》を、馬車に乗って進んでいた。

真夏のような快晴の中、海岸線の砂浜《すなはま》に沿うように存在する大街道。

既《すで》に風は海風。強い熱を感じる光と風は、本当に常夏《とこなつ》っぽさを感じる。

この馬車に一緒に乗っているのは勿論、商隊の護衛任務の依頼主《いらいぬし》である女商人、シャリアさんだ。

「しっかし、あんたと話していると飽《あ》きないね。側に置いて正解だったよ」

「えっと、それは光栄と思っていいんですかね？」

「当たり前さ。行商でつまらない奴《やつ》を護衛にしたって、間が持たないだろ？」

「まあ、それはそうかもしれませんが」

快活さを感じさせつつ、同時に大人としての美貌《びぼう》も持ち合わせた、長い赤髪《あかがみ》を持つ人間の女性。

実はウィバンでも凄腕《すごうで》の若手商人らしくて、まだ三十にもなってないのに、ウィバンの商会組合の幹部の一人らしい。

本来、こんな凄《すご》い商人。しかも依頼主とこんなに親しく話すなんて、無礼極《きわ》まりないんだけど。彼女は元々冒険者だったのもあって、

「堅苦《かたくる》しいのは苦手でね。あんたも気楽に話しな」

なんて言われちゃって。今はやや砕《くだ》けた感じで話し相手をさせてもらっている。

流石《さすが》に三日も護衛に付けば、もう少し気楽に話せるかと思ったけど、今もやっぱり緊張《きんちょう》しっぱなしだ。

そんな空気を察してか。シャリアさんが少し肩《かた》を竦《すく》める。

「そういやカズト」

「はい。何でしょう？」

「あんた、忘れられ師《ロスト・ネーマー》の噂《うわさ》、知っているかい？」

「え？　あ、はい。噂くらいは」

ここで忘れられ師《ロスト・ネーマー》の話!?　なんて戸惑《とまど》いながらも何とか答えたけど、流石に俺がそうだって知っての質問じゃないよな？

内心ひやひやしつつ、シャリアさんの話の続きを待つ。

「最近、デトナの村で妙《みょう》な噂がたったのは？」

「はい。確か襲《おそ》ってきた魔狼《ワーウルフ》と狼《おおかみ》の群れを、村人達だけで退治したって話ですよね？」

ロムダート王国とウィンガン共和国の境界、西の辺境にある村、デトナ。

最近、国内の幾《いく》つかの村で被害《ひがい》をもたらしていた、魔狼《ワーウルフ》率いる狼の集団。彼《かれ》らがそこで討伐《とうばつ》されたって話題になったのは、もう一週間以上前だ。

Ａランクの冒険者でも手を焼く、魔狼《ワーウルフ》もいる相手。それを冒険者ですらない村人達だけで倒したって話から、そこに忘れられ師《ロスト・ネーマー》がいたんじゃ？　って話題になったんだよな。

「カズト。あんたはその噂、本当だと思うかい？」

って問いかけられたけど、俺にとってそれは真実でしかない。

たまたま俺が立ち寄った時にその襲撃《しゅうげき》に出くわして、戦えそうな若者達とパーティーを組み、『絆の加護』を与《あた》えて狼を撃退《げきたい》。魔狼《ワーウルフ》三匹《びき》も俺が一人で討伐したんだ。

その後、村人達の厚意《こうい》で一晩お世話になった後、翌朝の旅立ちで村人全員に感謝されている中、俺はパーティーを解散。結果、誰《だれ》も俺のことを覚えていない状況《じょうきょう》を作ったんだ。

まあ、別に人助けなんて鼻にかけるものでもないし、そんな真実をわざわざ彼女に話す必要もない。だけど、質問の意図は少し気になるな。

それに、流石に依頼主《いらいぬし》の機嫌《きげん》を損《そこ》ねるのも悪い。まずは話に乗ってみるか。

「正直、村のことまで知らないので断言はできないですけど。流石に魔狼《ワーウルフ》を村人だけで倒すのは厳しいと思いますし、噂も馬鹿にできないのでは、と……」

「やっぱりそう思うかい」

シャリアさんは屈託《くったく》のない笑《え》みを見せると、納得《なっとく》したように頷《うなず》く。

「しっかし。これまでは抜《ぬ》けたパーティーを衰退《すいたい》させるって酷《ひど》い噂も多かったし、悪人かとも思っていたんだけど。流石に考えを改めないとかね」

「どうでしょう？　結局どれも噂ですし、その全てが同じ相手とも限らないんじゃないですか？」

反応を見る限り、流石に目の前にいる俺が本人とは思ってないっぽい。

そりゃ、急に目の前に忘れられ師《ロスト・ネーマー》がいても困るだろうけど。

一応冷静に考えた振りをすると、シャリアさんは顎《あご》に手を当てながら目を細め、にんまりとする。

「いい推論だ。やっぱりあんた、冒険者にしておくには勿体《もったい》ないね」

……まただ。

このクエストを受けてから何度目かの言葉に、俺は少しげんなりした顔をしてしまう。

実はこの護衛クエストを受けてから、何度かシャリアさんに「あたしの右腕《みぎうで》にならないかい？」なんて勧誘《かんゆう》を受けた。

　最初は社交辞令だと思ってたし、俺もそのつもりはないから遠慮《えんりょ》してたんだけど。その後も会話の端々《はしばし》にこうやって言葉をちらつかせてくるんだよな。

　社交辞令だとしてもちょっと過剰《かじょう》な印象なんだけど……まさか、本気なのか？

　うーん。まあ今日でウィバンにも着くし、この際だ。気になった事を聞いておくか。

「あの……すいません。無礼を承知で聞かせて下さい」

「何だい？」

「シャリアさんは、何で他のパーティーではなく、ソロの俺を直接の護衛に指定したんですか？　今回の参加者には、格上の冒険者も多かったはずですが」

　彼女はその質問に、じっと俺の顔を見る。

　何かを見定められている感覚。それがキュリアの瞳《ひとみ》と重なる。

　……やっぱり、こういう目を向けられるのはちょっと苦手だな。

　とはいえこっちが質問したんだしと、目を逸《そ》らさず見つめ返していると。彼女はふっと笑い、こう聞き返してきた。

「建前と本音。どっちが聞きたい？」

「……両方、って言ったら、怒《おこ》られますか？」

ちょっと生意気かもと思いつつ、俺がそう返すと、

「いや。知りたい謎《なぞ》を追い続ける。それでこそ冒険者さ」

シャリアさんはそう言って、楽しげな顔をした。

「建前は単純。あたしだって、これでも五、六年前まではSランクの重戦士《じゅうせんし》として活躍してたんだよ。知らないかい？　炎髪《えんぱつ》のシャリアって」

「あ、その……すいません。まだその頃《ころ》は冒険者にあまり興味がなかったもので」

「そっかぁ。若者に伝わってないってのは、ちょっとショック」

申し訳なさそうな俺に、手すりに肘《ひじ》を突《つ》き、冗談《じょうだん》交じりにため息を吐《つ》く。

まあ五、六年前って言ったら、俺がこの世界に来る前。そりゃ流石に分からない。

っていうか、そこまでの有名人だったのか。どうりでクエストの募集《ぼしゅう》に冒険者が殺到《さっとう》していた訳だ。

「ま、そんな話はいいか。あたしも以前は冒険者。だからこそ、商隊が抱《かか》える危険ってのを熟知してた。だから商人を始めた当初から、商隊の随伴者《ずいはん》にはあたしが信頼《しんらい》する、腕《うで》の立つ部下しか入れてない」

「え？　今もですか？」

「そうさ。だからこそ、あたしの傍《そば》に誰を置こうが関係ないのさ。自分で身を守れる自信

もあるし、商隊の安全だって保証できるから困らない。実際これだけ大きな商隊の護衛任務なのに、野盗《やとう》なんかは一切《いっさい》襲《おそ》って来なかったろ。それはみんな知ってるからさ。あたしの商隊のヤバさをね」

……そういう事か。初めてクエストに帯同した時、商隊の人達の雰囲気《ふんいき》が普通の商隊と随分《ずいぶん》違《ちが》う気がしたのはそのせいか。

だけど、それならそもそも護衛なんて……。

俺が思わず考《かんが》え込《こ》んでいると。彼女は意味ありげに笑う。

「言いたい事は分かるさ。だけど、商隊が自前でこんな事してたら、冒険者の食《く》い扶持《ぶち》が減るだろ？　経済を回すなら、ちゃんと仕事は用意してやるべき。だからこそ、あたしは今でもこうやって護衛を付けてるのさ」

……正直この話には驚《おどろ》いた。

そういう所まで考えてるってのは、流石は冒険者出身って感じがする。

「つまり、自分達で身を守れるから、誰を護衛に付けても変わらないって事ですよね」

「そうだね」

「それは本音に聞こえますけど、建前ですか？」

「ああ、そうだよ」

俺の感じた疑問に、彼女は笑みを絶やさず頷く。

「ここからが本音だ。あたしはね。自分の隣《となり》には、信頼できる奴しか置きたくないんだよ」

「え？　それって、俺がそういう相手だって事ですか？」

「決まってるだろ。だから本音だ」

いや、決まってるって……流石にそれはちょっとおかしいだろ？

「お言葉ですが。俺は先日シャリアさんと初めてお会いしたばかり。信頼されるほどの何かをお見せしてはいないと思うんですけど……」

そう。俺は今回のクエストで、彼女を初めて知ったんだ。しかも、クエストに参加するメンバーは俺も含《ふく》め、彼女と面談し話もしたけど、別に試験があったわけでも何でもない。

それなのに、何でそこまで言い切れるんだ？

「カズト。本当にあんたは真面目《まじめ》だね。ま、そういう所もあんたを選んだ理由のひとつだけど」

「どういう事ですか？」

「いいかい？　護衛の要らない商隊の護衛。あたしや商隊の事を知ってたら、有名人であるあたしに名を売りたいからってクエストを受け近づこうとする奴とか、楽な任務だって気を抜いて参加しようとする奴らは圧倒的《あっとうてき》に多いんだよ」

……あ。言われてみれば。

俺《おれ》はそもそもこの事実を知らなかったのもあるけど、そういう理由で参加したいと考える奴もいるだろうな。

「連れて行くメンバーの厳選をあたし自らやってるのは、あたしが責任を持つって意味を込めて。だからあたしは、外の護衛に回した冒険者も、目の前のあんたも信頼してる」

「その言葉は嬉《うれ》しいのですが。それなら尚更《なおさら》、俺じゃなくてよい気がしますけど。どうして俺なんですか？」

俺の当たり前の疑問を聞くと、シャリアさんは爽《さわ》やかな笑みとともにこう言った。

「……勘《かん》だよ」

「か、勘？」

「そうさ。確かに外の奴らも腕は立つし、気を緩《ゆる》めやしない。だけどあんたには感じるんだよ。背中を任せてもいいって思う何かをね」

……ったく。これがSランクらしさって事か。

勿論仕事だし、何かあれば全力で護《まも》る気でいたけど、実力を見せていない相手を見極《みきわ》めて、ここまで信じられるなんて本当に凄い人だ。彼女の為に人が集まるのも頷ける。

「とはいえ、ここだけの話。あんたとの出会《であ》いは、絆の女神様の思し召《おぼめ》しじゃないかって思ってるのさ。今まで護衛に加えた腕の立つ奴らに、ここまで強くそう感じた奴はいなかったからね。だからあたしは、あんたを右腕として雇《やと》い入れたい」

どこか熱の籠《こ》もった目でこっちに笑いかけるシャリアさんが口にした、何処かで聞いた……懐《なつ》かしい台詞《せりふ》に、俺は思わず苦笑《くしよう》する。

まあ、気に入られてはいそうだけど、流石に社交辞令だよな。

「護衛ですから、できる限り期待には応えます。ですが、流石に買い被《かぶ》り過ぎですよ」

「いーや。あたしの勘は当たるんだ。じゃなきゃ、相場と世相を読み切る商人なんて、やってられないさ」

そう言って豪快《ごうかい》に笑う彼女を見て、釣《つ》られて笑う。

正直、こうやって褒《ほ》められて嫌《いや》な気分はしない。何となくだけど、彼女は裏表なく話してくれてる気がするから。

「そういやあんた。このクエストを終えたらどうするつもりなんだい？」

「特に。少しの間ウィバンでちょっとしたクエストでも受けつつ、観光でもしてのんびりしようかと」

「そうかい。ちなみにウィバンは初めてかい？」

「ええ、まあ」

「行く当ては？」

「いえ、特に。知り合いもいないので」

「ふーん……」

ん？　何だ？　その意味ありげな顔は？

俺が訝《いぶか》しんでいると、シャリアさんは何か思惑《おもわく》がありそうな、にんまりとした笑みを見せた後、

「じゃ、決まりだね」

突然《とつぜん》、そんな事を口にしたんだ。

§　§　§　§　§

「ほえー……」

馬車を降りた俺は、その建物を見て変な声を上げた。

ウィンガン共和国の首都ウィバン。

そこは南の海、シラウェンス海に面した巨大《きょだい》都市だ。

共和国なだけあって、城の代わりに議会が開かれる議事堂なんかはあるものの、王都ロ

デムと比較《ひかく》すると、より賑《にぎ》やかな街のイメージが強い。

感じとしてはマルベル寄り。だけど、街の華《はな》やかさや盛り上がりはロデム以上かもな。

ぱっと見、貴族街と市民街が分かれてはいそうだけど、それ以外の区画があまり整理されてない所は、何処《どこ》か都会の中の下町っぽさを感じるっていうか。王都ほど整然としていない所に、独特感がある。

常に真夏のような陽気だから、今の道着と袴《はかま》だと暑いし、汗《あせ》でべたついて結構不快。本当は、クエスト完了《かんりょう》報告を終えたらそのまま宿を探して、着替《きが》えとか買いに出たい所だったんだけど。俺とシャリアさんを乗せた馬車だけは、そのままウィバンに入ると中心街を抜け、海沿いにある広い敷地《しきち》の屋敷《やしき》に到着《とうちゃく》して今に至る。

……っていうか、これ屋敷じゃないだろ？

敷地が広いってのは、貴族の屋敷でもよくある。

だけどその使われ方は、完全に小さな街だ。

屋敷の敷地は外と内の二つの区画に分かれてるんだけど、海沿いにある屋敷の内側の区画を囲うように、外の区画には店が立ち並んでいる。

しかも二、三、店があるだけなら可愛《かわい》いもんで。武器屋、防具屋、道具屋に鍛冶屋《かじや》。レストランに酒場、八百屋に魚屋に肉屋まで。冒険者だけでなく、街の人ですら困らなそうな、様々な店が並んでいるんだ。

流石に宿屋や一般《いっぱん》住宅こそないものの、敷地内《しきちない》に冒険者ギルドまであるのも驚きだし、内側の区画にある屋敷もこれまた凄い。

ロデムやウィバンで見かける屋敷って、大体二、三階建てで横に広いのが一般的《いっぱんてき》なんだけど、この屋敷は高さが段違《だんちが》い。

何気に元いた世界のホテルくらいはあるんじゃないか？ ロデムの城ほどじゃないにしろ、高くそびえ立つ白壁《しらかべ》の建物は圧巻だ。

っていうかこの人、どれだけ凄い商人なんだよ……。

「お帰りなさいませ。シャリア様」

思わずぽかーんとしていると、屋敷のエントランスに並んだ初老の執事《しつじ》とその後ろにずらっと並ぶメイド達が、馬車から降りた彼女に恭《うやうや》しく頭を下げた。

「ただいまディルデン。留守の間、何か変わった事は？」

「特にございません。細かなお話は後程《のちほど》、執務室《しつむしつ》にて」

「分かった。因《ちな》みに急で悪いが客人だ。宿泊《しゅくはく》用の部屋を一室用意してくれるかい？ 勿論、あたしと同じ天《アーク》の箱で」

「かしこまりました。すぐご案内した方が――」

「ちょ、ちょっと待ってください！」

屋敷に圧倒《あっとう》されてて、さらっと会話を聞き逃《のが》しそうになったけど。今、何か変な事を言わなかったか？

「シャリアさん。確かに馬車の中で『屋敷まで来てくれ』とは聞きましたけど。これで護衛任務は完了ですよね？」

「ああ、そうだね」

「であれば、俺はここでお暇《いとま》して、ウィバンの街に向かいたいんですが」

「ここだってれっきとしたウィバンだから安心しな。クエスト完了報告の手続きもちゃんとやってやる」

「あ、えっと。そういう話じゃなくてですね。俺、日が暮れる前に宿泊先《しゅくはくさき》を探さないと――」

「だったら、目の前にお誂《あつら》え向きのがあるだろ？」

「……はぁっ⁉」

俺の驚きようが面白《おもしろ》かったのか。

にやにやとするシャリアさんだけじゃなく、執事さん、後ろに立つメイドさん達にまでクスクスと笑われてしまう。

この周囲の反応。絶対「また何時《いつ》ものですね」っていう雰囲気がぷんぷんする。

まさか俺、もう嵌《は》められてるのか⁉

「お言葉ですが、俺はシャリアさんにそこまでしてもらう義理はありません。気遣《きづか》いなんて――」

「あー、カズト。まだ完了報告は残してるけど、これで主従関係はないからね。あたしのことは呼び捨てにする事。敬語もダメ。タメ口を聞きな」

「……へ？」

「それから、あんたがこの街でゆっくりしたいのは分かってる。だけど宿代もバカにならないだろ。その点ここだったら三食メイド付き。勿論料金はタダだ。もしあんたがウィバンが気に入って住みたいってなら、ずっとここに住んだっていい」

「……は？」

……言っている意味が分からない。

「えっと、だから。シャリアさん。俺は――」

「呼び捨てにしなって言ったろ」

少しだけきつく口にされた言葉に、俺は一瞬口籠《いっしゅんくちご》もる。けど、ここで引けるか。

「シャ、シャリア。俺はあなたにそこまでの事をされる理由は――」

「敬語もダメ」

「うぐっ。……ああもう！」

くそっ！

もういい！　気分を悪くしても知らないからな！

「いいか、シャリア。さっきも言ったけど、俺はあんたに、ここまでの事をしてもらう理由なんてない。大体、外で護衛してた冒険者たちの方が、よっぽど大変だったはず。それでこの待遇《たいぐう》の差はおかしくないか⁉」

「いや別に。確かに受けたクエストは同じ。だけど、これはもうクエスト外だしね」

「それなら尚《なお》の事《こと》、俺とあんたは関係ないだろ⁉」

「あたしが気に入ったから。それじゃダメかい？」

「あ、あのなぁ！　俺は赤の他人だぞ？　しかも護衛中だって、ほとんど話し相手をしてただけ。どこに気にいる要素があるんだよ⁉」

「そういう真面目《まじめ》な所」

「ま、真面目な人間は、あんたを呼び捨てにしないだろ！」

「なーに言ってんだい。普通の冒険者なら、こんな話を聞いたら喜んで尻尾《しっぽ》を振るよ。ここまで頑《かたく》なに断る奴が、真面目じゃないはずないだろ」

俺が色々言い訳をしても、暖簾《のれん》に腕押《うでお》し。

シャリアは飄々《ひょうひょう》と会話を交わし、馬車の中と変わらない笑みを浮《う》かべている。

……この人、俺を選んだのは勘だって言ったけど、絶対おかしいだろ。

背中を預けられるって、何処《どこ》にそんな要素あるんだって話だし、いきなりここまで踏《ふ》み込んでくるのも変だ。まさか、本気で俺を右腕にでもするつもりか!?

納得いかない顔をした俺を見て、シャリアはまったくと言わんばかりに、大きなため息を漏らす。

「ったく頑固《がんこ》だねぇ。じゃあ、あたしとひとつ、勝負しようじゃないか」

「……は？　勝負!?」

「ああ。あんたは武芸者。あたしは重戦士《じゅうせんし》。何かを決めるなら、戦いが手っ取り早いだろ？」

「ちょ、ちょっと待った！　俺とあんたじゃランクが違《ちが》いすぎるだろ!?」

「流石にね。だからあんたは時間内にあたしに傷ひとつつければ勝ちでいい。それができなきゃ、大人しくここを宿泊先にしな」

「は？　何でそんな――」

「なーに。別に一生ここで暮らせなんて言わないよ。ウィバンに滞在してる間だけでいいさ。但《ただ》し、観光するんだ。せめて一週間はいな。別にその先は自由にすりゃいいし、取って食うなんて真似はしないからさ」

……ったく。

商人としてかなりしっかり考えてるなんて、感心してたらこれかよ……。

正直気乗りしない話。だけどこの感じじゃ、シャリアは何を言っても譲《ゆず》らないだろう。

……仕方ない。一応クエストで選んでもらった恩義もあるからな。

「……分かった。その代わり、俺が勝ったら宿泊はなし。敬語もさん付けも許してもらう。それでいいか？」

「お？　あたしに勝つ気かい？」

「勝たなきゃ始まらないだけだって。だいたい、吹っかけたのはそっちだろ？」

「はははっ。確かに。強い奴に従う。シンプルでいいだろ？」

「こっちはハンデを貰《もら》ってるんだ。その時点で俺が強いなんてあり得ないって」

……ほんと。こういうのは苦手なんだけどな。

今じゃＬランクがあるとはいえ、昔は冒険者ってＳランクが最高で、ロミナ達はあくまで魔王を倒したからこそ、Ｌランクとなっただけ。

それでなくてもこの人はＳランクの冒険者として有名なんだろ？　正直きついって。

「じゃ、決まりだ。付いてきな」

嬉しそうに俺の肩をぽんっと叩《たた》くと、彼女はそのまま建物を迂回《うかい》するように歩き出す。

そんなマイペースな彼女に頭を掻《か》きながら、俺もその後ろ姿を追い、歩き出した。


案内されたのは、屋敷の海側にある中庭だった。

一面芝生《しばふ》で覆《おお》われた広い庭。隅《すみ》に木々や花壇《かだん》もあるけれど、庭がこれだけ広ければ、戦《せん》闘《とう》でも邪魔《じゃま》にはならなそうだ。

屋敷からせり出すバルコニーには白いテーブルや椅子《いす》が置かれていて、屋敷の豪華《ごうか》さをより際立《きわだ》たせている。のんびりするには良さそうではあるけど、今はそんな気分じゃない。

「お荷物、失礼致《いた》します」

「あ、はい。お願いします」

中庭の中央に立った俺は、背負っていたバックパックを下ろし、側にやってきた藍色《あいいろ》の髪をした森霊族《しんれいぞく》のメイドさんに手渡《てわた》した。

バックパックを軽々と手にした彼女は、そのままそれをバルコニーまで運んで行く。

シャリアは一旦《いったん》屋敷《やしき》に戻って戦いの準備中。今ここには俺とディルデンって呼ばれてた執事さん。そして、バルコニー側にずらっと並ぶメイドさん達がいる。

中庭の芝生の上に立ち、俺は快晴の青空の下、高いこの場所から眺められる海を見渡す。

……まったく。バカンスに来て、早々に戦闘とか。どういう事だよ。

まあ、俺も強くなろうって決めたんだ。半分腕試《うでだめ》しと思うしかないか。

「悪い。待たせたね」

ため息を漏らしながら腹を括《くく》っていると、背後から届いたシャリアの声。

振り返ると、そこにはさっきまでと同じ私服姿のまま、大きめの凧盾《カイトシールド》と巨大な大剣《グレートソード》を手にした彼女が立っていた。

両手持ち専用の武器すら片手で扱《あつか》える、重戦士《じゅうせんし》らしい姿はやっぱり様になってるし、同時に圧が違う。これは流石に骨が折れそうだな……。

中庭の中央で少し距離《きょり》を開け、向かい合うように立った俺達は、じっと互《たが》いを見る。

「いい立ち姿だ。様になってる」

「シャリアこそ。流石は元Sランクの冒険者」

「現冒険者って言って欲《ほ》しいね。ギルドカードも返しちゃいないし、毎日ちゃんと稽古《けいこ》も欠かしてない」

「そこまで用意周到《よういしゅうとう》かよ。ったく。中々に酷いな」

「策士って言ってほしいね。あ、勿論《もちろん》戦いたくなきゃ、今すぐ敗北を認めても――」

彼女《かのじょ》の言葉が止まる。

理由は簡単。

俺《おれ》が相棒の太刀《たち》、閃雷《せんらい》の柄《つか》に手をかけ、抜刀術《ばっとうじゅつ》の構えを見せたから。

「……いいんだね？」

「俺が我《が》を貫《つらぬ》く以上、戦わないと可能性がないからな」

相手はSランク。負けて当たり前。気負うものもない。

だけど、内心負けたくはなかった。

俺は嫌なんだよ。権力や力を振りかざして、相手を従わせようとするってのは。

そこに悪意がなく、厚意しかないとしても。

「試合時間は十分《フィン》だ。ディルデン。コールを頼《たの》む」

「かしこまりました」

「カズト。もしあんたが意識をなくした場合も──」

「ああ」

俺は短く応える。心を落ち着け、静かに構えたまま。

その真剣《しんけん》さを感じたのか。シャリアは一瞬《いっしゅん》ふっと笑うと、腰《こし》を落とし剣《けん》と盾《たて》を構えた。

「じゃあ、いくかい！」

瞬間《しゅんかん》、より強くなる圧。この感じ……Lランクになったロミナ達《あいつら》より、強い。

「どうした？　来ないのかい？」

確かにこの戦い、俺が仕掛《しか》けないとダメ。

時間制限もあるし、実の所こっちが完全に不利。

とはいえ、『絆の力』で色々やるのは、ばれるとかなり面倒《めんどう》そうだ。たまには武芸者として全力で挑《いど》むか。

開幕。俺はその場で素早《すばや》く抜刀し、真空刃《しんくうは》を連続して繰《く》り出した。

放たれた鋭《するど》い衝撃波《しょうげきは》に対し、彼女は——前に出た⁉

一撃目《いちげきめ》を盾で受け流し、二撃目を低い踏み込みで潜《くぐ》る。

連続して放った真空刃《しんくうは》を尽《ことごと》く捌《さば》き、掻《か》い潜《くぐ》り、シャリアは俺との間合いを少しずつ詰《つ》めてきた。

傷つけられなければ彼女が勝ちのルールだったから、守り一辺倒《いっぺんとう》でいてくれるかもって期待してたのに。しかもこの程度の技じゃ、足も止められないか。流石は重戦士《じゅうせんし》だ。

このまま技を振《ふ》り続けても無駄《むだ》。だけど、俺はあえて真空刃《しんくうは》を繰り出し続けた。

下手な事をしたら集中力が切れるだけ。相手の出方をしっかり見極めろ。相手の行動を絞《しぼ》れば、自《おの》ずと守りにも繋《つな》がるんだから。

「中々面白いけど、それじゃ能がないんじゃないかい？」

笑い──いや、喜びを露骨《ろこつ》に見せた彼女が瞬間、目の前から消える。

ちょ、早っ！

キィイイン！

咄嗟《とっさ》に俺は、自らの刀で彼女が腹を狙《ねら》った一撃を止める。

って、重っ！

強き剣撃に押《お》され床《ゆか》を滑《すべ》りながらも、カウンター気味に真空刃《しんくうは》を放つ。だけどそれは、易々《やすやす》と盾に弾《はじ》かれた。

飛び道具じゃ無理。止めるのもヤバい。なら、踏み込め！

何とか踏みとどまった俺は、再び鞘《さや》に刀を戻《もど》し抜刀術の構えを取ると、そこから一気に間合いを詰め斬《き》り掛《か》かった。

鋭さのある剣に、体勢を崩《くず》させるように受けようとする盾。

流石にその場に留《とど》まったままなんて無理。だから素早く体《たい》を入れ替《か》えながら、斬り、往《い》なし、躱していたんだけど……。

彼女の剣撃を受けている内に、心にじりっと痛みを覚えた。

まさかという予感が、振《ふ》るわれる剣を受ける度に、より強く現実だと訴《うった》えてくる。

ちっ。マジかよ……。

少しずつ彼女の剣が鋭くなる。正直何も知らなかったら、止められなかった一撃もあったろう。

だけど、俺は身体《からだ》に刻まれた痛みと記憶を頼《たよ》りに、必死に往なし、躱し、刀を返した。

剣が肌《はだ》や道着を掠《かす》めて傷を生み、それが心の不安を大きくする。

だけど、俺は必死に自分に言い聞かせた。

ここにいるのはあいつじゃなく、シャリアなんだって。

今は恐《おそ》れるな。どうせこれくらいしなきゃ、腕の差は埋《う》まらない。

だからこそ覚悟《かくご》を決めろ！　今はギリギリでいけ！

「カズト！　あんた本気でCランクなのかい⁉」

嬉々《きき》として盾で受け、剣を振るうシャリア。

この顔、戦闘を楽しみすぎてるミコラと、まったく同じ顔じゃないか。

「残り五分《フィン》」

無情なディルデンさんの声。既に半分の時間を使った。のんびりはしてられない。

今の斬り合いのままなら、残り時間を耐《た》え抜く事はできる。でもそれじゃ勝てない。

この人を越《こ》えようとするなら、やっぱり覚悟がいるか。

……俺が勝たなきゃ筋は通せない。だから俺は、全力を出す！

必死になってシャリアと斬り合い、受け合う最中、俺が抜いていた刀を鞘に戻す一瞬の隙《すき》を、彼女は見逃《みのが》さなかった。

「遅《おそ》いよ！」

シャリアが迷う事なく俺を袈裟《けさ》斬りにしようと剣を振り上げる。

……ここだ！

瞬間、俺は一気に覇気《はき》と殺意を解き放ち、刀を抜かずに彼女を斬った。

抜刀術秘奥義《ひおうぎ》。心斬《しんざん》・裏《うら》。

「くっ！」

俺に振るおうとした腕が切り落とされる未来。それを一瞬で感じ取ったのか。

シャリアが選んだ選択《せんたく》は、剣を止めての盾での防御《ぼうぎょ》。それが彼女の視界を遮《さえぎ》った瞬間、俺は同時に仕掛けた。

抜刀術奥義《おうぎ》。疾風《はやて》の舞《まい》。

俺は気配を無にし、一気に彼女の横を神速で駆《か》け抜けると、自然にすっと刀を振るう。

まるで風が撫《な》でるように、刀の鋒《きつさき》がそっと彼女の長い赤髪《あかがみ》の端《はし》に触《ふ》れると、ほんの少しだけ切り落とした。

「おおっ！」

風に乗り、空に舞《ま》い散る赤い髪に、見守っていた執事やメイド達《たち》が驚きの声を上げ、シャリアもはっとして、背後に抜けた俺に驚愕《きょうがく》した顔を向けてくる。

「……俺の、勝ちですよね？」

振り返った俺は、彼女の反応を答えとし、息を吐《は》いて緊張を解いた。

時間を掛けられるならもう少し考えようもあったけど、短期決戦じゃこれが限界か。

……正直、人相手。しかも仕事とはいえ世話になった相手に、心斬《しんざん》・裏《うら》なんてやりたくなかった。敵でもない相手に殺意を向けるなんて、本当はしたくなかったしな。

だけど流石はSランク。斬り合いは何とか食らいつけたけど、結局これ以外で隙を作れる気がしなかった。

それに……多分あのまま戦ってたら、俺の心が持たなかったかもしれないし。

俺は血振るいするように刀を振るった後、静かに鞘に戻す。

「……はっはっはっ！　こりゃ一本取られた！」

そんな俺を見て、彼女は豪快に笑った。

「正直あんたを舐《な》めてたよ。あたしを殺そうとするなんて、思ってもみなかった」

「情けない話ですが、そこまでしないとシャリアさんに勝てないと思って、覚悟しただけです」

「だけど、斬らなかったね」

「ええ。隙が欲しかっただけですから」

「ったく。それであの殺意とか。何でその腕でCランク止まりなのさ」

「小細工しないと勝てないからですよ。っていうか、シャリアさんこそ手加減なしで斬りまくってきたじゃないですか」

ほんとそれだよ。このルールだったら守りに徹《てっ》するのかと思ってたのに。

最後の袈裟斬りなんて、避《さ》けなかったら死ぬだろってくらい気合い入ってたし……。

「いやぁ、悪い悪い。あまりにあんたがあたしの剣を綺麗《きれい》に捌くから、思わず本気になっちまってね」

「殺されたら俺、泊《と》まるどころか、この世からおさらばでしたけど」

「まあね。だけどあんたならきっと避けた。それくらいは太刀筋《たちすじ》で十分わかったからね。やっぱりあんたは強い。つまり、あたしの勘《かん》は当たりって事さ」

「でも、勝負は俺の勝ちですよね」

「ま、それは約束だからね。諦《あきら》めるよ」

心底残念そうな顔をするシャリアさんを見ると、少し申し訳ない気持ちになる。

だけど、彼女が何者か分かったからこそ、やっぱりここで世話になるのは心苦しい。

……この人の剣の軌道《きどう》、ロミナと同じだったたんだ。

勿論あいつより鋭く強い。だけど、その動きはまるで瓜二つ《うりふた》。

だから何とか見切れただけだ。彼女とは、この間も剣を交《か》わしてるからな。

絆《きずな》の女神《めがみ》の思し召し。

昔、そんな理由でロミナが俺をパーティーに誘《さそ》ったのも、きっとこの人の影響《えいきょう》だろう。

つまりシャリアさんは間違《まちが》いなく、ロミナの剣の師匠だって事だ。

流石《さすが》にそんな所で世話になる気にはなれない。余計な事を思い出しそうだしな。

ふと過《よ》ぎった記憶《きおく》に、またずきりと胸が痛む。けど、俺はそれを顔に出さないように堪《こら》え、息とともに吐き捨てた。

まあでも、いい経験だった。まだまだ凄《すご》い冒険者《ぼうけんしゃ》はいるんだって知れたしさ。

「では、クエストの完了報告書を頂いてお暇《いとま》します。良いですよね？」

「いんや。ダメだね」

「……は？」

思わず素《す》っ頓狂《とんきょう》な声をあげた俺に、シャリアさんはにやりとする。

「カズト。確かにあんたはあたしに勝った。けどね。あんたはあたしの大事な赤髪を切り落としたんだ。その責任は取ってもらわないと」

「い、いや。だって、傷つけたら勝ちだって……」

「肌なら魔法《まほう》で治せるし諦めもついたけどね。よりによって髪だよ髪。魔法じゃ治らない女の命を傷つけるなんて、どういう了見《りょうけん》だい」

「いや、だからその……。切るには切りましたけど、ほんの少しに留めたじゃないですか」

「その少しの大事さも分からないとか。冒険者以前に男として最低だよ。覚悟しな」

「何でそうなるんだよ……」

まるで鬼《おに》の首を取ったかのような笑《え》みを見せる彼女を見て、俺は思わず手で顔を覆う。

この人、絶対何かにかこつけて、断らせない気だったろ……。

こっちが露骨にげんなりしたのを申し訳なく思ったのか。シャリアさんがふっと微笑《ほほえ》む。

「まあ、それでもあんたが勝ったんだ。流石に一週間とかは言わないよ。ただ、せめて今晩くらいは世話をさせな。別に宿探しなんて明日でもいいだろ？　当面バカンスを楽しむ気なんだし」

「はぁ……。分かりましたよ。だけど本当に一泊《いっぱく》だけ。あと、敬語と敬称《けいしょう》は許してもらいますからね」

「ああ、構わないよ。折角《せっかく》だ、ゆっくりしな」

こっちの肩《かた》を叩き、屈託《くったく》なく笑うシャリアさんを見て、俺は少し困ったように笑う。

まあそれくらいなら諦めるか。彼女の顔に泥《どろ》を塗《ぬ》っても仕方ないしさ。

こうして俺は一泊だけ、この豪邸《ごうてい》を堪能《たんのう》する事になったんだ。

§　§　§　§　§

俺はシャリアさんの指示で案内役となった、さっき荷物を預かりに来てくれたメイド、アンナさんと共に、自分に割り当てられた部屋に向かっていた。

大人びた顔立ちと落ち着いた雰囲気。典型的なメイドっぽい感じなんだけど、こういう余所余所《よそよそ》しい態度が自分はどうも苦手だ。

一階中央ロビーから乗った魔導昇降機《まどうしょうこうき》――いわゆるエレベーターが完備されていたから、流石に上の階まで階段って事にはならずに済んだ。

それに乗って向かった先は七階だったんだけど。

「こちらが最上階、天の階層にございます」

「うわぁ……」

昇降機のドアが開いた瞬間。その高さと景色の良さに驚かされた。

廊下《ろうか》に面した窓から見える、夏らしい陽射《ひざ》しの下にあるウィバンの街と青い海。

それが一望できるこの場所は相当だ。

同じくらい高い建造物なんて時計塔《とけいとう》くらい。他にも高い建物は幾《いく》つかあるものの、ここには全然及《およ》ばない。こりゃ圧巻だな……。

「この眺《なが》め、シャリア様もお好きなのですよ」

「そうなんですか。夜も見応えがありそうですね」

「はい。是非《ぜひ》、夜景もお楽しみください」

静かに語った彼女は、そのまま廊下を歩き出す。

俺は窓からの景色を眺めながら、その後ろを付いて行った。

廊下の突《つ》き当たりに見える扉《とびら》のひとつ手前にある扉の前でアンナさんは足を止めると、ゆっくりと扉を開く。

「こちらがカズト様のお部屋、天の箱《アーク》にございます」

「ありがとうございます」

そこに入ろうとした瞬間。俺は思わず足を止めた。

……は？　俺の素直《すなお》な感想はこれだった。

なんて表現すればいいか……金持ちがめちゃめっちゃ大きな部屋で、豪華なソファにガ

ウン姿でワイングラスを手にしている。ドラマなんかで金持ちを強調するような、赤絨毯《あかじゅうたん》が敷《し》き詰められた広い部屋。それが目の前に広がっていたんだ。

ロミナが寝《ね》かされていた、王宮の部屋だってここまで広くなかった。そもそも俺みたいな冒険者がいるべき部屋じゃないだろこれ……。

こんな部屋にずっとなんて、正直落ち着かなくって困る。これは勝っておいて正解だったな……。

「どうか致しましたか？」

「あ、いや。あまりの豪華さに驚《おどろ》いちゃって」

「初めての方は、皆様《みなさま》そんな反応をなさいますよ」

やっぱりみんなそうなるのか。俺だけじゃなくてよかったよ……。

荷物の置き場に困りつつも、一旦《いったん》部屋の奥《おく》にある大きなテーブルにバックパックを置くと、そこから小型のリュックを取り出し、最低限の荷物を詰め替え始める。

「この後のご予定は？」

「クエスト完了報告書を貰い次第《しだい》、街に行ってきます。ご案内ありがとうございました。後は一人で何とかなりますから、お仕事に戻られて下さい」

俺は荷物をまとめながら彼女に顔を向けると、笑顔《えがお》で頭を下げる。

すると、彼女はじっと俺を見ながら、

「僭越《せんえつ》ながら、シャリア様より明日までのカズト様のお世話を承《うけたまわ》っております。街の案内役も兼《か》ねて、私《わたくし》もご一緒致《いっしょいた》しましょう」

なんて言ってきた。

「いや、そこまでは結構です。別に一人でも問題ないですし」

「命《めい》に背《そむ》けば、私《わたくし》がシャリア様に叱《しか》られてしまいます。これが私《わたくし》の仕事ですので、ご容赦《ようしゃ》頂きたく」

淡々《たんたん》と返される言葉に、あまり感情を感じない。

見るからに仕事だからってのは分かるんだけど……俺、プライベートの時間ないのか？

「だったらシャリアさんに話して、任を解いてもらいましょう。ご案内頂けますか？」

「申し訳ございませんが、既《すで》にシャリア様は執務室にて仕事中。私用でのご訪問《ほうもん》はご遠慮《えんりょ》頂いております」

はぁ……。

つまり、俺のこういう反応も織《お》り込《こ》み済みってことかよ。

ったく。シャリアさんは良い人だとは思う。けど、こっちは子供じゃないんだぞ。

まあ、客人として扱ってくれてはいるんだろうけど……。

本当は何とか断ろうかと思ったんだけど、それでアンナさんをこれ以上困らせるのも憚《はばか》られ。結局俺は諦めて、彼女を連れ街に出る事にしたんだ。

まず向かったのは、屋敷の敷地内にある防具屋。

アンナさん曰《いわ》く、

「ウィバンの中心街より、品揃《しなぞろ》えが良いのですよ」

という事で、そこに入ったんだけど……これは確かに凄い。

王都ロデムの店も品揃えはかなり良かったけど、ここはそれに匹敵《ひってき》する物がある。

特に付与《エンチャント》された防具だったり、特殊《とくしゅ》素材を使った術着といったレア物の品揃えが半端《はんぱ》ない。流石は大商人のお膝元《ひざもと》って感じだ。

さて。お目当ての物はっと……。

俺が探し始めたのは、武芸者や武闘家《ぶとうか》が愛用する道着のコーナー……ではなく、聖術師《せいじゅつし》や魔術師《まじゅつし》用の術着があるコーナー。

「差し出がましいかと思いますが、カズト様は武芸者とお見受けします。あちらの道着類の品々の方が適切ではございませんか？」

アンナさんの意見はもっとも。折角だしそっちも見るつもりだけど、今回はちょっと用《よう》途《と》が違う。

「術着は武芸者の装備制限に影響しないってのもあるんですけど。こうも暑いと、道着や袴って動きづらくて。半分は観光目的なんで、機能性を重視したいんです」

そう。確かに道着にも寒暖用の物はあるけど、暑い中で武芸者の服装をしてると、個人的に袴とかが汗で貼《は》り付くのがちょっと辛《つら》くってさ。

そういう意味じゃ、術着の方が服もゆったりしてて、風通しもいいんだ。

後、街中で咄嗟《とっさ》に動くなら武闘家の武術でどうにでもなるし、ちょっとした時に術の効果が高められる術着の方が、こっそり術を使う時にも都合がいい。

まあ、流石にそんな絆の力が絡《から》む話、口が裂《さ》けても言えないけど。

って事で。結局俺は、袖《そで》が短くて風通しも良い、白を基調とした聖術師《せいじゅつし》の術着に決めた。

クロークなんかを着なくても、フードがあって陽射し対策もできるのが決め手だ。

一応、幾つか新しい道着や袴も買っておく。結構質が良かったのもあるし、今日着てたやつはシャリアさんに斬られてボロくなってるからな……。

次に向かったのは武器屋。

こっちで俺が見始めたのは、流石に武芸者系のコーナーだ。

とはいえ、思ってるような武器はあるんだろうか？

太刀や脇差《わきざし》なんかは一通り取《と》り揃《そろ》えがあるんだけど、正直思いつきだからなぁ。

少し困った顔をしていると、アンナさんが声を掛けてきた。

「今度は何をお探しですか？」

「あ、えっと。仕込《しこ》み杖《づえ》みたいなのってあったりしますか？」

「それでしたら、こちらに」

そう言って案内されたのは盗賊《とうぞく》系武器のコーナー。

アンナさんはそこに置かれていた、一本の長い大杖を両手で手に取った。

「こちらの長杖ですが、普段《ふだん》はこの通り大杖となっておりますが……」

彼女は少しだけ大杖《たいじょう》の上部を捻《ひね》ると、杖の先を柄のように握《にぎ》りすっと引く。

すると、杖の中から細身の刀身が顔を出した。

「このように、刺突両手剣《エストック》としても利用できるのです」

「へぇー」

「太刀とは異なりますので、取り回しが難しいかもしれませんが。魔導鋼《まどうこう》を使用しておりますので、術師に成りすますだけでなく、より効果の高い術の媒体《ばいたい》としても利用できます。但《ただ》し、多少重いのが欠点ではございますが」

こんな事を言ってるけど、アンナさんはそれを軽々と扱ってるよな。

「ちょっと借りても良いですか？」

「どうぞ」

預かったその杖は、杖全体に魔導鋼《まどうこう》を使っているだけあって、やはり少しずっしりとくる。

とはいえ、刺突両手剣《エストック》として使う分には鞘部分を外すから普通《ふつう》に軽いし、杖としての取り回しも、この重さなら十分いける。

一応『絆の力』でロミナから得ている剣技で使い熟《こな》す事もできるし、丁度いいかな。

しかし、別段近くに説明書きもなかった気がするんだけど。アンナさん、よくこれが仕込み杖ってわかったな。

「アンナさん、何故《なぜ》これが仕込み杖だってわかったんですか？」

「はい。これでも私《わたくし》、以前は暗殺者をしておりましたので」

「……え？」

……彼女、今さらりと凄い事言わなかったか？

「じゃ、じゃあ、どうしてメイドに」

「以前組織の任務で、シャリア様の暗殺を図《はか》った際に失敗したのですが。その際に腕《うで》を買われ、こう言われたのです。自分の下《もと》で真っ当に暮らしてみないか、と」

暗殺者。

軽業師《かるわざし》の上位職のひとつであり、大体は何らかの組織に属して動く事が多い、非正規冒険者に多い戦闘職なんだけど。

……俺、殺されないよな？

反応に困った俺の顔を見て、アンナさんがふっと笑う。

「ご安心ください。既に私《わたくし》は正規冒険者扱《ぼうけんしゃあつか》い。裏の稼業《かぎょう》から身を引いております」

「え？　その、前の組織から追われたりとかは……」

「問題ございません。そちらは既に壊滅《かいめつ》しております」

「か、壊滅？」

「はい。シャリア様が暗殺の依頼主《いらいぬし》共々、仲間と共に報復しまして」

「そ、そうなんですか……」

……おいおいおいおい！

滅茶苦茶物騒《めちゃくちゃぶっそう》な話を聞いたけど、俺、本気で大丈夫《だいじょうぶ》なのか⁉

きっと、よっぽど驚いた顔をしたんだろう。

「あまりお気になさらないで下さい。シャリア様が私《わたくし》をあてがわれたのは、カズト様の護衛も兼ねてですから」

なんて言いながら、アンナさんがクスクスと笑ったけど。

はっきり言って、本気で安心できないからな、それ……。

あまりの事に、俺は思わず頭を掻くしかできなかった。


その後は彼女に冒険者ギルドに案内してもらい、クエストの完了《かんりょう》報告を行った。

報酬《ほうしゅう》が思ったより多いなと思ったら、どうやらさっきの戦闘でダメにした装備代なんかを含《ふく》めた追加報酬を払《はら》ってくれたのか。

……とはいえ。それ程《ほど》困難もなかった護衛任務で金貨十枚はやり過ぎだろ。

後でシャリアさんに話して返しておくか？

でも素直に受け取ってくれなそうだよなぁ……。ま、それは追い追い考えるか。


用事を終えた俺達《おれたち》は一度屋敷《やしき》に戻る事にした。

荷物も結構あるし、買った装備に着替《きが》え直したかったしな。

で、部屋に着いた俺は一人、洗面所に籠《こ》もり、聖術師《せいじゅつし》の格好に着替《きが》えた。

術着じゃ胸当てや籠手《こて》なんかも装着しないから、本当に身が軽い。

姿見に映るのは間違いなく聖術師。この姿はなかなか新鮮《しんせん》だな。

服装や髪を一通り整え更衣室《こういしつ》から出ると、居間にいるアンナさんが俺を見て「お似合いでございますよ」なんて、微笑み返してくれる。

……似合う、か。

褒《ほ》め言葉《ことば》なんて言われ慣れていない俺は、気恥《きは》ずかしくなり思わず頬《ほお》を掻く。

女性にこういう事言われる機会、孤児院《こじいん》のシスター以外、ほとんどなかったしな……。

ただ、さっきのやりとり以降、彼女がこうやって少し表情を見せるようになってくれたのは救いかもしれない。

「この後はどうなさいますか？」

「そうですね……」

元々、一人で街とかを見て気晴らししたいと思っていたけど、今の流れでそれは流石に無理か。一人になりたければ、部屋で休むと伝えれば何とかなりそうな気もするけど……。

ふと、ある事を思い出した俺の心に、ズキリと痛みが走る。

……今部屋に籠もって一人っきりになるのは、変に考え込《こ》みそうでちょっと辛い。

せめて夕方くらいまで、街で時間でも――。

「もし何も決まっていないようでしたら、私《わたくし》と街に息抜《いきぬ》きに参りませんか？」

「……へ？」

まるで心を読まれたような問いかけに、俺は思わず変な声を漏《も》らしてしまう。

だけど、アンナさんは普段の凛《りん》とした表情を崩《くず》さず、言葉を続けた。

「この先、観光で色々と巡《めぐ》るにしても、ある程度ウィバンを知っていた方がよろしいでしょうし、きっと憂鬱《ゆううつ》な気持ちも紛《まぎ》れますよ」

「ま、待った！　何でそれを⁉」

彼女は読心術でも使えるのか⁉

思わず目を丸くしていると、アンナさんはゆっくりと語り始めた。

「無礼を承知で申し上げます。カズト様は、シャリア様と剣を交えている間も、何度か表情を歪《ゆが》めておりました。そして今も。ですので、きっと心の内に何かを抱《かか》え、苦しんでいらっしゃるのではと思いまして」

それを聞いて、暫《しばら》く呆然《ぼうぜん》としていた俺は、ふっと自嘲《じちょう》し頭を掻《か》いてしまう。

……ったく。俺はどれだけ隠《かく》すのが下手なんだって。付き人になったメイドさんにまで、心配掛けてどうする。

「すいません。変に気を遣《つか》わせてしまって」

「いえ。こちらこそ、出過ぎた真似《まね》をしてしまい、大変申し訳ございません」

「そんな事ないですよ。じゃあ、すいませんけど、お言葉に甘《あま》えても良いですか？」

「はい。是非」

改めてアンナさんに向き直り頭を下げると、彼女も微笑み静かに頭を下げてくる。

メイドさんって、こういう気立ての良さも兼ね備《そな》えてるのか。本当に凄いな。

そう感心しながら、俺は彼女と部屋を出て、改めてウィバンの街へと向かったんだ。


シャリアさんの屋敷《やしき》を離《はな》れ、俺はそのままアンナさんに案内されるがまま、ウィバンの街を歩き回り、主だった場所の案内を受けた。

首相《しゅしょう》の住む屋敷に、政治が行われる議事堂。街中の冒険者ギルドに宿屋や色々な店。

観光客に人気のレストラン街やカジノ街に、街の目玉の時計塔に、みんなが最も楽しんでいる海岸。

観光地と一体化した街並みを歩いて改めて思ったけど、やっぱりここにはロデムと違《ちが》う華《はな》がある。国も違えばここまで雰囲気《ふんいき》も変わるもんなんだな。

ただ、正直大通りを外れたら道が入り組み過ぎて、アンナさんが居なかったらとっくに迷子だっただろう。

そして、案内を受けながら話をしているってのは、彼女が言っていた通り気も紛れる。

シャリアさんが彼女を俺にあてがってくれて、本気で助かったよ。

そうこうしている内に日も暮れ始め、俺達はシャリアさんの屋敷に戻り始めたんだけど。

途中《とちゅう》、アンナさんが突然《とつぜん》「こちらへ」と小声で口にし、街の裏路地に俺を導き早足で歩き始めた。

「……何かあったんですか？」

「申し訳ございません。やはりこの格好、目立ち過ぎたようです」

そういう彼女はメイド服姿のまま。

確かに、街中ではそれなりに目を引いていたのには気づいていたけど。

人気《ひとけ》が感じられない路地まで来た所で。

「ちょっと待ちな。お嬢《じょう》ちゃん達」

背後から、ガラの悪そうな声がした。

肩越《かたご》しに見ると、露骨に悪党っぽい輩《やから》が数人。進行方向からもか。見事な挟《はさ》み撃《う》ちだ。

「そっちの術師さん、随分《ずいぶん》と羽振《はぶ》りが良さそうな格好をしてるじゃねえか」

「い、いえ。そんな事は」

なんて戸惑《とまど》った振りをしながら、俺は相手の人数を数える。

前後にそれぞれ五人。見た目は町人っぽいけど、ゴロツキにしては目が据《す》わってる。

多分、盗賊や戦士崩れって所か。ぱっと見、術師系はいなそうだな。雰囲気からすると、Aランクくらいの実力はあるか。

「二人とも。大人しく俺達に付いて来りゃ、酷《ひど》いようにはしないぜ？」

信用ならない言葉を口にして、悪びれもせずへらへらと笑う正面のこいつがリーダーか。

さて、どうするか……なんて考えていると。

「……ウェリックの差し金ですか」

と。隣《となり》に立つ彼女が警戒《けいかい》した表情のまま、ぽつりとそう口にする。

ウェリック？

俺は勿論知らない。だけど、その言葉に眉《まゆ》をピクリと動かしたリーダーは、表情に警戒《けいかい》心《しん》を強めた。

「……察しが良いようだな。あんたが元暗殺者だとしても、これだけの人数を相手にそんな足手まといまで連れちゃ、勝ち目がないのは分かるよな？」

……足手まといねぇ。

まあ、確かに今の俺の見た目は、間違いなく聖術師《せいじゅつし》。

聖術師といえば補助、支援《しえん》、回復が主となる、ファンタジーの定番、僧侶《そうりょ》みたいなもので、近接能力に期待はできないってのがこの世界でも常識だけどさ。

「カズト様。私《わたくし》が道を開きますので、その間にお逃《に》げください」

素早くスカートの下から短剣《ダガー》を取り出したアンナさんが、俺と背中合わせになる。こっちの実力を知ってはいるだろうけど、手にしているのは職業に合ってない武器だし、客人であるからこそ俺を逃がす判断か。

まあ、実際は刺突両手剣《エストック》で暴れ回る事もできるけど、見えない所に潜《ひそ》んでいる奴《やつ》がいると面倒《めんどう》。

それにさっきのアンナさんとリーダーのやり取りも気になる。

色々探《さぐ》る事も考えたら、ここでの最善手はやっぱりあれだよな。

彼女《かのじょ》には悪いけど、この手で行くか。

「アンナさん。ごめん」

「え?」

ぽそりと口にした謝罪に、思わず肩越しにこっちを見るアンナさん。

彼女に無言で視線を重ねた後、すぐ正面に向き直った俺《おれ》は、大杖を手に高らかにその術を詠唱《えいしょう》した。

『この世の常闇《とこやみ》にありし深淵《しんえん》の力よ。彼《か》の者達を眠《ねむ》りの森に導き給《たま》え！』

詠唱必須《えいしょうひっす》の最上位魔法、深き眠りの森。

その名の通り、眠りの森に迷《まよ》い込んだかのように、範囲内《はんいない》にいる相手を深い眠りに落とす術。最上位なだけあって、意識して抵抗《ていこう》しなきゃあっさり眠りに落ちるし、眠ったらちょっとやそっとの刺激《しげき》で起きる事はない。しかも相手は俺を聖術師《せいじゅつし》と思《おも》い込んでいて、魔術師の術を使うなんて思ってない。つまり、これこそ最高の奇襲《きしゅう》だ。

瞬間。敵もアンナさんも、バタリとその場に崩れ落ちる。

まさか俺から術を掛けられるなんて思わなかったよな。ごめん、アンナさん。

視界外でも何人か倒《たお》れるような音がした所を見ると、偵察役《ていさつやく》か伏兵《ふくへい》が潜んでたか。

「ぎっ⁉　き、貴様はいった――ぐほっ⁉」

唯一《ゆいいつ》踏《ふ》み止《とど》まったリーダーが顔をしかめつつ堪《こら》えてたけど、俺は何も言わず間髪《かんぱつ》をいれずに踏《ふ》み込《こ》むと、大杖の長い柄《つか》の先で顎《あご》を勢いよくかち上げる。

その一撃《いちげき》で意識が飛んだリーダーは、前のめりにぐしゃっと倒れ込み、周囲は一気に静けさを取り戻した。

結構広範囲《こうはんい》に術を掛けてみたけど、誰《だれ》かが駆けつける様子もないって事は、大体は巻き込めたって事だな。

さて。まずはリーダーの服やポーチを漁《あさ》ってっと……お、あったあった。

俺はポーチから、あからさまに怪しい封書《ふうしょ》を取り出した。

この世界は口約束もないわけじゃない。

だけど、大抵《たいてい》は契約《けいやく》を書面に残す。誰だって言い逃《のが》れをされたくないからな。

普段こういう物は足がつくから持ち歩かない奴も多いし、あまり期待してなかったんだけど。こういう冒険者崩《ぼうけんしゃくず》れとかは、自信があり過ぎて気にしない奴もいる。こいつがドンピシャなタイプで良かったよ。

アンナさんの話からすると、ウェリックとか言う奴から狙われたって事だよな。内容は後で見るとして、この契約書《けいやくしょ》は頂いておこう。

それから、こいつらの持ってるアイテムや腰紐《こしひも》を使って、海老反りにして手足を縛《しば》って、猿《さる》ぐつわもしてっと。

しかし、結局倍の人数はいたのか。深き眠りの森を選択して正解だったな。

最後は大杖を背中に背負って、アンナさんを前に抱えてっと。

確か、戻《もど》った先に冒険者ギルドがあったはず。そこで匿《かくま》ってもらいつつ、こいつらを取り押《お》さえてもらおう。

念のため現霊《バニッシュ》で気配を消し、俺は他にマークしてる奴がいないか警戒しながら、その場を離れたんだ。

アンナさんを抱えたまま冒険者ギルドに駆け込んだ俺は、受付の職員に事情を説明し、奴らを捕《と》らえてもらった。

まあ事情といっても、アンナさんが何者かに攫《さら》われてしまい追い掛《か》けたら、既にあの状《じょう》況《きょう》ができ上がっていたという話をでっち上げただけだ。

魔法が使われた痕跡《こんせき》はあったけど、俺はギルドカード上の職業は武芸者。

ギルド職員も流石に俺が魔法を使うなんて考えもしなくって、この話はスムーズに通った。

流石に聖術師《せいじゅつし》の格好については訝《いぶか》しまれたけど、そこはアンナさんに説明した理由と同じ話をしたら、一応納得《なっとく》してもらえたようだ。

ちなみに、どうもあいつら、最近この辺で噂《うわさ》になっていた野盗《やとう》の一味だったらしい。

目が覚めたら、俺が魔法を使ったとか弁明するかもしれないけど、犯罪者の言う事なんてみんな信用もしないだろうし、そもそもあいつらの罪は変わらない。問題もないだろう。

ちょっと魔法が強すぎたのか。アンナさんも目覚めないので、俺はギルド職員にお願いして、シャリアさんへの状況報告をお願いしたんだけど、そうしたらすぐに迎《むか》えの馬車が到着《とうちゃく》した。

出迎《でむか》えてくれたのは、屋敷で見かけた執事《しつじ》、ディルデンさん。

俺は彼と共に、眠ったままの彼女を馬車に乗せ、そのまま夜の帳《とばり》が下り始めた街を抜《ぬ》け、シャリアさんの屋敷に戻った。

「アンナ！」

屋敷のエントランスで馬車を降りると、シャリアさんや他のメイドさん達が、心配そうに駆け寄ってきた。

俺が抱えた彼女は未《いま》だ眠ってるし、そりゃ心配にもなるよな。

「魔法で眠っているだけっぽいので、そのうち目覚めるかと思います」

「あんた達に怪我《けが》は⁉」

「見ての通りピンピンしてますよ。安心してください」

「そうかい。それなら良かった」

俺の笑みにシャリアさんが安堵《あんど》した顔をする。

「ディルデン。アンナを部屋に」

「かしこまりました。カズト様、お預かりいたします」

「はい。後はお願いします」

抱えたアンナさんをディルデンさんに託《たく》すと、彼等《かれら》は先に屋敷に戻っていく。

俺達はそれを見届けた後、互《たが》いに向き合った。

「済まなかったね。この街に来てそうそう、酷い思いをさせて」

「気にしないでください。シャリアさんとの戦いほど、怖《こわ》くはなかったですから」

「おいおい。そりゃ冗談《じょうだん》でも酷くないかい？」

「本気で斬《き》りかかってきておいて、今更《いまさら》何言ってるんですか？」

笑いながら冗談半分に話すと、彼女も釣《つ》られて肩を竦《すく》める。

「まずは屋敷で話そうかい」

「はい」

俺は彼女に先導され、屋敷へと入って行った。

ロビーを抜け、魔導昇降機《まどうしょうこうき》に乗り込み二人っきりになった所で、シャリアさんが真剣《しんけん》な顔になり口を開く。

「ギルドからの報告は聞いたよ。最近騒《さわ》ぎを起こしていた野盗が街に入り込んで、悪さをしてたんだって？」

「……表向きは」

俺の一言に、シャリアさんの表情が変わる。

「どういうことだい？　ギルドが嘘《うそ》をついたとでも言うのかい？」

「いや。それは大丈夫なはずです」

そう言いながら、俺は術着のポケットに仕舞《しま》っておいた依頼書《いらいしょ》を、すっと彼女に差し出した。

「ウェリックって名に心当たりは？」

「ウェリックだって!?」

思わず叫《さけ》んだ彼女が、俺から依頼書を奪《うば》い取ると、目を見開いたまま内容を確認《かくにん》する。

俺も冒険者ギルドでこっそり中身を確認したんだけど、内容としてはアンナさんを攫ってくれれば百金貨っていう依頼《いらい》で、確かに依頼主にはウェリックの名があった。

本当はアンナさんだけ連れて行けば良かったんだろうけど、あいつらが俺も連れて行こうとしたのは、身包《みぐる》みを剥《は》いでやろうって魂胆《こんたん》でもあったんだろう。

「知り合いですか？」

「……いや」

何かを噛《か》み殺し、言葉を濁《にご》すシャリアさん。

っていうか、感情ダダ漏れじゃないか。そんな正直な顔されてもな。

「アンナさんが元暗殺者なのは聞いてます。それ絡《がら》みですか？」

「……ったく。あたしが気を遣ってるのがわからないのかい？」

彼女が呆《あき》れたため息を漏らすと同時に、魔導昇降機《まどうしょうこうき》が最上階に止まる。

そして、夜景が綺麗《きれい》に見える人気《ひとけ》のない廊下を、俺達は歩き始めた。

「あんたは巻き込まれただけだ。余計なことに首を突っ込まないほうがいい」

「確かに。シャリアさんがここに泊まれって頑《かたく》なだったから、この事件に巻き込まれましたね。ですから責任を取って欲《ほ》しいんですけど」

「……言葉の意味、わかってんのかい？」

足を止め、俺に真剣な表情を向けるシャリア。まあそんな顔にもなるか。

だけど分かってるよ。そんなのは。

確かに俺は巻き込まれただけ。だけどシャリア。お前はアンナさんが大事なんだろ？だからあんな顔したんだよな？

なら、今更見て見ぬ振《ふ》りなんてできるかよ。

あんな形の縁《えん》だったとしても、俺はお節介《せっかい》なお前にも、色々気を遣ってくれたアンナさんにも感謝してるんだから。

「……シャリア。悪いけど俺は、本当のことが知りたい。できる限りあいつらを撒《ま》いたつもりだけど、今回の件で俺が狙《ねら》われる可能性だってなくはない。それにこの先、アンナさんにまた何かあるかもしれないだろ」

少し熱くなりながら、真剣な目に、真剣な言葉で応える。

こっちの決意が変わらないと見たのか。彼女は諦《あきら》めたように短くため息を漏らす。

「……分かったよ。付いて来な」

それを最後に、何も言わず先を歩き出したシャリア。

後に続いた俺は、そのまま廊下の突き当りにある、彼女の部屋に案内された。

客室があんなだったから、もっと派手かと思ってたんだけど。絵画や武器、防具などが飾《かざ》られているものの、意外に質素な内装に少し驚かされる。

「そこに座んな」

彼女は部屋の奥、窓際《まどぎわ》に並ぶソファーのひとつに腰《こし》を下ろす。

それに倣《なら》い、俺が向かい合う反対のソファーに腰を下ろすと、シャリアは月の反射する暗い海の見える窓の外を見ながら、ゆっくりと口を開いた。

「ウェリックは、今は亡《な》き暗殺集団、暗夜《あんや》の月光団の幹部だった男だ」

「暗殺集団？　確かお前達《たち》が壊滅させたっていう？」

「ああ。確かに壊滅はさせた。この街を危険に晒《さら》す奴らだったしね。ただ、ウェリックはアンナの弟でね。既にあたしに付く覚悟《かくご》を決めていたアンナに処遇《しょぐう》を任せたんだけど。残念ながら説得できず、結果としてあいつを取り逃がしてる」

シャリアは視線を夜景から逸《そ》らすことなく、ため息を漏らす。

「アンナと出会《であ》ったのはもう四年前。以降ウェリックについては何も音沙汰《おとさた》もなくって、どうなったかと考えるのすら忘れてたんだけど。最近突然、あいつがあたしに手紙を寄越《よこ》してきた」

「何て内容だったんだ？」

「アンナを返してほしいんだとさ。だけど、あいつにその手紙を見せたら、弟の望みを拒《こば》んだ。あたしに救われたんだからって理由でな」

「何でウェリックは、アンナさんに戻ってきて欲しがってるんだ？」

「……また一緒《いっしょ》に、人殺しをしたいんだとさ」

「……懲《こ》りない奴ってことか」

「ああ。だからこそ、アンナは戻らなかった」

「で？　その先は？」

「送り元の住所もないから返事もしてないし、約束の日時にアンナを向かわせなかった。それ以降、奴からの接触《せっしょく》もなかったし、素直に諦めたのかと思ってたんだけどね」

　またも彼女から漏れるため息。

　まったく。そんなんじゃ美人が台無しだぞ。

「ちなみに、ウェリックの実力は？」

「当時の話で悪いけど、正面からやりあったらあたし程じゃない。多分Aランクって所だろう。とはいえ、腐《くさ》っても元暗殺集団の幹部。寝首《ねくび》を掻《か》きに来られたら、弱いなんて口が裂けても言えないね」

「……そっか。それならいざとなっても何とかなるか」

「何とか?」

俺の言葉に顔を向けた彼女に、俺はこくりと頷《うなず》く。

「ああ。今日の件でそいつに俺が目撃《もくげき》されてたら、人質《ひとじち》にされる可能性もあるからな。襲《おそ》われる想定もしておかないと」

「だったら、ずっとここにいりゃ良いじゃないか」

「あのなぁ。俺は勝負にちゃんと勝ったんだ。それはなしだ。それに引き籠《こ》もってバカンスとか、どんな罰《ばつ》ゲームだよ?」

「別にいいじゃないか。ここにはでかいプールだってあるし、雰囲気だしたきゃメイド達に水着を着せて侍《はべ》らせてやってもいい。それで充分常夏《じゆうぶんとこなつ》気分を味わえるじゃないか」

「はいはい、却下却下《きやつかきやつか》」

俺の反応を見ていたシャリアの雰囲気が普段の感じに戻っていく。それを見てなんとなくホッとしていたんだけど。

「まあ仕方ないね。呼び捨てにはしてくれているし、許してやるよ」

……あ。真剣になり過ぎて、しっかりその事を忘れてた。

まあ、いいか。もう……。

「悪かったよ」

「何言ってんだい。言ったろ？　あたしはあんたに敬語もさん付けもしてほしくなかったんだ。謝《あやま》ることなんてないさ」

シャリアは彼女らしい、本当に嬉《うれ》しそうな笑《え》みを向けてくる。

「あたしは部下だろうが知り合いだろうが、気に入った奴とは自然体でありたいんだ。お陰《かげ》で弟子《でし》とその仲間も、同じく親しげに話してくれるしね」

「……弟子と、その仲間？」

「ああ。あんた、ロミナって子を知ってるかい？」

「え？　ロミナって確か、あの聖勇女《せいゆうじょ》様の名前じゃなかったか？」

内心をごまかすようにわざと驚《おどろ》いてみせると、シャリアは自慢《じまん》げな顔をする。

「ああ。あいつに剣《けん》を教えたのはあたしさ。ひよっ子だったあいつが、まさか世界を救うなんて思っても見なかったけどね」

「聖勇女《せいゆうじょ》の師匠《ししょう》か……。シャリアって、本当に凄《すご》い奴だったんだな」

「あんた、あたしを馬鹿にしてんのかい？」

「あのなぁ。褒《ほ》めてるんだよ」

肩《かた》を竦めた俺は、自然に視線を逸《そ》らし夜景に目をやった。

やっぱりそうだったか。これだけ気さくで優《やさ》しい人だからこそ、きっとロミナも影響《えいきょう》を受けたんだろうな。

「さてっと」

俺は立ち上がり、シャリアに目をやる。

「話してくれて助かったよ。じゃ、俺は部屋に戻る」

「ああ。アンナが目を覚ましたら、あんたの下《もと》に向かわせるよ」

「別に自分の事は自分でできるって。後は休ませてあげてくれ」

「どうせあいつが礼を言いに行くさ。まずはゆっくりしな」

「ああ。それじゃ」

俺達は笑顔《えがお》で挨拶《あいさつ》を交《か》わすと、そのまま俺だけ一人、部屋を出て行った。

しかし、アンナさんの弟か……。彼女は今のウェリックの事、どう思ってるんだろう？

そんな事を考えながら部屋に戻った俺は、久々にゆっくりと風呂《ふろ》を堪能《たんのう》した後、パジャマに着替えると両腕《りょううで》を頭の下にやり、ベッドで横になった。

しかし……ほんと、簡単には忘れさせてくれないな。

苦笑《くしょう》しながら思わず思いを馳《は》せたのは、会話にも出てきたロミナのことだった。

……彼女はちゃんと無事なんだろうか。

結局ロミナが目を覚ます前に離れてるから、元気になった姿は見ていない。

流石《さすが》に呪《のろ》いは解けたんだし、大丈夫だと思いつつも、やっぱり少しだけ不安が残る。

……まあ、流石に心配し過ぎか。もし聖勇女様《せいゆうじょ》が亡くなろうものなら世界的なニュースになるだろうし、話を耳にしない訳もないだろうし。考え過ぎだ。

こうやって彼女を振り返ってしまう自分の未練がましさに苦笑していると、部屋の扉《とびら》が三度ノックされた。

「はい」

「夜分に失礼いたします。アンナでございます」

「どうぞ」

「失礼いたします」

俺が身を起こすのとほぼ同時に、表情に憂《うれ》いを宿したアンナさんが部屋に入ってきた。

「既にお休みでしたか？」

「いや。ぼーっとしてただけだから大丈夫」

「左様でしたか」

彼女はベッドの脇《わき》までやってくると、深々と頭を下げた。

「昼間はお手間をお掛けしてしまい、大変申し訳ございません」

「いいって。別に大した事じゃないし。こっちこそ、魔法《まほう》で巻き込《こ》んでごめん。頭を上げて」

俺の言葉に頭を上げた彼女は、申し訳なさを隠そうともせずこっちを見てくる。

「悪いとは思ったけど、シャリアから事情は聞いたよ」

「……はい」

「色々苦労してるんだね」

「そう……ですね」

「あのさ。アンナさんって、弟さんの事をどう思ってるの？」

悪いかなと思ったけれど、俺はあえてそれを聞いてみた。

じゃないと、もしもの時にどうすればいいか、こっちも迷うからな。

少しの間視線を落とし、少し悩《なや》んでいた彼女がゆっくりと顔を上げる。

「……シャリア様には、ご内密に」

そう釘《くぎ》を差した彼女は、目を伏《ふ》せると静かに語り出した。

「私《わたくし》はもう、暗殺者に戻りたいとは思いません。ここでの生活で幸せを知りましたから。そしてできれば、弟にも同じ、真っ当な道を歩んで欲しいと思っております」

「弟さんにその話は？」

「いえ。数年前以降会ってはおりませんから。ですが、話しても無駄《むだ》でしょう」

「どうして？」

「……元々、私達《わたくしたち》は幼き頃《ころ》に両親を殺されました。その後孤児《こじ》となっていた所を悪《あ》しき商人達に捕らわれ、そのまま暗殺団に売られ、組織の者として過酷《かこく》な環境《かんきょう》で生きる事となりました。知る者など身内である弟だけ。殺しの為《ため》に手を選ばぬ非道な集団の中で、弟はそれでも私《わたくし》を守ろうと、強くあろうとしたのです」

憂鬱そうなため息を漏らすアンナさん。きっと当時のことで責任を感じてるんだろう。

「ですがその結果、弟に暗殺者としてより深い闇《やみ》を背負わせてしまいました。あの日シャリア様と共に組織を壊滅させた際も、弟は『自分は人を殺す事でしか生きられない』と言い残し、私《わたくし》の前から去ったのですから」

……ったく。じゃあ何で今更彼女《いまさらかのじょ》に会いにきたんだよ。

誰かに脅《おど》され、やむなくアンナさんに声を掛けたのか。

それとも心変わりして、本気でまた姉に殺しをさせたいって思ってるのか。

どちらにしても、酷い話だ。

「……カズト様」

ふと、アンナさんが顔を上げ、何か決意した視線を向けてくる。

「出会ったばかりの、しかも私《わたくし》のせいで巻き込まれてしまった貴方様《あなたさま》に、このようなお話をするのは心苦しいのですが……。もし、カズト様が弟に狙われるような事があった際には……彼を、殺していただけませんか？」

「は？　本気か⁉」

俺の驚きにも、彼女は表情を変えず小さく頷く。

「はい。シャリア様と互角《ごかく》の戦いを演じ、私《わたくし》をお救いくださったカズト様の実力があれば、それを為《な》せるはずです」

「どうだろうな。……あ」

しまった。そういやすっかり忘れてた。

俺、アンナさんの前で魔術《まじゅつ》を使ってるけど、事情も何も説明してないじゃないか。

既《すで》にシャリアとかに話をされてると面倒なんだけど……。

「そういや俺の魔術の事って、誰かに話したりは……」

「いえ。目覚めた際にシャリア様が、カズト様より攫われた私《わたくし》を、誰かが助けてくださったと説明されたと伺《うかが》いましたので。きっと何か事情があるとお察しし、心の内に留《とど》めております」

「そうか。ごめん。気を遣わせて」

「いえ」

「できれば、これからも秘密にしておいてもらえるかな？」

「はい。承知致《いた》しました」

良かった。流石に忘れられ師《ロスト・ネーマー》だなんて知られたくもないし。

勢いで術を唱えたのは失敗だったけど、まあ結果オーライって事で。

さて。後はウェリックの件か。

……多分、俺があいつに会おうとするのは簡単な気がする。

ただ、その先を為そうとすれば、彼女により強い覚悟が必要になるよな。

「アンナさん」

「はい」

「……弟さんが死ぬのを、見届ける覚悟はある？」

「え？」

突然の言葉に彼女が目を瞠《みは》る。

それが心苦しかったけど、俺は心を鬼《おに》にして言葉を続けた。

「ウェリックはアンナさんを狙ってる。だとすれば、アンナさんがいれば会うのは意外に簡単だと思う。このままだらだらと何も手を打たずにいたら、もしかするとシャリアとかディルデンさんとか、あなた以外の人達まで巻き込まれるかもしれない。であれば、こちらから出向いた方が被害《ひがい》は少なくって済む」

「……私《わたくし》は……」

突然《とつぜん》突きつけられた酷い現実に、彼女は哀《かな》しげな顔になり言葉を詰《つ》まらせる。

……そりゃそうだ。

何があったって、彼女にとっては姉弟《きょうだい》なんだから。

簡単にそんな覚悟をできるわけがない。さっき俺に弟を殺してくれって言ったのだって、きっと相当強がったに違いない。

「必ずそうしろってわけじゃないし、無理に決断しろってわけでもない。ただ、もし覚悟ができるなら言ってくれ。俺も、それに応えるだけの覚悟を決めるから」

そう言って真剣な目を向けると、彼女も小さく頷く。

うん。今はそれでいい。ゆっくり考えておくんだ。万が一の為に。

俺に殺させるにしても、ちゃんと覚悟を決めてもらわないと、いざという時にアンナさんが絶対に苦しむから。

彼女が覚悟できるなら、後は俺が、最善を尽《つ》くすだけだ。

§　§　§　§　§

翌朝。

久々にベッドでぐっすり眠れたせいか。目覚めも良くすっきりと朝を迎えた。

部屋が広いから、こっそりそこで朝稽古《あさげいこ》して、シャワーを浴びて着替《きが》えを済ませると、丁度アンナさんが朝食の為に迎えにきてくれたので、俺は食堂へ向かう事にした。

移動中に他愛《たあい》ない会話はしたけど、昨日の夜の話にはあえて触《ふ》れはしなかった。

簡単に答えが出せる話じゃないだろうし、それまでは刺激はしないと決めているから。

食堂ではメイドさんや執事、シャリアの部下など、みんなが同じ部屋で食事を取る。

これは昨晩も一緒だったんだけど。正直お金持ちの貴族なんかって、家族以外は別々に食事するってイメージがあったから本当に驚いた。

昨日の話からすると、シャリアにとって仲間も部下も家族みたいなものって事なんだろう。

ちなみに今日になっても彼女は相変わらずで。

「どうせなら今日も泊《と》まればいいじゃないか？」とか「本気であたしの右腕《みぎうで》にならないかい？」って色々言ってきたけど、全部断った。

俺は一人が合ってるし、あんたの右腕になって他の奴らに妬《ねた》まれるのもごめんだしな。

朝食を終え一息吐《つ》かせてもらった後、俺は昼前に屋敷のエントランスにやって来ると、シャリアにディルデンさん、アンナさんをはじめ、みんなが出迎えに集まっていた。

これだけ見送りがいると、ちょっと気恥《きは》ずかしいんだけど……。

「シャリア。世話になったな」

「なーに言ってんだい。こっちが世話になりっぱなしだよ」

俺の挨拶に笑ったシャリアが、一枚の封書を差し出してきた。

「この後の宿探しも大変だろ？　だから紹介状《しょうかいじょう》を書いといた。馬車で目の前まで連れて行ってもらえるから、そこでフロントにこれを見せな」

「え？　そんなのいいって」

「いいから受け取りな」

「ったく。わかったよ。ありがとな」

あまり気乗りはしなかったけど、人前なのもあったし、押し付けられたとはいえそれを返すのも忍《しの》びなくなって、結局俺はそれを受け取った。

「しっかりバカンスを楽しみなよ。勿論《もちろん》、仕事や金に困ったら何時《いっ》でも声をかけてきな。ちゃんとクエストを用意してやるから」

「心配し過ぎだよ。その時は冒険者《ぼうけんしゃ》ギルドにでも行ってコツコツやるって。これでも現役《げんえき》だからな」

「困ったら、あんたも一緒に商売したっていいんだよ」

「だから、俺は冒険者だって。それくらい自分でどうにかするよ。それじゃあな」

何となくこの場にいると、ずっとシャリアのペースになりそうだったから、俺は逃げるように用意された馬車に乗り込むと、見送りの奴らに軽く手を振り、その場を後にした。

……アンナさんがシャリアを信じ、彼女の下《もと》で働くようになった理由が分かる気がする。きっと、彼女もこんな感じでめちゃくちゃ本気で説得されたんだろうな。

まあでも、これでやっとウィバンを一人で堪能できるな、なんて気楽に考えてたんだけど。案内されたホテルが首都一番の高級宿で、しかも紹介状を渡《わた》したら宿代不要で好きなだけ泊まれるって話を聞いて、俺はがっくりと肩を落とした。

これ、屋敷《やしき》に泊まるのと変わらないだろうって……。

第二章　二つの再会

wasurerareshi no eiyuutan

俺はシャリアの紹介《しょうかい》で入った高級宿の中で、またも途方《とほう》に暮れた。

っていうかこれ、本気であいつの屋敷と変わらない豪華《ごうか》さじゃないか……。

普通《ふつう》に泊まってたら、一泊《いっぱく》でどれだけ料金掛かるんだ？

そんな事を考えていると、ほくそ笑むシャリアの顔が頭に浮《う》かび、思わず舌打ちする。

こういう事ばっかりされると、厚意《こうい》か罠《わな》か本気で分からなくなるだろって……。

とはいえ、今更後戻《いまさらあともど》りもできないしと、一旦《いったん》荷物を適当に部屋の隅《すみ》に置いた。

愛刀閃雷《せんらい》は鞘《さや》に収め、布に包んだまま置いておく。

必要な時が来れば持ち出すけど、今日は留守番だ。当面は聖術師《せいじゅつし》の格好だしな。

その内浜辺《はまべ》にも繰《く》り出してみたいけど、水着もないし、まずは一人でも街を歩けるよう、買い出ししつつ慣れるとするか。

俺は軽く身だしなみを整えると、術着のフードを被《かぶ》り、そのまま宿の外に出た。

時間は昼過ぎ。流石に陽射《ひざ》しが強いけど、この格好は風通しもいいし過ごしやすいな。

聖術師《せいじゅつし》っていいよなぁ……なんて思いながら、俺は服屋に入って水着を見繕《みつくろ》ったり、この場所で数日過ごすのに必要そうな日用雑貨などを買い込んでいった。

勿論、昨日の事もあるから警戒だけは怠《おこた》らない。

フードで顔を隠《かく》し歩いているけど、今の所は誰かに付けられてるとか、変な視線なんかは感じない。

まあ、できる限り大通りを選んで歩いてるってのもあるかもしれないけど、実は俺に関しては、そこまで心配は要《い》らないと思っている。

あくまで予想だけど。ウェリックの目的がアンナさんだとすれば、俺を直接狙《ねら》ったり、俺を捕らえるために賞金をかけるメリットはほぼないはずだ。

確かに俺は、彼女と一緒にシャリアの屋敷から出てきた。だけどそれはあくまでシャリア・・・アの客人としてだ。

もしそういう奴を捕らえて人質にするなら、とっくに他の客人で行動できたはずだろ？

昨日はたまたまアンナさんが外に出た。だからこそ、それが狙い目だったに違《ちが》いないし、俺はたまたま居合わせただけって事になる。

しかし。弟を殺せ、か……。

この世界でもう二年以上冒険者をしてるし、勿論《もちろん》誰《だれ》かを斬り殺した経験だってある。

だけど、今でも本当は、誰かを殺すなんてしたくはないんだよ。何より今回はアンナさんの弟。悪人に身を落としていたとしても、絶対に彼女が悲しむだろうし。

でも、ウェリックの行動もよく分からない。

元々姉思いだった弟が、殺すことにしか道がないと彼女の下《もと》を去る。それは分かるけど、じゃあなんでアンナさんを、再び殺しの道に引き摺《ず》り込もうとするんだ？

俺はそこが妙《みょう》に気になっていた。

二人で暮らすとかならまだ分かる。けど、わざわざ彼女をまた暗殺者稼業《かぎょう》に引き戻すことで、危険に晒《さら》すような真似《まね》はしないだろ、普通。

だけどウェリックはそれを考えている。何でだ？

呼び出す口実にしてもそうだ。もっと平和的な話題にしたほうが、食いつきも良かっただろうに。何で馬鹿正直な理由を手紙に書いたんだ？

それに、彼女を殺しに引き摺り込みたいなら、リスクはあるとはいえ、屋敷に忍び込むとか、もっと強引《ごういん》な手もありそうな気がするんだけど。

あいつがそこまでしていないのも気になるよな……。

色々な疑問に囚《とら》われながら、ぶらぶらと街を歩いていた、その時。

「待ちやがれぇぇぇっ‼」

「けっ！　誰が待つかよ！」

突然《とつぜん》背後から聞こえた男女の叫びに、俺《おれ》ははっとして振り返った。

視線の先にあったのは、人混みを避《さ》け、時に人を押し退《の》け俺の方に駆《か》けてくる人相の悪い男と、その後ろをローブを纏《まと》った何者かが追いかけている光景。

男は紐《ひも》が引き千切られたバッグを手にしている。ってことは、ひったくりか？

「おらぁ！　どけどけぇ‼」

邪魔《じゃま》な住人達を突《つ》き飛ばし、そいつは完全に道を遮《さえぎ》っている俺に特攻《とっこう》してくる。

……仕方ない。今日はどいてやるか。一応聖術師《せいじゅつし》様だからな。

「あわわわっ！」

俺は男が押し退けようとしてくるのを、慌《あわ》てた振りをして横に避けた。

……わざと引き遅《おく》れた、大杖《たいじょう》の柄以外はな。

「なっ⁉」

残した柄で男の足を綺麗に引っ掛けると、そのまま奴《やつ》は前にバランスを崩《くず》しかける。

「おっらぁぁぁぁっ‼」

「ぐへっ‼」

と。そこに追いかけてきた奴が、叫び声とともに男の背中に勢い良く飛びつくと、うつ伏《ぶ》せに押し倒《たお》して馬乗りになった。その勢いで捲《めく》れたフードの下の素顔を見た瞬間《しゅんかん》。俺は目を瞠《みは》り、彼女を見たまま動けなくなった。

「ど、どけっ！」

「ざけんなよ！　人の物を盗《ぬす》んで、粋《いき》がってんじゃねえ！」

「いってててて！　悪かった！　悪かったたって！」

男勝《おとこまさ》りな口調の短い赤髪《あかがみ》の獣人族《じゅうじんぞく》の少女が、男の腕《うで》を後ろ手に締《し》め上げ動けなくする。

「ミコラ、よくやったわ。何方《どなた》か、近くの衛兵を呼んでくださらない？」

滑空《かっくう》して飛んできた、魔術師《まじゅつし》の格好をした天翔族《てんしょうぞく》の女性が周囲に声を掛けると、集まった人達の幾人《いくにん》かが「わ、わかった」と返事をし、その場を駆け出して行く。

「フィリーネ。婆《ばあ》ちゃんに早く鞄《かばん》を返してやってくれ」

「そうね」

馬乗りになった少女に返事をし、男が落とした鞄を拾い上げた魔術師の女性が、すっと俺の前に立つ。

「彼女《かのじょ》が泥棒《どろぼう》を捕《つか》まえられたのは貴方《あなた》のお陰ね。ありがとう。聖術師《せいじゅつし》様」

「あ、いえ。たまたまですよ。では、私は急ぎますので、ここで」

笑顔のまま丁寧《ていねい》に頭を下げる彼女に、俺は顔をフードで隠したまま、釣られておずおずと頭を下げると、踵《きびす》を返しゆっくりと歩き出した。

足早にならぬよう自然を装《よそお》い、ただゆっくりと。

「おお、ミコラ。ちゃんと捕《と》らえおったか」

「流石。すごい」

「ああっ！　ありがとうございます！」

「お婆さん。もう大丈夫《だいじょうぶ》ですから。慌てず行きましょう」

「はい！」

俺が向かう道の先から、三人の少女と一人の老婆《ろうば》がゆっくりと歩いてくる。

琥《こ》珀色《はくいろ》の髪を後ろで編んだ森霊族《しんれいぞく》の少女に、白銀のツインテールを靡《なび》かせた亜《あ》神族《じんぞく》の少女。そして、老婆を労《いたわ》る、薄茶色《うすちゃいろ》の長髪《ちょうはつ》をもつ人間の少女。

彼女達《かのじょたち》は俺に視線を向けることなく。俺も視線で彼女達を追いはしたけど振り返りはせず。そのまま、互いにすれ違った。

途中《とちゅう》、衛兵と呼びに行った街の人ともすれ違ったけど、俺はそんな人達なんて気にも留めずに歩き去り——気づけば、宿の部屋に戻《もど》っていた。

正直、どう帰って来たかなんて覚えてない。

覚えているのは、さっき捕物《とりもの》を繰り広げていた少女達の事だけ。

荷物を下ろし、無造作にベッドに仰向《あおむ》けに横になると、ぼんやり天井《てんじょう》を見ている内に、その光景が少しずつぼやけていく。

相変わらずお転婆《てんば》なミコラ。

ちゃんと公の場で、他人への礼節は心得ていたフィリーネ。

彼女達を見て感心していた、何処《どこ》か偉《えら》ぶったルッテ。

淡々《たんたん》とした、何時も通りのキュリア。

そして……老婆に優しい笑みを向け、気を遣《つか》っていたロミナ。

……もう、忘れようとしてたのに。未練を捨てようとしていたのに。

悔《くや》しいけど。驚きや戸惑《とまど》い以上に、あいつらを見て、凄くほっとした。

──聖勇女《せいゆうじょ》ロミナとその仲間達。

かつて俺が共に旅をし、魔王討伐《まおうとうばつ》の前に優しさしかない理由でパーティーを追放され。

半年後に偶然に再会し、魔王の呪いに苦しんだロミナを救う為に改めて旅をして。彼女を救った後、今度は俺がみんなをパーティーから追放し別れた、今や俺の事なんて忘れている彼女達。

もう出逢《であ》うことなんてないと思っていた彼女達の存在が、俺の心を強く揺《ゆ》さぶった。

……旅なんてせずのんびり暮らしてりゃいいのに。何でこんな所にいるんだよ。

あ、もしかして。ロミナの師匠であるシャリアが、ここに住んでいるからか？

彼女にロミナの元気になった姿を見せて、ついでに観光でもしに来たのかもしれない。

それににしたって、俺がウィバンにいるタイミングで顔出さなくたっていいじゃないか。

……くそ。ふざけやがって。アーシェ。お前がまた何かしたのか？

こんな偶然あるか。ロミナの師匠に出会った矢先に、彼女達がこの街に来るなんて……。

そんな悪態を吐《つ》きたくもなったけど、俺しかいない今、口にしたって意味はない。

……ロミナ、元気そうだったな。ちゃんと呪いが消えて、生きていられてるんだな……。

みんな……笑顔で、一緒に……いられてるんだな……。

……思い返す度に、胸が熱くなり。

……思い返す度に、心が痛くなり。

……思い返す度に、涙《なみだ》が止まらない。

感無量なんて言葉、きっとこの時の為にあるんだろう。

彼女達の姿を見られただけで嬉しくて。彼女達の姿を見た事が切なくて。

涙腺《るいせん》が馬鹿になって涙が止まらないし、嬉しくって顔をくしゃくしゃにしてる。

……本当に良かった。みんなが笑顔で良かった。

ロミナが生きてて……本当に、良かった……。

……本当に……良かったな、みんな……。良かったな……ロミナ……。

突然の邂逅《かいこう》に戸惑い、喜びながら。

「……うっ……ううっ……」

俺はその日、ベッドの上で両手で顔を覆《おお》い、堪《こら》え切れない感情を溢《あふ》れさせたまま、ただひたすらにむせび泣いた。

彼女達が誰一人《だれひとり》欠けず、そこにいた事に安堵《あんど》して。

§　§　§　§　§

翌日。

結局俺は、何時《いつ》眠《ねむ》りに落ちたのか分からないまま、朝を迎《むか》えていた。

流石に気持ちは少し落ち着いた。勿論、戸惑いはあるけどな。

ベッドから起き、洗面所で鏡を見ると、泣きすぎて目が真っ赤だし腫《は》れぼったい。

ったく、酷《ひど》い顔だな。一体何やってんだか。

これだけ泣いたのなんて、最初にパーティーを追放された時以来だろ……。

しかし、ロミナ達はどれくらいここにいるんだ？

ウィンガン共和国の首都だけに、この街は結構広い。

そうそう出会いはしないだろうけど、きっとあいつらはシャリアの所にいそうだし、当面あの屋敷付近には顔を出せないか。

アンナさんの件はあるけど、この宿にいるのはシャリアも知ってるんだ。何かあれば向こうからこっちに伝えに来てくれるだろう。

でもほんと、この気候で助かった。

あの時聖術師《せいじゅつし》の格好じゃなかったら、きっと気づかれて――って、流石にそれはないか。

忘れられ師《ロスト・ネーマー》の呪いで俺なんてみんなの記憶《きおく》から消えてるんだ。もし武芸者の格好だったとしても、きっと何もなかったさ。

とはいえ、ロミナは前に過去を少し覚えていたし、下手に会わないほうがいいだろう。

……会いたくないと言えば嘘《うそ》になる。

だけど、俺がいなくたってあいつらには問題はないし、そもそも観光だとしたら、そのままロデムに戻って、後はまた平和な王宮暮らしだろ。

それに、もう俺のことなんて、とっくに忘れられてるんだ。もう関係ない話さ。

……なんかしんみりしても嫌《いや》だし、気分を変えよう。

さて、今日はどうするかな。折角《せっかく》だし、やっぱり観光でもするか。

折角昨日水着も買ったんだし、浜辺で日光浴でもしながらぼんやりする手もあるな。

そんな事を考えながら、天気を確認《かくにん》しようと何気なく窓のカーテンを開けたんだけど。

俺の思いをあっさり打ち砕《くだ》くかのように、激しい雨が降っているのが見えた。

おいおい。ウィバンで朝から雨が降るって、夕方のスコール以外はかなり珍《めずら》しいんじゃなかったか？

まったく。ついてないな……。

ため息を漏《も》らした俺は聖術師《せいじゅつし》の格好のまま、仕方なく宿の一階にあるレストランへ向かう事にした。


流石は高級宿って言うべきなんだろうけど。

足を運んだ宿のフロントに隣接《りんせつ》するレストランの入り口から見える店内を見て、俺は思わず二の足を踏《ふ》んだ。

いやだってさ。ここもどう見たって、頭に高級って付く店だろ。

三食付きらしいけど、何か間違《まちが》ったものでも頼《たの》もうものなら、俺の懐《ふところ》が大打撃《だいだげき》。

だいたい俺、こういう高級な場所に慣れてないし苦手なんだよ。

結局、昨日はあの後何も腹に入れてないし、何か食べたい気持ちはあるんだけど……。

グーッ
……身体《からだ》は正直。でもこんな音、店の中で鳴らせないだろって。

俺が途方に暮れていると。

「お、カズトじゃないか。丁度良かった」

背後からした聞き覚えのある女性の声に、俺は思わず振《ふ》り返った。

「あれ？　シャリア。それにディルデンさん。こんな朝早くにどうしたんだ？」

そう。

やって来たのは、雨避《あまよ》けのクロークを脱《ぬ》ぎ、ディルデンさんに渡しているシャリアだった。

「いや。丁度あんたに話をしたくって……って。どうしたんだいその目は？」

「あ、いや。あまりに慣れない部屋だったから、寝《ね》られなくって困ってさ。ははは……」

目が腫れてるのを寝不足《ねぶそく》のせいにして、俺は頭を掻く。

シャリアの怪訝《けげん》そうな視線が痛いが仕方ない。本当の事なんて話せないからな。

「そうなのかい。あまり無理するんじゃないよ。何なら寝やすいと噂《うわさ》のベッドでも運んで
――」

「だ、大丈夫だって！　大体ここの宿代だって馬鹿にならないだろ⁉　これ以上世話になれないって」

「別に。そんなに恩を感じてくれるんだったら、別にあたしの右腕になってくれても──」

「それも却下《きやつか》！」

ったく。にこにこしながらすぐ勧誘《かんゆう》して来やがって。

思わず腕を組み不貞腐《ふてくさ》れていると。

「お二人とも。ホテルのロビーですので、お静かに」

ディルデンさんが小声で俺達に声を掛《か》けてくる。

って、確かに周囲の客の視線が刺《さ》さってる……。

「す、すまなかったね。ま、まずは一緒《いつしよ》に朝食でもどうだい？」

「あ、ああ。丁度腹が減ってた所なんだ」

俺達《おれたち》二人はぎこちなくそんな会話を交わすと、客の視線を避けるようにこそこそとレストランに向かった。

……やっぱり、こういうお高い場所は苦手だよ。

俺達はシャリアの計らいで、レストランにあるＶＩＰ向けの個室にあるテーブルに向かい合い座《すわ》っていた。ディルデンさんにはドアの外で待機してもらっている。

目の前には朝食とは思えない豪華なステーキやスープが並び、俺達はそれに舌鼓《したつづみ》を打っていた。

「しっかし。顔出すだけなら、もっと遅《おそ》くてもよかったんじゃないのか?」

「今日は朝から商業組合に顔を出さないといけなくってね。そのついでに、ちょっとあんたと話をしておきたかったさ」

「そうか。で、その話ってのは?」

食事の手を止め、出された紅茶をぐびっと口にしたシャリアが真剣《しんけん》な顔をする。

「ひとつはアンナからの伝言だ。『覚悟《かくご》を決めるから、もう数日時間が欲《ほ》しい』だとさ」

数日か。

きっとアンナさんの事だから気丈《きじょう》にしてそうだけど、内心はやっぱり複雑なんだろう。ま。彼女がそう決めたなら、心の整理ができるまでゆっくり待つさ。

「分かった。他には?」

俺がそう尋《たず》ねると、彼女の目が泳ぎ、重いため息を漏らす。

……ん、何だ? 話しにくそうな事か?

「……カズト。あたしはあんたを信頼《しんらい》してる。だから本音を知りたい」

「本音？　右腕になってくれって話なら、本気で断ってるけど」

「それは今はいい。後でゆっくり話す」

諦《あきら》めてないのかよ⁉

思わずそう口にしそうになったけど、向け直されたシャリアの思った以上に真剣な目に、俺も冗談《じょうだん》じみた発言は止めた。

「……昨日、あんたがうちを離《はな》れたのと入れ替《か》わるように、ロミナ達《たち》が屋敷にやって来た」

「え？　あの聖勇女様《せいゆうじょ》が？」

俺がそう驚《おどろ》いた振りをしたけど、シャリアの真剣な表情は、そんな答えなんて望んでいないかのように崩れない。

「……カズト。改めて聞くよ。あんた、ロミナを知っているね？」

「だから。それは前にも――」

「あたしが聞きたいのは建前じゃない。本音だ」

尋問《じんもん》……いや。そうじゃないな。

この目は、純粋《じゅんすい》に真実を見定めようとする目だ。

彼女がそういう目を向けてきた事があった訳じゃない。けれど、何となく分かる。

Sランク冒険者でありながら大商人にまでなった人だ。流石にごまかせそうにないか。

とはいえ、俺だって無闇《むやみ》に素性《すじよう》なんて明かしたくないし、そもそもこの問いに至った経《けい》緯《い》がさっぱり分からない。

「……何で、そう思うんだ？」

真実を知るため、俺が尋ね返すと、シャリアはまたもため息を漏らし。

「ロミナが、あんたの名を口にしたからさ」

静かに、予想だにしなかった事を口にした。

俺はその言葉に、思わず息を呑《の》む。

ロミナが俺の名を口にした？　何でだ？　あいつは俺なんてもう忘れてるはずだろ⁉

だって俺はあの時、パーティーを組んだまま彼女に――。

そこまで思いかけて、俺ははっとする。

そういや以前、そんな例外があったじゃないか。

ダークドラゴンのディネル。

俺の推測では、あいつはパーティーを組んだ俺を一方的に見ただけで、俺がその間に会ったという認識《にんしき》を持っていなかった。だから呪《のろ》いの対象にならなかったと考えていた。

つまりそれは正しかったけど、それだけじゃないって事だ。

俺はルッテ達とパーティーを組んでいる時に、意識のないロミナに会い呪いを解いた。

つまり彼女は、あの時俺に会ったという認識を持っていない。

ってことは、記憶から消える条件は、パーティーを組んでいる間に互いに会った認識のある相手って事か……。

その事実に気づき何も言えずにいると、沈黙《ちんもく》を嫌《きら》ったのか。シャリアが語り始めた。

「あいつらがあたしの所に顔を出したのは、魔王の呪いから解放され、元気になったロミナの姿を見せたくてって話だった。だけど、それだけじゃなかったのさ」

「っていうと？」

「ロミナが昨日、デトナの村の噂《うわさ》について、あたしに何か知らないかって尋ねて来たんだ」

「デトナのって、例の忘れられ師《ロスト・ネーマー》のか。シャリアはあの噂について何か知ってるのか？」

「いいや。あたしだって噂話しか知らない。だからそう答えてやったんだけど。そうしたら、ロミナがもうひとつ尋ねてきたんだ。『カズトという武芸者を知らないか』ってね」

「……それで、何て答えたんだ？」

「知らないって返した」

「え？」

予想外過ぎる答えに、俺は思わず拍子抜《ひょうしぬ》けした声をあげる。

いや、だっておかしいだろ。シャリアは俺を知ってる。

しかも弟子《でし》からの質問。だから、本来その答えは絶対あり得ない。

「何で……」

唖然《あぜん》とする俺が面白《おもしろ》かったのか。ふっと笑ったシャリアが話を続ける。

「簡単だよ。あんたは嘘を吐《つ》いた。つまりそれは、嘘を吐くだけの事情があるからだろうって思ってさ。だからあたしはロミナ達に嘘を吐いた。だけどあたしはそれじゃ納得《なっとく》できやしないからね。それで、あんたの本音を聞きに来たのさ」

その答えを聞いて、俺は開いた口が塞《ふさ》がらなかった。

……シャリアは、本当に不思議な人だ。

普通、弟子にそう問われたらそっちを取るだろ。俺なんてたまたま出会《であ》った冒険者なだけ。それなのに、どうしてここまで気を遣ってくれるんだ？

ほんと、話す度《たび》にそんな疑問が膨《ふく》れ上がるけど、同時に分かった事もある。

この人になら、俺の事を話してもいいんじゃないかって事に。

こんなの勘《かん》でしかない。騙《だま》されてるかもしれない。

だけど、それでも俺はそう感じずにはいられなかった。

「……シャリア。二つ頼《たの》みがある」

「何だい？　言ってみな」

「ひとつは、この後話す事を誰《だれ》にも口外しないで欲しい。約束できるか？」

「それはいいけど。そもそもあたしを信用できるのかい？」

「ああ。背中を預けられるくらいには」

「ふっ。いいねえ。流石《さすが》はあたしの見込《みこ》んだ男だよ」

俺の言葉を聞いて、彼女は嬉《うれ》しそうに笑う。

「で。もうひとつは？」

「……ロミナ達には、俺がこの街にいるって事は話さないで欲しいんだ。まあ、俺が死んだ時は、流石にそう伝えて欲しいけど」

「随分物騒《ずいぶんぶっそう》な話じゃないか。そりゃ何でだい？」

「それは、ここまでの事情を話してから説明したほうが、納得してもらえるかもしれない」

「そうかい。じゃ、まずは話を聞こうか」

「ああ」

俺は一度深呼吸をした後、順番に事の次第《しだい》を話して聞かせた。

俺が忘れられ師《ロスト・ネーマー》であり、絆《きずな》の女神《めがみ》の加護と呪いを手にしている事。

そんな俺は、昔ロミナ達と冒険《ぼうけん》していたこと。

魔王との決戦前に、彼女達の優《やさ》しき想《おも》いでパーティーを追放され、彼女達の記憶から俺が消えたこと。

魔王が死んで半年後。ロミナが、魔王を倒した際に呪いを受けた事をたまたま知った俺が、ルッテ達と共に旅をし、パーティーを組み無事呪いを解いた事。

そして再びパーティーを離れ、みんなの記憶を消したこと。

だけど、ロミナの記憶だけ消えなかったこと。

流石に、呪いを解く為《ため》の試練で彼女に殺された話や、解放の宝神具《アーティファクト》を使った事。四霊神《しれいしん》である最古龍《さいこりゅう》ディアの存在や、宝神具《アーティファクト》の在りかなんかは伏《ふ》せたけど。それでも俺はできる限りの話をした。

シャリアは時に驚き。時に戸惑い、色々な顔を見せたけど、話をしている間、下手なことを一切《いっさい》口にせず、ずっと聞き手でいてくれた。

「……これが、忘れられ師《ロスト・ネーマー》として、俺がロミナ達と出会った話の全てだ」

「……あんた、幾《いく》つだっけ？」

「十九だけど」

「どうりで。随分《ずいぶん》大人びてるし、肝《きも》が据《す》わってるとは思ってたけど。そういう理由だったんだね」

「正直あまり考えた事ないけど、そうなのか？」

「ああ。ただの真面目なお人好《ひとよ》しかと思えば、己《おのれ》を譲《ゆず》らず格上や危険にも挑《いど》む。じゃなきゃ、あの日あたしに食《く》らいつこうとなんてしないし、アンナの事にだって首を突っ込《こ》みゃしないだろ。どうしてか不思議だったけど、やっと腑《ふ》に落ちたよ」

「……そんな凄《すご》いもんじゃないって。これでも臆病者《おくびょうもの》なんだぞ」

「全然そうは見えないけどね。……ずっと、辛《つら》かったろ？」

「いや……なんて、流石に言えないかな」

一瞬《いっしゅん》ロミナ達との別れが脳裏《のうり》を過《よ》ぎり、思わず俺が苦笑《くしょう》すると、シャリアは優しい目を向けてきた。

「なあ。ロミナ達はあんたを探してるんだ。素直《すなお》に会ってやったらいいんじゃないかい？」

その言葉に、俺は「……いや」と、短く言葉を返した。

「何でだい？　あいつらと会うのすら嫌なのかい？」

「……いや」

「なら、拒《こば》む理由なんてないじゃないか」

納得行かない顔をするシャリアに、俺は首を横に振る。

「理由は幾つかあるけど。ひとつはアンナさんの件で、俺が死ぬかも知れないからさ」

「……どういう事さ」

驚きを浮かべるシャリアに、俺は静かに語る。

「俺はアンナさんと一緒にウェリックに会うつもりだ。でも相手は暗殺集団の幹部にまでなった男なんだろ？　だとすれば、こっちだって身体《からだ》を張らないといけないし、それこそ勝てずに死ぬかもしれない。それに、もしその前にロミナ達と再会したら、あいつらまで巻き込むかもしれないし、それこそ再会した矢先に俺に死なれたら最悪だろ？　それなら、会う前に死んでる方が、よっぽどましだって」

まあ、正直ウェリックの実力が未知数なのもあるけど、俺も暗殺者と戦うなんて経験はあまりなかったし、何がどう転ぶか分かったもんじゃない。

話を聞いたシャリアが少し切なげな顔をする。でも、彼女も分かってるはずだ。

背中合わせの生と死と共に旅をする。冒険者なんて、そんなもんだってな。

「じゃあ、アンナの件が片付いたら、あいつらの下《もと》に戻るのかい？」

その問いかけに、心に押《お》し込んでいた鬱々《うつうつ》とした感情が溢れてくる。そのせいで自然に顔を歪《ゆが》めたけど、俺は言葉を口にできなかった。

「……さっきのは、建前かい？」

「いや。あれもれっきとした理由のひとつさ。言ったろ？　理由は幾つかあるって」

ぽつりと漏らした俺は、大きくため息を漏らし、テーブルの上で組んだ手をじっと見る。

……こんな情けない話、してどうするんだって。

俺はそう思ってたくせに。

「今まで話せる奴もいなかったんだろ？　だったら吐き出しな。一人で抱《かか》えてるよりよっぽどいいだろ」

こっちの内心を察し、シャリアが微笑《ほほえ》み口にしてくれた優しい言葉が心に染《し》みて。思い詰《つ》めていた俺の心の堰《せき》を切った。

「俺も、本当はあいつらと一緒にいたかった。だけど、俺は忘れられ師《ロスト・ネーマー》。何かあってパーティーが解散になったり、パーティーから離れる事になれば忘れられるんだ。でも、それが嫌だからって、あいつらに一生パーティーを組み続けてもらうなんて、無理に決まってる。あいつらだって、何時《いつ》かは誰かと幸せになり、冒険をやめ、パーティーから離れるんだから。で、結局俺はまた忘れられる。そんな未来しかないのが、やっぱり辛くってさ……」

「あんたの呪いを解く事は？」

その問いに、俺は悔しさを隠さず首を横にふる。

「俺の持つ呪いは魔王の呪いと同じで、簡単に解けやしない代物《しろもの》なんだ。ロミナの呪いを何とかできたのだってたまたま。人生で二度はない、奇跡《きせき》みたいなものさ」

「そんなにヤバい呪いなのかい」

「ああ」

頷《うなず》いた俺を見て、視線を逸《そ》らし少し考え込《こ》むシャリア。だけど、すぐに妙案《みょうあん》が出る気配がない所を見ると、やっぱりそういう付与具《エンチャンター》なんかはそうそうないって事なんだろう。

「あいつらが会いたいってなら、会ってやるだけでもいいんじゃないかい？」

「かもな。だけど、もしそこであいつらがパーティーに戻ってほしいなんて言ってきたら……」

「……呪いが生む行く末を知っているからこそ、迷いもするか」

「……まあな。情けない話だろ？」

止められないため息を漏らした俺は、同情した顔をする彼女にこう尋ねた。

「そういや、ロミナが何で俺を探してるかは聞いたのか？」

「いや。ただ、そいつは何者なんだいって尋ねたら、恩人だって言ってたね」

「恩人、か……」

……きっと、ロミナの事だ。あの時の台詞《せりふ》、覚えてるんだな。

──「いいか？　魔王を倒した後。それでも、どうしても俺に逢《あ》いたいっていうなら、必死に探し出してみろ。もし再会できた時は褒《ほ》めてやるよ。やっぱりお前等は俺が見込んだ、最強で最高のパーティーだったってな！」

かつて俺が、魔王討伐前に追放された時に放った言葉。

あれだって、忘れられると思っていたからこそ口にした、未練だらけの一言だった。

だけど、きっとあいつはそれを約束だと信じてくれてる。だからこそ、わざわざ俺を探してくれてるんだよな……。

正直その気持ちは嬉しい。だけど、結局ああ言っておきながら、俺は再会を迷っている。

……結局俺は、忘れられるのが怖《こわ》いだけの臆病者か。ほんと、酷い奴だ。

「……どうすりゃ、いいんだろうな」

ぽつりと漏れた悩《なや》みに、シャリアは顎《あご》に手を当て少しだけ考え込んだ後、こっちに真剣な目を向けてきた。

「そうだねぇ……。一応、あたしにはあたしなりの意見はある。だけど、それを話した所で、あんたを惑《まど》わせるだけ。結局最後はあんたがきちっと考え、決断しなきゃいけない。だから、今はその意見を口にしない。だけど、そこに至るまでにあんたがすべき事はあるね」

「する事？　俺がか？」

「ああ」

要領を得ない顔をした俺に、彼女はふっと笑う。

「折角の機会だ。あんたがあいつらと顔を合わせて、自分の気持ちを確かめてからでも遅くはないだろ」

……はぁっ⁉

「ちょ、ちょっと待った！　さっきの話を聞いてただろ⁉」

「勿論《もちろん》」

「だったら――」

「いいから。ここはあたしに任せな」

ただただ戸惑い、何ともいえない顔をした俺なんて関係なしに、シャリアはいつもの彼女らしい顔で、そう意味ありげに口にした。

§　§　§　§

昼過ぎに改めて顔を出すと言ったシャリア。その言葉通り、日が傾《かたむ》く前に、彼女はまた宿にやって来た。何故《なぜ》かディルデンさんとアンナさんを連れて。

正直こないだの件もあったし、アンナさんを連れ出すのはどうかとも思ったけど、シャリアやディルデンさんもいるからこそ問題ないって判断したのかもしれないし、そこには口出ししなかった。

「待たせたね」

「いや。でも、何で二人まで？」

「なーに。この後の為さ」

相変わらずはっきり理由を話さない彼女は、俺《おれ》と並んでテーブルの前に立った。

「ディルデン。例の物を」

「はい。失礼いたします」

シャリアの後ろに待機していたディルデンさんが前に出ると、俺達の間を抜《ぬ》け、テーブルに何かを置いた。

「これ……仮面か？」

置かれていたのは、顔の上半分を覆うための、漆黒《しっこく》の魔導鋼《まどうこう》でできた仮面のような物。

「ああ。これは増魔の仮面って言ってね。装備した者の魔力《マナ》を高める付与具《エンチャンター》さ」

「それはいいんだけど。で？」

「まずは何も聞かず、そいつを着けてみな」

「俺が？　まあ、いいけど……」

訳のわからないまま、とりあえず俺は顔にそいつを当ててみた。

バンドなんかで止めてるわけでもないのに、すっと顔に吸い付いた仮面。瞬間、自分の体内にある魔力《マナ》の高まりを強くはっきりと感じる。

確かに、これはかなり効果がある付与具《エンチャンター》だな。けど、だからなんだってんだ？

「なあ。まさか、これで変装したとでも言うのか？」

俺がシャリアにそう言おうとした瞬間。

「カ、カズト様。そのお姿は……」

と、アンナさんが驚きの声に遮《さえぎ》られた。

……ん？　そのお姿？

きょとんとする俺に、シャリアはにやにやしながら、無言で部屋にある大きな姿見を親指で差す。まあ、まずは見てみるしかないか。

促《うなが》されるまま鏡の前に立った瞬間。「うわぁ……」って変な声が漏れた。

何でかって、俺の髪が真っ白になっていたからだ。今は聖術師《せいじゅつし》の術着を着ているせいもあって、違和感《いわかん》バリバリだ。

これで髪を解いたら……。試《ため》しに髪の元結《もとゆい》を外してみると、普段《ふだん》よりぼさっとした後ろ髪に変わる。

……これは本気で別人に見えるな。本人がこれだけ違和感を覚えるんだ。知り合いだっ

て簡単には気づかない気がする。

「どうだい？　聖術師《せいじゅつし》、カルド様」

「……は？　カルド様？」

俺に並び、未《いま》だにやにやしているシャリアに対し、思わずそれを復唱してしまう。

「そう。あたしが目をつけた非正規冒険者《ぼうけんしゃ》。そいつが久々にウィバンに顔を出したのを知って、折角だから夕食がてら、聖勇女《せいゆうじょ》パーティーに会わせてやろうって寸法さ」

「ちょ、ちょっと待て。それって、あいつらが迷惑《めいわく》しないか？」

「そんなのは気にしなくっていい。あたしは昔っからこんなんだって、ロミナ達も知ってるしね」

「にしたって、こっちにだって心の準備が──」

「カズト」

言い訳を続けようとするのを一喝《いっかつ》するかのように、強い言葉でシャリアが俺を呼ぶ。その顔はさっきまでと一転、真剣な顔だ。

「別に、あんたの正体を明かせって言ってるんじゃない。ただね。あんただって本当は、あいつらに会いたかったんだろ？」

ストレートな言葉に、俺は思わず口を真一文字に結び俯《うつむ》いてしまう。

……そりゃそうだ。ロミナ達がどうなったか、ずっと気にしてた。

きっかけは別にあるとはいえ、ロミナ達を思い出しては切ない気持ちにだってなった。

そりゃ会いたい。会いたいさ。だけど……。

「……いいかい？　自分の心を偽《いつわ》るなって言ってるんじゃない。あんたには、忘れられ師《ロスト・ネーマー》だからこその不安もあるからね。だけど、あんたは知るべきだよ。あいつらの、あんたへの想いを」

「……そう言ったって、どうすりゃいいんだよ？　シャリアの提案通りなら、俺はただ会食して終わり。そんな話をする機会なんてないだろ」

俺の懸念《けねん》を聞いた彼女《かのじょ》は、こっちの肩《かた》をぽんっと叩《たた》き笑《え》みを見せた。

「言ったろ？　あたしに任せなって。ディルデン。今日のあたしの夕食は、部下と部屋を別にしな。知人との食事会と銘打《めいう》って、あたし達とロミナ達、そしてこいつを参加させる。悪いが先に戻って用意を進めな。あと、一時間後《ディン》にここに迎えの馬車を寄越《よこ》してくれるかい？」

「承知しました」

「アンナも先にディルデンと戻りな。ただし、屋敷《やしき》でのカルドの世話役はあんたに任せる。こいつがカズトだってばれないよう、普段客人に接するように振る舞《ま》うんだよ」

「は、はい。かしこまりました」

テキパキと指示をするシャリアに、ディルデンさんは動じることもなく。アンナさんは流石に少し戸惑《とまど》いながら返事をする。

「では。シャリア様、カルド様。我々は先に失礼いたします」

ディルデンさんが既《すで》に状況《じょうきょう》を受け入れたかのように、さらりと俺を別の名で呼ぶと、アンナさんと共に会釈《えしゃく》し、そのまま部屋を去って行く。

流石はシャリアに仕える執事《しつじ》。こんなの日常茶飯事《にちじょうさはんじ》って事か。

……って、あれ？　これってつまり……。

「おい、シャリア」

「何だい？」

「これ、勝手に話が進んでないか？」

俺がはたとその現実に気づき白い目を向けると、彼女はしてやったりと言わんばかりにニヤリと笑う。

「当たり前だろ。あたしの強引《ごういん》さ、忘れたのかい？」

……忘れてた。

くそっ。こっちを気遣《きづか》ってると思って、完全に油断してた……。

　彼女に嵌《は》められた俺は、思わずその場で頭を抱える。

　その姿を見たシャリアは、ふと優しい笑みを浮《う》かべ、こんな事を口にした。

「いいかい？　話したくない事情まで話してくれたあんたは、あたしにとっちゃ既に仲間。だからこそ、少しは世話を焼かせな。一人で苦しんで、何もできないよりはいいだろ」

　……仲間、か。

　確かに。俺は彼女を信頼したからこそ、色々と重い話までしたんだ。シャリアがこういう性格だって頭から抜けてたとはいえ、このお節介《せっかい》だって俺のためだもんな。

「……そうだな。ありがとう。シャリア」

「いいって。その代わり、是非《ぜひ》あたしの右腕《みぎうで》に――」

「だから！　それはなし！」

　なんでそうなるんだよ！　ったく。

　思わず勢いよくツッコミを入れると、

「まったく。つれないねぇ」

　なんて言いながら、彼女はいつもの楽しげな顔をする。

　……一人だったらもっと鬱々《うつうつ》として、ただずっと悩み、苦しんでたかも知れない。

　だからこそ、色々と呆《あき》れながらも、内心俺は感謝した。

彼女の優しさと明るさに。

§　§　§　§　§

日が傾き始めた頃《ころ》、俺はシャリアと共に彼女の屋敷へと向かうと、一旦《いったん》客室へと案内された。

客室ではアンナさんに紅茶なんかを出してもらったけど、互《たが》いに会話らしい会話はなし。

流石に今は彼女も覚悟を決めなきゃいけない時期だし、何より今は俺もカルド。変に話をして、周囲に気づかれちゃいけないって気を遣《つか》ってるのかも知れない。

そうこうしている内に、ディルデンさんが食事の準備ができたと呼びに来てくれて、俺達は部屋を出て食堂に向かう事にした。

誰とも話をすることなく、廊下《ろうか》を歩いて暫《しばら》く。客室の物より少し大きめな扉《とびら》の前で、ディルデンさんが足を止める。

「こちらが食堂となります。……気持ちの整理は？」

中にいる人達に聞こえないよう、小声で問いかけてくるディルデンさん。

ロミナ達との再会。緊張《きんちょう》で喉《のど》が渇《かわ》き、ゴクリと唾《つば》を飲《の》み込む。

……日和《ひよ》るな。シャリアがわざわざ俺のためにここまで用意してくれたんだ。

増魔の仮面と聖術師《せいじゅつし》の格好で、俺とは別人の風貌《ふうぼう》にもなっている。問題ないって。

「はい。大丈夫《だいじょうぶ》です」

小声で俺が返すと、彼《かれ》は無言で頷く。

コンコンコン
「はい」

「ディルデンにございます。お客様をお連れいたしました」

「ああ。案内しな」

「失礼いたします」

ディルデンさんがシャリアの指示に従い食堂の扉を開けると、広い部屋の中にある長テーブルの奥《おく》にシャリアが。そして、その脇《わき》にロミナ達が二手に分かれ席に座っていた。

彼女達《かのじょたち》の視線がこっちを向いている。

興味津々《きょうみしんしん》な顔をしているルッテ。無表情でじっとこっちを見つめているキュリア。落ち着いた雰囲気《ふんいき》でこっちを見ているロミナ。俺より既に配膳《はいぜん》された料理に興味津々になってるミコラ。フィリーネだけは、俺を見て少し驚いた顔をしてるけど……まさか、気づかれた？

昔と変わらない彼女達を見て感慨深《かんがいぶか》くなるより先に、フィリーネの反応に緊張を覚える。けど、ここで日和《ひよ》って挙動不審《きょどうふしん》になったら余計怪《あや》しまれるだろ。

ふぅっと息を吐《は》いた俺は、腹を括《くく》るとゆっくり部屋に入り、一旦足を止める。そして、ゆっくりとフードを取ると、その場で恭《うやうや》しく一礼した。

「シャリア様。この度は晩餐《ばんさん》にお誘《さそ》い頂きまして、誠《まこと》にありがとうございます」

「堅苦《かたくる》しい挨拶《あいさつ》は抜きだ。今日はあたしのわがままで、こいつらと一緒にさせちまって悪かったね」

「いえ。まさか世界を救った英雄《えいゆう》の皆様とお会いできるなんて光栄です」

俺が改めて一礼すると、シャリアは笑みを浮かべた後、ロミナ達に目を向ける。

「こいつはあたしの知り合いで、聖術師《せいじゅつし》のカルドだ。あたしが右腕にしたいくらいには信頼できる奴《やつ》でね。こいつならあんた達の探し人について、何か力になれるかもしれないと思って呼んだんだ。急な同席で悪いが、これも絆の思《おぼ》し召《め》しと思って、よろしく頼むよ」

「はい。わかりました」

ロミナが彼女に返事をすると、その場で席を立ち、こっちに丁寧《ていねい》に頭を下げてきた。

「私はロミナ。このパーティーのリーダーを務めております。よろしくお願いいたします」

「お目にかかれて光栄にございます。カルドと申します。どうぞお見知りおきを」

「私の仲間も紹介《しょうかい》しておきますね。隣《となり》から、ルッテ。キュリア」

「ルッテじゃ。よろしく頼《たの》む」

「私、キュリア」

「斜《なな》め向かいがフィリーネ。その隣がミコラです」

「フィリーネと申します」

流れるように挨拶が交《か》わされていったんだけど、最後のミコラの所で言葉が止まる。

あいつはこっちを見ず、じーっと目の前の料理に目を向けてるけど……。

「……ミコラ？」

ロミナが首を傾《かし》げ、改めて彼女を呼ぶと。

「あーっ！　めんどくせー！」

突然《とつぜん》、ミコラはその場で立ち上がり獣人族《じゅうじんぞく》らしい尻尾《しっぽ》を逆立て、シャリアの方を見た。

「シャリア！　これだけの料理を目の前にして、お預けはひどすぎだろ⁉　挨拶とかいいから、そろそろ飯にしようぜ！」

まあ、確かに目の前に並ぶ料理は本当に美味《うま》そう。だけど、それを理由にそこまで言うか⁉

ある意味ミコラらしいとはいえ、あまりの一言に俺だけじゃなく、周囲も目を丸くする。

「ったく。まあいいさ。ディルデン。あんたとアンナ以外は引き上げさせな」

「かしこまりました」

「カルド。あんたはそこの席に座ってくれ」

「あ、はい。承知しました」

シャリアに促されたのは、彼女と隣接《りんせつ》する角の席。ロミナの正面、フィリーネの隣の場所だった。

「ありがとうございます」

アンナさんに礼を言いながら、彼女が引いてくれた椅子《いす》に腰《こし》を下ろす。

「それじゃ、頂こうか」

「待ってたぜ！　いっただっきまーす！」

みんなの挨拶も待たず、勢いよく食べ始めたミコラに、ロミナ、ルッテ、フィリーネが顔を見合わせ苦笑する。キュリアだけはミコラに釣《つ》られたのか。黙々《もくもく》と食事を始めてるな。

「すまぬ。彼奴《あやつ》は食べ物に目がなくてのう」

「ほんと。カルド様がいらっしゃると言うのに……」

「構いませんよ。楽しそうで何よりです」

ルッテとフィリーネの苦言に、俺も釣られて苦笑しつつも、あえてあいつの行動を受け入れた。まあ、ミコラはいつもあんな感じだしな。

「カルド様。来ていただいて早々に申し訳ないのだけれど、失礼な質問をしてもよいかしら？」

と、話の流れでフィリーネがそう口にしてきたけど、さっき表情を変えた件か？

「はい。何でしょう？」

内心動揺《どうよう》しながらも、それを顔に出さないよう平然と言葉を返す。

「貴方《あなた》は先日、私やミコラと会っていないかしら？」

……ん？　あー。あの日の事か。

「はい。覚えていらっしゃったのですか？」

「ええ。服装を見てもしやと思ったのですが。まさか貴方《あなた》がシャリアの知り合いだとは驚きでしたわ。その節は本当に感謝していますわ」

「いえ、礼など不要です。偶然《ぐうぜん》通りがかりに泥棒《どろぼう》を避《さ》け損《そこ》なっただけですので。あと、堅苦しいのは苦手ですので、私の事は気軽にカルドとお呼び下さい」

「お気遣い感謝するわ。勿論、私達《たち》にも敬称《けいしょう》は不要よ。ね？　ロミナ」

「うん。そうしていただけたら嬉しいです」

「わかりました」

俺とフィリーネ、ロミナがそんな会話を交わしていると、

「ん？　フィリーネってカルドと知り合いなのか？」

俺達《おれたち》の会話を聞き、食事をしていたミコラが驚《おどろ》きの声をあげる。

……おいおい。お前、あの時結構近くにいたろうが。

内心呆れた俺と同じ気持ちだったのか。フィリーネが露骨《ろこつ》に呆れ顔をした。

「ミコラ、忘れたの？　あのひったくりが転倒《てんとう》した時、協力してくださった方よ？」

「え？　あ、その……あー！　いたいた！　確かにいたよな！　悪い。すっかり忘れてた。あははは っ」

露骨にごまかすように、頭を掻《か》き苦笑するミコラ。

……お前、あいつ押《お》さえ込むのに夢中で絶対覚えてないだろ。

「まったく。お主は相変わらず周囲を見ておらんのう」

「うん。ミコラ、見てない」

「う、うっせー！　お前らなんか、のんびり追ってきただけじゃねーかよ！」

ルッテ達の言葉に声を荒《あら》げるミコラを見て、みんながくすくす笑う。

「こらこら。そんなに騒《さわ》いだら飯が不味《まず》くなるだろ。大人しく食べな」

「ふん。わかってるよ！　その代わり、遠慮《えんりょ》はしねーからな！」

冗談《じょうだん》交じりにシャリアがそう咎《とが》めると、流石にミコラも不貞腐《ふてくさ》れながらチキンステーキをがっつき始めた。

食事の合間は、他愛《たあい》のない会話が続いた。

カルドとして色々と質問を受けたけど、そこは屋敷に来る前にシャリアと口裏をあわせていたのもあり、ほぼほぼ彼女が代弁してくれた。

非正規冒険者の俺は、まだまだ実力不足だと一人で旅をしていること。

顔にある傷を隠《かく》すため、仮面をしていること。

道中でたまたまシャリアの商隊と出くわした際、怪我人《けがにん》を治したのが縁《えん》で彼女に気に入られたこと。そこからずっと右腕にしたいと勧誘《かんゆう》されていることまで、やや事実も交えながら、俺について紹介された。

勿論、ロミナ達についても説明を受けたけど、流石に彼女達は有名人。それほど多く語られることもなく、シャリアがロミナの師匠《ししょう》だという自慢話《じまんばなし》がほとんどだった。

そんな感じで、和《なご》やかに進む会食。

確かに、ロミナ達といられる嬉しさはあった。

だけど、この流れじゃ彼女達の俺に対する心の内なんて、わかるわけもない。

別段シャリアもそういった話に触《ふ》れる気配もないし。もしかして、こうやってロミナ達との時間を提供してくれて、俺が心変わりするのを期待してただけなのか？

そんな疑問を覚えている内に、食事を一通り終え、残るは食後のデザートだけになったんだけど……そこで、シャリアは思いもよらない話を始めたんだ。

「ロミナ。ひとつ聞いてもいいかい？」

「はい。何ですか？　師匠」

ロミナの返事に、落ち着いた顔で紅茶を口に運んだシャリアが、何食わぬ顔で言う。

「あんたの探してるカズトってのは、忘れられ師《ロスト・ネーマー》なんだろ？」

「えっ⁉」

思わず「はっ⁉」って喉まで出かかるのを何とか堪《こら》えたけど。これには俺を始め、シャリア以外の全員が目を丸くした。アンナさんですら思わず声を上げたし、ディルデンさんですら流石に眉《まゆ》をピクリと動かし、彼女に目を向ける。

「はっ⁉　なんでシャリアがそんな事を──」

「ミコラ！」

思わず本音が漏《も》れたミコラの言葉。フィリーネの一喝に慌《あわ》てて口を塞《ふさ》いだけど、時《とき》すでに遅《おそ》し。今の反応じゃもう、シャリアの問いかけが事実だって言ってるようなもの。

だけど、何で急にそんな問いかけ方をしたんだ⁉

戸惑いを隠せない俺達に対し、シャリアは相変わらず空気を読めない済まし顔のまま話を続ける。

「あんたがこの間あたしにした質問に、デトナの噂《うわさ》があっただろ？　わざわざ人探しをする時に、そんな質問はしない。つまり、それが真実って事だね」

「師匠、その……」

まるで名探偵《めいたんてい》になったかのようなドヤ顔。確かにその推理は的を射ているけど、突然のことにロミナは俯き、戸惑うことしかできない。

「シャリアよ。流石にこの場は我等以外の者もおる。少しは場を弁《わきま》えて話してはもらえんか？」

ロミナの言葉を代弁するように、真剣《しんけん》な顔をしたルッテがそう咎《とが》める。けど、当の本人は表情を変えなかった。

「安心しな。あたしの従者すらできる限り人払《ひとばら》いしたのは、ディルデンとアンナなら信頼《しんらい》できると思ってるから。勿論こいつも信頼してる」

俺を親指で差し、笑顔《えがお》のシャリア。

流石《さすが》にこの展開は強引だし気に入らない。とはいえ、今の俺は忘れられ師《ロスト・ネーマー》なんて、噂としか思ってない存在。

正直この展開に乗り気はしないものの、俺はカルドであり続けるしかない。

「お、お待ちください！　噂話《うわさばなし》でしか聞かない忘れられ師《ロスト・ネーマー》を、聖勇女《せいゆうじょ》様一行はお探しになられているというのですか⁉」

「ま、そういう事。カルド。あんたはカズトって武芸者を聞いたことはあるかい？」

「あ、いえ。特に存じ上げませんが……」

「そうかい。あんたはこの先もまた一人旅をするんだろ。もしそいつの事や忘れられ師《ロスト・ネーマー》の噂話を聞いたら、あたしに伝書で教えな。あと、ここで聞く話は、誰《だれ》にも口外するんじゃないよ」

「そ、それは……構いませんが……」

本気で戸惑っている俺だからこそ、今のは迫真《はくしん》の演技と言ってもいい。

流石にこれで俺がカズトとは疑われないと思う。

だけど……この話、この先どう収束させるつもりなんだよ……。

今この状況を握《にぎ》っているのはシャリアだし、このまま話の流れを見守るしかないか……。

「さて。でだ、ロミナ。折角《せっかく》だ。あたし達に忘れられ師《ロスト・ネーマー》であるカズトについて、聞かせてくれやしないかい？」

再び矛先《ほこさき》を向けられたロミナが、少し困った顔を上げ、シャリアを見る。

「何故《なぜ》ですか？」

「あんたから聞いた情報は、そいつが武芸者であること。そしてあんたの恩人だってだけだからさ。忘れられ師《ロスト・ネーマー》ってのがどんな存在で、カズトってのはどんな奴なのか。それを知っていれば、あたしやカルドもそいつと気づくきっかけになるかもしれない」

もっともらしい言い分を口にしたシャリアに、ロミナは少し考え込む。

「ロミナ。師匠だからって、言うことを聞く必要はねえからな」

「そうよ。別に私達だけで探すことだってできるのだから」

「二人の言う通りじゃ。お主に判断は任すが、話したくなければ無理するでない」

みんなが様子を窺《うかが》う中、覚悟《かくご》を決めたんだろう。

「……わかりました。お話しします」

顔を上げ、仲間を一瞥《いちべつ》したロミナは、シャリアの顔をじっと見た。

「まず、あんたはカズトが恩人だって言ってたけど、そりゃどういう事だい？」

「……はい。私は、カズトに命を救われたんです」

「あんたが？」

「はい。先日話した通り、私は半年ほどある呪《のろ》いに苦しんでいました。命を蝕《むしば》む強大な呪い。みんなが奔走《ほんそう》してくれたけれど、その呪いを解く為《ため》には、魔王《まおう》に匹敵《ひってき》するほどの敵と戦う必要があったんです」

「魔王と匹敵するだって⁉」

流石のシャリアも、驚きを隠せず目を丸くする。まあ、俺も当時同じ気持ちだったからな。

そして、それが真実だと告げるように、ロミナは彼女に頷く。

「私は呪いで動けず、呪いの進行を止めているキュリアと、王座に就《つ》いたマーガレスは旅立つ事ができませんでした。そして、残されたルッテ達だけで挑《いど》むのも無謀《むぼう》。だからこそ、私はもう助からないと思っていたんです。ですが、そんな絶望の最中に現れたカズトは、一人そんな脅威《きょうい》に挑もうと決意し、私達に少しだけとはいえ、呪いを退かせる奇跡を見せてくれました。そして、彼はルッテ達と共に旅に出てくれて、私の呪いを解き、命を救ってくれたんです」

「なるほど……。で、そいつは何で、あんたの前から消えたんだい？」

神妙《しんみょう》な顔で問いかけたシャリアに、ロミナは少し落ち込《こ》んだ顔で首を横に振《ふ》る。

「わかりません。ただ、共にパーティーを組んだであろうルッテ達は、彼の事をほとんど覚えていなかったんです。それで、カズトこそが忘れられ師《ロスト・ネーマー》だったんだと気づきました」

「あんただけ忘れなかった理由は？」

「それも、わかりません」

口惜《くちお》しげな顔を見せるロミナ。

俺のことを覚えているからこそ、何か不安を感じているんだろうか。

彼女の見せた表情に胸が痛む。自分のせいで、そんな顔をさせているってことに。

「ちなみに、カズトに会おうと思った理由は？」

「……彼と、約束したからです」

「約束？」

「はい。彼は魔王討伐《まおうとうばつ》直前まで、私達とパーティーを組んでいたはずなんです」

「は？　そんな前にかい!?」

「はい。その頃の記憶《きおく》はみんなにはありません。ただ、私は少しだけ覚えていたんです。勝手に誰かを想《おも》い、パーティーから追放してしまった時、その人が言っていた言葉を。『魔王を倒《たお》した後にどうしても会いたかったら、探してみろ』。呪いの一件でカズトが忘れ《ロスト》られ師《ネーマー》だと気づいた時、私は当時の記憶から、彼が私達に力を貸してくれていたんだと悟《さと》りました。だからこそ、私は彼が言った通り、彼に会ってお礼を言いたいんです。こうやって、あなたのお陰《かげ》で生きていられる事に。そして、私達を助けてくれた事に」

……本当に、探してくれていたんだな。

シャリアから聞いていたとは言え、ロミナが俺を探す旅をしていてくれた事実を本人から聞き、俺は少し感慨深くなる。

「再会して、礼を言ったらそれで終わりかい？」

「それは……」

シャリアの真剣な問いかけに、ロミナが少し言葉を飲む。俯き、迷いを見せた彼女はふうっと息を吐くと、何かを決意したのか。改めて仲間達に凛《りん》とした顔を向けた。

「みんな、ごめんなさい。私は……カズトにまたパーティーに戻《もど》って欲《ほ》しいと思ってる」

その言葉を聞いたルッテ達は、間違《まちが》いなく驚く。俺はそう思っていた。

だけど、四人はそんなロミナを見ても、動揺すらしていない。ルッテとミコラなんて、意味ありげに笑ってる。

「じゃろうな」

「言うと思ったぜ」

「え？」

逆に驚きの声を漏らしたロミナ。そんな彼女にフィリーネもクスリと笑う。

「決まってるわよ。パーティーを解散してでもカズトを探しに行こうとした時点で、それくらいの覚悟をしてるって思っていたもの」

キュリアにまでそう言われたロミナは、少し気恥《きは》ずかしくなったのか。その場で小さくなる。

「そ、そっか……」

「うん。思ってた」

「だけど、カズトは忘れられ師《ロスト・ネーマー》なんだろ？　あんた達に何かあってパーティーを解散しなきゃいけなくなったら、あんた達はそいつを忘れちまう。それでも一緒《いっしょ》に行く気なのかい？」

どこか和やかになった空気を締《し》めるかのように、シャリアが真剣な顔で核心を突く質問をする。けど、ロミナ達はそれを受けても、迷いを見せなかった。

「私は、自分を助けてくれたカズトに、本当に感謝しているんです。だからこそ、どんな形であっても彼を忘れずにいたい。そう思っています」

「カズト、ロミナのために、頑張《がんば》ってくれたって、ルッテから聞いた。カズト、いい人。だったら一緒、嫌《いや》じゃない」

「確かに。私達やロミナを助けてくれた事に、感謝しかないもの。だから私も構わないわ。それに、もし忘れてしまう理由が呪縛《じゅばく》の類《たぐい》であれば、それを解いてあげる事もできるかもしれないもの。最初から悲観しすぎもよくないわ」

「ま、未来がどうなるかなんてわかんねーけどよ。いいんじゃねーか。まずは会って、仲間に戻ってから考えてもよ」

「ふん。まったく。ミコラよ。お主は相変わらず考えなしじゃな」

「うっせー！　お前はどうなんだよ！」

「我《われ》はお主なんぞよりよほど長寿《ちょうじゅ》じゃ。カズトとやらが一生を全《まっと》うするまで見守ってやるのなぞ、造作もないわ」

「ふーん。ま、そういう事にしといてやるよ。ルッテ婆《ばあ》さん」

「ふん！　我《われ》はまだまだ若いわ！　馬鹿にするでない！　まったく……」

ミコラとルッテの相変わらずのやり取りに、周囲のみんなが呆れ笑いを見せる中。俺は彼女達の言葉に、胸が熱くなっていた。

こっちが最も不安に思っていた事を、みんなは受け入れてくれようとしている。それが、凄《すご》く嬉《うれ》しかったから。

……だけど。同時に、俺の胸の痛みも同じくらい強くなった。

俺が弱いせいで、より自分が不安になる問題を抱《かか》えてしまっているから。

みんなの気持ちとは裏腹に、自身に刻まれた痛みを思い出してしまい、内心憂鬱《ゆううつ》な気持ちが強くなっていく。

だけど、ここでそんな顔なんてできない。だからこそ、俺は彼女達の想いがくれた喜びだけを必死に心に刻み、何とかその場を乗り切ったんだ。

§　§　§　§　§

会食を終えた俺は、夜の街を眺《なが》めながら、シャリアと共に馬車で宿まで向かっていた。

「ったく。あのやり方はさすがに強引だろ」

「まあまあ。だけどこれで、あいつらの本音も聞けたじゃないか。あたしに感謝しな」

こっちの苦言なんて関係ないと言わんばかりに、光術石《こうじゅつせき》の明かりで淡《あわ》く照らされた彼女の表情は明るい。

きっとシャリアは、ロミナ達の本音は俺が望んだものだって思ってるんだろう。

「で。戻る気にはなったかい？」

「……」

シャリアが望む返事をできず無言で俯いた俺に、彼女のため息が漏れる。

「あれだけの事を言ってもらえたじゃないか。何を迷う事があるんだい」

「……あれだけの事を言ってもらえたからこそ、迷う事もあるんだよ」

自然と漏れるため息。だけど、それでも俺の心の不安の一部は晴れたのも確か。

「とはいえ、お陰で少しは心がすっきりしたよ。ありがとな」

「いや。……この先はあんたが決める事。ゆっくり考えな」

「ああ。まずはアンナさんの件を片付けてから、落ち着いて考えるとするよ」

「そうしな。その代わり……死ぬんじゃないよ」

「ああ」

互いに顔を見て笑みを交わす。

けど、きっと心の内ではわかってる。ウェリックと戦いになれば、そこに命のやり取りが生まれるってことを。

それでも、きっとシャリアは俺を信じてくれたんだ。だから、俺もそれに応えてみせる。

そうしなきゃ、ロミナ達と再会するか、迷う事もできなくなるんだから。

シャリアから顔を逸《そ》らし、車窓から外を見る。

街灯で照らされる、どこか不安を煽《あお》る街並みを眺めながら、俺は一旦ロミナ達への気持ちを無視し、この先にあるかもしれない戦いに頭を切り替《か》え始めた。

§　§　§　§　§

シャリアからアンナさんの伝言を受けてから、三日目の夜。

俺は、久々に道着に袴《はかま》を付けた武芸者の出立《いでた》ちで、宿の部屋のソファに腰を下ろしていた。

コンコンコン
と、そこにドアをノックする音が届く。

「はい」

「ロビーにて、アンナ様がお待ちにございます」

「分かりました。ありがとうございます」

宿の人の声に、俺《おれ》は立ち上がると息を吐く。

験担《げんかつ》ぎのように、閃雷《せんらい》を少しだけ鞘《さや》から抜《ぬ》き、戻す。

いつも通りの鞘と鍔《つば》がかち合った澄《す》んだ音。

少しの間それに耳を傾《かたむ》けた後、心を落ち着かせる残響《ざんきょう》をそのままに、俺は宿のロビーへと向かった。

ロビーに向かうと、メイド服の上に黒いクロークを羽織ったアンナさんが立っていた。

「カズト様。お久しぶりでございます」

「お久しぶり。じゃ、行こうか」

「はい」

淡々《たんたん》と会話するアンナさんだけど……表情は硬い。

まあそうだよな。

弟との命のやりとり。それが楽しいやつなんて、よっぽど殺しが好きな奴だ。

そして、彼女はそんな人じゃない。

俺達は互いに何も語らず夜の街を抜け、ウィバンを囲う外壁《がいへき》の出入り口から外に出た。

雲ひとつない夜空と満月。

人気《ひとけ》のない道を、月明かりとアンナさんが用意してくれた手持ちランプの灯《あか》りを頼《たよ》りに、ゆっくりと進んでいく。

俺がウェリックと会うのに選んだ場所。

それはウィバンから海岸線沿いに少し行った、街道《かいどう》から離《はな》れた高台の草原だった。

ここは丁度住宅もなく街道からもかなり離れていて、視界を遮《さえぎ》るような岩や木々もほとんどない。

「こんな所に、弟は現れるのですか？」

周囲を警戒《けいかい》するように、辺りを見回していたアンナさんの問いには答えず。

「……ウェリック。見てるのは分かってる。姿を見せろ」

俺は草原で足を止めると、あいつがいる方に向き、じっと何もない空間を見つめた。

姉に執着《しゅうちゃく》するウェリック。だけど、何故《なぜ》か街中は別の奴らに依頼《いらい》した。って事は、何か理由があったはず。であればきっと、街の外なら奴自身が顔を出すんじゃないかって仮説を立て、彼女をあえて屋敷から出し、奴を誘《おび》き出そうと考えたんだ。

勿論《もちろん》ここを選んだのは偶然。だけど、奴はそこにいた。

流石に普通《ふつう》の人じゃや、そこに誰か居るなんて思わないだろう。

だけど俺は感じるんだよ。風の精霊《せいれい》シルフが避けるその場所に、身を隠したお前がいるのをな。

歩みを止めた俺の脇で、アンナさんも足を止める。流石に気配に気づいたみたいだな。

っていうかこの禍々《まがまが》しさ……まさか……。

「……わざわざ姉さんを連れて来てくれるなんて」

静かな声とともに、そこに闇《やみ》が集まったかと思うと。突如《とつじょ》姿を見せたのは、闇に溶《と》けるようなローブを着込《きこ》んだ、狂気《きょうき》を露骨に感じさせる存在だった。

ゆっくりと奴がフードを取ると、姉同様の綺麗《きれい》な藍色《あいいろ》の髪を持つ、森霊族《しんれいぞく》の若い男が顔を出す。

こいつがウェリックか……。

「君も金が目当てかい？」

「……いや。俺はあんたの姉の願いを叶《かな》えに来ただけだ」

「つまり、姉さんは君にたぶらかされているんだね。さあ姉さん。俺と一緒に行こう。俺が姉さんを守るから」

「……私はもう、殺しなんてしないわ」

「何故だい？　姉さんを脅《おど》かす人達なんて全て殺してしまおう。そうすれば、姉さんを怖がらせたり、危険に晒《さら》したりする奴らも居なくなるよ」

……ちっ。やっぱり狂《くる》ってる。俺はその理由に気づいていた。

あいつは暗殺者だけど、それとは違《ちが》う禍々しい別の力をしっかり感じるからな。

アンナさんとの距離《きょり》を詰《つ》めようとするウェリックを見て、俺は庇《かば》うように彼女《かのじょ》の前に立つ。

「ウェリック。お願い。私はもう殺しなんて嫌。そして貴方《あなた》にももう誰も殺して欲しくない。だから一緒にこっちの世界で暮らしましょう？」

「そっちの世界に居たら、姉さんがまた苦しむ。だからこっちの世界に来てよ。みんな殺しちゃおう？」

暗がりに輝《かがや》く目に浮かぶ怪しげな光。月明かりで見えた顔に浮かぶのは、狂気の笑《え》み。

……やっぱりその力、闇術《あんじゅつ》か。

闇術《あんじゅつ》っていうのは、聖術《せいじゅつ》と真逆の、闇の呪いを主とした術だ。

魔王軍なんかの奴らが得意とするんだけど、この術は人に狂気を植え付ける代わりに、より強い術を駆使《くし》できる。

ダークドラゴンは別に闇術《あんじゅつ》と関係はないけど、本質は一緒。相手に呪いのような苦しみを与《あた》えたり、心を強く傷つけたりする術が多いのが特徴《とくちょう》だ。

暗殺者としての暗殺術に闇術《あんじゅつ》に関係する力まで使うとなれば、一筋縄じゃいかない。しかも、心を闇に囚《とら》われてるってなると……。

俺はぐっと奥歯《おくば》を噛《か》むと、じっとウェリックを見つめ牽制《けんせい》する。

それがやはり気に入らなかったんだろうな。

「そうか。君が死ねば、姉さんもきっと思い直してくれるはず」

「ウェリック！　止めて！」

いつになく感情的になり、悲痛な声を上げるアンナ。だけど、はっきりと俺に殺意を向けるウェリックの心は動かない。

低く身構え、両手に短剣《ダガー》を手にし構える相手に、俺も覚悟を決めた。

「アンナ、悪い。覚悟だけはしておいてくれ」

俺は彼女をその場に残し少し前に出ると、脇に佩《は》いた閃雷《せんらい》に手を掛《か》ける。

と、それを合図にしたかのように、突如奴《とつじよやつ》の背中から、四枚の翼《つばさ》のようにも見える闇が現れた。

「破滅の闇翼《ルイン・セラフ》。君を死に誘う翼だよ」

「暗殺者が闇術《あんじゆつ》に手を染める、か」

「そうさ。僕《ぼく》は姉さんの為にみんな殺す。その為に手に入れた力。最高だよ。君も味わってみるかい？」

「できれば遠慮したいけどな」

「そんな事言わないでよ。君が死に苦しむ姿を見てみたいんだから」

互《たが》いにじっと見つめ合っていた俺達二人は、月に照らされたまま暫《しばら》く動かない。

先にその均衡《きんこう》を破ったのはウェリックだった。

「さあ、踊《おど》ってよ！」

月の光でギラリと輝いた、両手に持った短剣《ダガー》を即座《そくざ》に二本投げつけてくる。

ってお前⁉　この軌道《きどう》、アンナを狙《ねら》ってるだろ⁉

咄嗟《とつさ》に俺は抜刀《ばつとう》すると二本の短剣《ダガー》を素早《すばや》く弾《はじ》く。

それで足止めされた俺めがけ、ウェリックはまるで天翔族《てんしょうぞく》のように鋭く滑空《するどかっくう》し、間合いを一気に詰めてきた。

既《すで》に両手には新たな短剣《ダガー》。

だけど、俺に最初に向けたのは、背中からぎゅんと鋭く伸《の》びた翼――いや、それはまるで、蛇腹剣《じゃばらけん》のように伸びた鋭い刃物《はもの》。それを間髪《かんはつ》をいれずに連続で繰《く》り出してくる。

俺は抜刀した閃雷《せんらい》で一部の翼を落とし、一部の翼はギリギリで避けていく。

と、掠《かす》めた翼が道着を裂《さ》き、僅《わず》かに肌《はだ》に傷がついた、その時。

「ぐっ！」

想像していた以上の痛みが身体《からだ》を突《つ》き抜けた。

この感じ、ロミナの呪いを解こうとした時と同じか！

「いいよ！　その歪《ゆが》んだ顔、最高だよぉ！」

あいつはそのまま翼と短剣《ダガー》を同時に繰り出し、俺の身体《からだ》に風穴を開けようとしてくる。

ってか、序盤《じょばん》から飛ばしやがるな！

「ほんと！　お前って、趣味《しゅみ》が悪いな！」

時に刀身で受け流し、時に柄《つか》の裏で弾《はじ》き。俺はできる限り身体《からだ》で触れず、仕掛《しか》けられた攻撃《こうげき》を往《い》なす事に専念する。

まだ何とか見切れる疾《はや》さ。だけど奴の手数が多すぎて、このままやっても押《お》し切られる。

「ウェリック！　止《や》めて！　お願い!!」

アンナの必死の叫《さけ》びも耳に届かないのか。気色悪い笑みを湛《たた》え、迷うことなく短剣《ダガー》と翼を振るうウェリック。

……流石に俺も、覚悟を決めるしかないか。

ちらりと視線をアンナに向けると、そこにあるのは悲しみに暮れた涙顔《なみだがお》。

……ったく。お前はどれだけアンナを泣かせる気だ。

闇術《あんじゅつ》の呪いを身に宿し狂気に染まるなんて、本気で彼女の事考えてないだろ。

……いいか、ウェリック。覚悟しとけ。

この先お前は顔を歪め、もっと姉に泣かれるんだ。

いくぜ。忘れられ師《ロスト・ネーマー》の全力、見せてやるよ！

月夜の下、響《ひび》き渡《わた》る刃《やいば》が交わされる澄んだ音。

火花のように光が生まれる様はきっと、傍《はた》から見たら神秘的かもしれないな。

俺はまず、振るう刀でできる限り翼と短剣《ダガー》を弾き始めた。

時折頬《ほお》や腕《うで》を掠め、痛みをよこす翼と短剣《ダガー》。

それが肌に僅かな傷を増やそうが、構わずに。

……痛み。苦しみ。これらをあいつに与えるかもしれないのを、覚悟して。

短剣《ダガー》が掠めたのを見て、ウェリックがより猟奇的《りょうきてき》な笑みを浮《う》かべてくる。

「知っているかい？　その短剣《ダガー》には麻痺毒《まひどく》を仕込《しこ》んでいるんだ。君は、じわじわと動けなくなっていく恐怖《きょうふ》に耐《た》えられるかい？」

知ってるさ。そんな小細工はな。

「さあ、もっと苦しんで死のう？　きっと姉さんも気づくさ。君なんて要《い》らないって」

嫌だね。お前に負ける気はないからな。

「カズト様！」

俺が傷つくのを見て、悲鳴のような声をあげるアンナ。

悪いな。辛《つら》いだろうけど、こっちにも時間が必要だ。もう少しだけ我慢《がまん》してくれよ。

さて。ウェリックが随分嬉《ずいぶんうれ》しそうだからな。

俺も心を決めた。ここからは本気を出してやる。

まだ反撃《はんげき》はしない。

だけど、麻痺毒を受けたはずの身体《からだ》にもかかわらず、刀の振りを加速させ、多角的な攻撃全てを弾き返し、往なしていく。

風の精霊王シルフィーネの力を借りた、無詠唱《むえいしょう》で掛けた精霊術、疾風《エアスピード》で格段に動きを上げたんだ。

だからもう肌どころか、道着にすら奴《やつ》の攻撃を掠らせてはやらない。

見切りにくいなら、強く弾く。

弾かれた反動を抑えようとしない奴の翼は、攻撃を繰り出してはどんどん大振《おおぶ》りになっていく。

こいつは殺したい欲にだけ駆《か》られて、それをカバーするような繊細《せんさい》さなんてない。

だからこそ、見切るのはどんどん楽になっていく。

勿論、毒なんて暗殺者だったら常套手段《じょうとうしゅだん》。

これも既に、無詠唱で聖術《せいじゅつ》の解毒《げどく》を自分に掛けて消してある。想定内だ。

確かにお前の攻撃は手数も多いし、破滅の闇翼《ルイン・セラフ》の脅威もある。

けどな。俺だって迷わず閃雷《相棒》を振るえるんだ。

こんなもの、ミコラの本気の連転乱舞《れんてんらんぶ》を稽古《けいこ》で受けさせられるより、よっぽど楽だぜ!!

ウェリックが望む未来を拒む俺の動きの変化に、奴の表情に驚きが浮かぶ。

「麻痺毒が効かない⁉　君も暗殺者だったのかい⁉」

「おいおい。武芸者の事も知らないとか。やっぱ暗殺者ってそんなもんか。しかも、闇術《あんじゅつ》に毒まで頼ってこの程度かよ」

「うるさい！」

俺の余裕が癪《しゃく》に障《さわ》ったのか。奴の顔が怒《いか》りに歪んだ次の瞬間《しゅんかん》。あいつは突然《とつぜん》、正面から姿を消した。だけど、禍々しい気配は隠せてない。

暗殺術、不意打ち《バックスタブ》だろ？　悪いがそれも見え見えだ！

俺は奴が背後に現れるのに合わせ、ドンピシャで重ねてやった。

抜刀術奥義《おうぎ》。斬の閃き《ひらめ》。

「ぐはっ！」

迷わず刀の峰《みね》を振るった強き一閃《いっせん》が、初めて奴の横っ腹を叩《たた》き、大きく吹《ふ》き飛ばす。

一転、二転。草の上を転がったあいつは何とか受け身を取ると踏《ふ》みとどまり、脇腹《わきばら》を押さえながら、俺に苦々しい視線を向けてくる。

俺がゆっくりと刀を鞘に戻し、再び抜刀術の構えを取ると、奴は絶叫《ぜっきょう》した。

「何故だ！　何故君は壊《こわ》れない⁉　何故君は死なない⁉」

「お前とは場数が違うからだよ」

「場数だって⁉　じゃあ君は何人殺した⁉　何人を恐怖に陥れ《おとしい》た⁉」

「知るか。だけどそんなの、お前だって魔王に比べたら大したことないだろ？」

「聖勇女《せいゆうじょ》に討《う》ち取られたあんな奴の何が凄いのさ！　僕は生きている！　僕の方がよりみ

んなを恐怖に陥れられるんだ！」

「ふーん。で？　じゃあお前は何回死んだことがある？」

「はっ!?」

必死に言い訳を口にする奴に静かに問いかけると、あいつは呆《あき》れた声をあげた。

「何をおかしな事を言っているのさ？　僕はここにいるんだよ？　死んだ事なんてあるもんか！　死ぬ奴なんてただの弱い奴だ！」

「つまりお前は、弱者ばっかり殺して粋《いき》がってるだけって事か。そりゃ弱い訳だ」

「うるさい！　ふざけ――」

怒りに任せ踏み込《こ》もうとした奴は、一瞬身体《いっしゅんからだ》をびくりとさせると、その動きを止めた。

月明かりで薄《う》っすらと見える奴の顔には冷《ひ》や汗《あせ》が流れ、目を見開き唖然《あぜん》としている。

あいつがこうなったのは、抜刀術秘奥義《ひおうぎ》、心斬《しんざん》・裏《うら》で見せた死の恐怖のせい。

踏み込んだ瞬間、俺に首を飛ばされるイメージを見せてやったんだ。

お前、今踏み込めなかったろ。それが殺される恐怖だ。

いいか？　俺は、死ぬことがどれだけ辛くて、痛くて、苦しいか知ったからな。

人を斬《き》るのも、人に斬られるのも、本当に死ぬほど怖《こわ》いんだよ。

お前はそんなの味わってないだろ？　何度も死んだことなんてないだろ？

それにお前は魔王は弱いって言ったな？

あいつは死んでも聖勇女《せいゆうじょ》を苦しめ、あいつらに恐怖を与えたんだ。

それすら知らず、井《い》の中《なか》の蛙《かわず》になってる時点でたかが知れてる。

「いいか？　俺は何度も死んだ事がある。だけどお前は今、そんな俺に気圧《けお》された。つまりお前は、俺より弱いって事だ」

「ば、馬鹿な事を言うな！　死者が蘇《よみがえ》るはずなんて――」

「お前が知っている世界だけが、この世界の全てじゃないって事だ」

そう。だから俺は、お前には負けない。

誰かを殺すのも、自分が死ぬのも、誰かがそれで哀《かな》しむかも知れないのだって、覚悟したんだからな。

「アンナ。覚悟はできたか？」

背後にいる彼女に、俺は問いかける。

「……はい。お願いです、カズト様。どうか弟を……苦しみから、救ってください……」

静かに、悔《くや》しそうに声を絞《しぼ》り出すアンナ。

……その覚悟があるなら、どんな未来でも受け入れられるよな？

「わかった。後は絆《きずな》の女神《めがみ》に祈《いの》れ。あんたを守ろうとした、優《やさ》しい弟が戻ってくるようにってな！」

「えっ？」

戸惑《とまど》いを含《ふく》んだアンナの驚《おどろ》きの声に、俺は応えない。

……いいか。アーシェ。俺も彼女も覚悟を決めたんだ。

だから頼《たの》む。俺に力を貸してくれ。あの姉弟《きょうだい》にだって、絆はあるんだから。

心で強く願い、閃雷《せんらい》を鞘から少し抜き、戻す。

キンっという音で心を落ち着けると、静かな目でウェリックを見つめた。

俺の気配が変わったのに気づいたのか。

あいつは怯《おび》えたような、未《いま》だありえないといった顔を向けてくる。

俺達《おれたち》を撫《な》でる夜の風が、草達を揺《ゆ》らすのを止めた時。

「お前なんか、死ねぇぇぇっ！」

叫びとともに、奴が一気に間合いを詰めてきた。

牽制するように投げられた短剣《ダガー》。それが、動かなかった俺の肩《かた》と腕に刺《さ》さる。

そんなもの知るか！　俺は次の一閃に全てを向けてるんだ。

この程度の痛み、殺すかも・・・・・しれない不安に比べたら、なんて事ない！

奴が続け様に繰り出した破滅の闇翼《ルイン・セラフ》が、俺に届く直前。

痛みを無視し、それより早い踏み込みで翼を避《さ》けた俺は、やつとの距離を一気に詰めると、すれ違い様に閃雷《せんらい》を抜刀して奴を横薙《よこな》ぎし、そのまま互いに入れ替わるように、あいつの背後に抜けた。

……俺は、やれたか？

抜刀術秘奥義。心斬《しんざん》・極《きわめ》。

斬りたい物だけを斬る心の刃。俺はウェリックの身体《からだ》に刻まれていた闇術《あんじゅつ》の呪いだけを断《た》ち切るべく、技とともに閃雷《せんらい》を振るったんだ。

「ぐわぁぁぁぁっ！」

背を向けたまま立っていると、突如背後から聞こえた、断末魔《だんまつま》のような声。

そして、ウェリックがばさりと草原に倒れ込む音が耳に届く。

やれたはず、だよな……？

その場で振り返ろうとし瞬間、急に意識がぼんやりとしたかと思うと、身を捻《ひね》りながらそのまま地面に倒れてしまった。

視線の先に見える、倒れたウェリック。動かそうとしても、ちゃんと動かない身体《からだ》。

「カズト様⁉」

アンナが慌《あわ》てて立ち上がり駆け出す姿。それを見ていた目が霞《かす》み、重い瞼《まぶた》で覆《おお》われる。

何だろう。頭がぼーっとする……。
あ、そうか。奴の短剣《ダガー》、麻痺毒が仕込んであるって言ってたじゃないか。
まったく。熱くなるとすぐ忘れるんだよな、俺。
アンナの声がよく分からない。
なーに。安心しろって。これくらい、大丈夫《だいじょうぶ》、だっ……て……。

……ん？
……何かが、唇《くちびる》に……触《ふ》れている？
……口の中に、何か……どろりとした物が、入ってきたな。
味は……よく、分からない。けど……窒息《ちっそく》するのも、嫌だな。
何とか、少しずつ……飲《の》み込んで、みるか。
……何とか喉《のど》を通り、胃に入っていく液体。
それが、少しずつ俺に何か力をくれ、何かから解放してくれている気がする。
これ……解毒剤《げどくざい》、か？
手に力を入れ握ってみる。……確かに、少しぎこちないけど、動くな。
唇に重なっていた何かが離れたのを感じ、俺がゆっくりと目を開けると。

「カズト様!!」

ランプの淡い光に照らされ見えたのは、目の前にあるくしゃくしゃのアンナの涙顔。でも、そこには強い安堵《あんど》が浮かんでいる。

……俺は無事、って事か……って、あいつはどうなった!?

「……アン、ナ……。ウェリックは、無事か？」

「……はい。無事でございます」

感極《かんきわ》まり、またも涙《なみだ》する彼女を見て、俺は少しほっとする。

どうやら、うまく斬れたみたいだな。

流石《さすが》にロミナとの戦い以来、あの技は使っていなかった。

勿論それは、たまたまそんな機会がなかったってのもあるけど、もし失敗すれば、ただ人を斬り殺すだけの技になりかねない。

だからこそ常に不安があるし、不安を消し飛ばすだけの覚悟《かくご》もいる、俺にとっても使うのに勇気がいる技なんだ。

この戦いで、最初っからウェリックにあの技を使わなかったのも、俺が覚悟を決めるための時間が欲しかったから。結局、俺は臆病者《おくびょうもの》だからな。だからCランクなんだけど。

「カズトさん」

俺の耳に届く、殺意なんて感じない爽《さわ》やかな声。

顔を横に向けると、そこには正座をして俺に申し訳なさそうな顔を向けている、先程《さきほど》まで打って変わった、ウェリックの姿があった。

「貴方《あなた》の刀が、僕を救ってくれたんですか？」

「どう、だろうな。ま、多分。お前を大事に思ってる、姉の祈りが通じたんだろ」

麻痺が抜けてきたのか。やっと口が回るようになってきた俺は、あいつに笑って見せた。

もう闇の禍々しさは感じない。これなら、少しは腰《こし》を据《す》えて話もできそうか。

俺はゆっくりと上半身を起こしたんだけど。

「ぐっ！」

瞬間。肩に走る痛みで一気に目が覚めた。

痛ってぇっ！　って、そりゃそっか。さっき肩に短剣《ダガー》を受けたの、しっかり忘れてた……。

「大丈夫でいらっしゃいますか⁉」

「ああ。なーに。こんなのすぐ治せるさ」

咄嗟に身体《からだ》を支えてくれたアンナの心配そうな顔に、思わず苦笑《くしよう》する。

っと。そういえば。

「ウェリック。お前、脇腹は大丈夫か？」

刀の峰を振《ふ》るったとはいえ、手加減はしなかったからな。

「今でも強く痛みますが、これくらいなら耐えられます」

「いや。それは流石にダメだな。ちょっと動くなよ？」

苦笑した彼《かれ》に、俺は詠唱はせず手を伸ばし、聖術《せいじゅつ》、生命回復を向ける。

すると、ウェリックの身体《からだ》が淡い光に包まれた。

「カズトさん。これは……」

「安心しろ。ただの聖術《せいじゅつ》だ」

「い、いえ、そういう意味ではなく。武芸者のあなたが何故こんな力を？　それに、先程あなたは何度も死んだって――」

「ウェリック。カズト様について、余計な詮索《せんさく》はしない事。勿論、ここであった事は誰《だれ》にも話してはダメ。いい？」

「あ……うん。分かったよ。姉さん」

彼女の言葉で何かを察したのか。真剣《しんけん》な顔で頷《うなず》くウェリック。

アンナの気遣《きづか》いはほんと助かる。正直、語りたくない事もあるからな。そこに踏み込《こ》んでこない彼女は、色々心得てるなって感心するよ。

だけど、今までメイドとしてのアンナしか見てなかったから、姉として見せる彼女の反応はちょっと新鮮《しんせん》だな。

っと。それより今は回復に集中しないと。

俺が時間をかけて生命回復を続けていると、途中《とちゅう》でウェリックは自らの身体《からだ》を捻《ひね》ったりしながら、痛みがないか確認《かくにん》しだす。

「カズトさん。もう大丈夫です」

「そうか。分かった」

一息吐《つ》き一旦《いったん》術を止めると、俺はそのまま自身の傷口に手を当て、自分に生命回復を始める。流石に結構魔力《マナ》を使ったからな。やれる所までにするか。

「カズト様。この度はウェリックが本当に酷《ひど》い事を──」

「それはいいさ。それよりウェリック。お前はどうして組織が壊滅《かいめつ》した時、アンナと一緒に行かなかった？　それにどうやって闇術《あんじゅつ》の力を手にしたんだ？」

俺は術を維持《いじ》しながら、気になる事を尋《たず》ねてみる。

彼は少し表情を曇《くも》らせながらも、少しずつ話し出した。

「……暗夜《あんや》の月光団は確かに壊滅しました。ですが、あの組織を恨《うら》む者はそれなりに多かったんです」

「……まさか、ウェリック。貴方《あなた》は……」

悲壮《ひそう》な顔を浮かべたアンナに、口を真一文字にし、ウェリックが頷く。

「僕は、暗殺者じゃなくなった姉さんを危険に晒したくなかったんです。だから万が一の事も考え、その者達を消す為《ため》に一人、暗殺者として動いていました」

は⁉ こいつ、姉が平穏《へいおん》に堅気《かたぎ》の生活ができるように、たった一人でそこまでしてのけたってのか？

流石のアンナも、これにはショックで言葉が出ない。

「ですが、最後の一人がどうしても、自分の腕で太刀《たち》打《う》ちできる相手じゃありませんでした。そんな時、噂《うわさ》に聞いたのです。力を与えてくれるという術師の話を」

「それが、闇術師《あんじゅつし》だったのか？」

「はい。僕はその男を何とか見つけ出し、身体《からだ》に術式を施《ほどこ》して貰《もら》い、破滅の闇翼《ルイン・セラフ》を手に入れました。ですが同時に、その呪《のろ》いで心に強い欲が湧《わ》き上がるようになったんです」

「……そこまでしてアンナを護《まも》りたいって、思ってたんだな」

「……こんな事をして姉さんを泣かせたんです。褒《ほ》められたものじゃありません」

「それで、闇術師《あんじゅつし》は？」

「……湧き上がった殺意に任せ、僕が殺してしまいました。あの人は死の間際《まぎわ》も喜んでいましたよ。僕は最高傑作《けっさく》だった、と……」

……ったく。あいつらは本気でいかれてやがる。

人を呪いで苦しめて、こうやって喜ぶ。魔王《まおう》と同じ系統の力だからこその狂いっぷりが、正直大《だい》っ嫌《きら》いなんだ。

「僕は結局その力で、最後の標的だった人物も殺しました。ですが、全ての者を殺してでも姉さんを守りたいという、捻《ね》じ曲がってしまった想《おも》いを止められず、結局ここまでやって来てしまったんです」

「それでも直接シャリアの屋敷《やしき》にまで乗り込まなかったのは、お前も理性でギリギリ踏ん張ってたって所か」

「……街の人達や、姉さんの知り合いを巻き添《ぞ》えにするのは避けたいと、必死に葛藤《かっとう》していました。ですが、それが理性と言えるかは分かりません。結局姉さんを殺しの道に引き戻《もど》そうとしましたし、別の手段で奪《うば》い取ろうとも考えたのですから」

「いや、十分踏ん張ったさ。確かに俺と戦い出した時の狂気は本物の闇術《あんじゅつ》の下にあったけど、それを直前まで抑《おさ》え込んだんだ。お前は立派だし、強い奴だよ」

……っと。魔力《マナ》切れか。

俺は自身への生命回復の術を解くと、歯がゆさばかり顔にするウェリックの肩を、ポンっと叩いた。

「アンナ。悪いが止血を手伝ってくれ。もう魔力《マナ》がないから、後は宿まで戻ってから何とかする」

「……はい。承知しました」

ウェリックは未だ悔《く》やんだ顔をしてるし、アンナも責任を感じた顔をしながら、ハンカチを取り出して腕に巻いてくれる。

まったく。二人揃《そろ》って似た者同士だな。やっぱり姉弟《きょうだい》って事か。

俺は思わずふっと笑う。

「二人とも、そんなしけた顔するな。お前達はこれから一緒《いっしょ》に暮らせるだろ？」

「……いえ。僕にそんな資格なんて──」

「アンナ。まずはこいつをシャリアに会わせろ。そしてこう伝えてくれ。『こいつの真面目さは執事《しつじ》に向いてるから、ディルデンさんにでも付けて教育してやれ』ってな」

ウェリックの言葉を遮って話した内容に、二人が驚いた顔をする。

おいおい。何て顔してるんだよ、まったく。

俺は呆れた笑みを彼女達《かのじょたち》に向けた後、ウェリックをじっと見た。

「いいか？　これは俺の勘《かん》だけどな。シャリアはアンナがお前を連れて行ったら、絶対お前をスカウトしてくる。しつこいくらいにな。そしてお前達を一緒に暮らせるよう計らうに決まってるさ。超が付くほどのお節介《せっかい》だからな」

アンナが手当てを終えたのを確認すると、俺《おれ》はゆっくりと立ち上がる。

流石に身体《からだ》が重いし痛みもあるけど、宿に戻るだけなら何とかなるだろ。

「ウェリック。お前にも色々負い目はあるだろ。だけど、それでも姉を護りたい気持ちは変わらなかった。ならその想いを忘れず、アンナの気持ちを汲《く》み取って一緒にいてやれ。そして、これからもちゃんと護ってやるんだ。ま、その代わり、きっと護りたくなる奴が増えるだろうけどな」

そう。お前もアンナが居心地《いごこち》よく感じるあの屋敷で、同じ気持ちをしっかりと味わえ。

正義感のあるお前だったら、きっとそこにいるみんなも護りたくなるさ。

釣《つ》られて立ち上がった二人に俺が笑うと、アンナは嬉《うれ》しそうな笑みで涙目《なみだめ》になり、ウェリックは真剣な顔を向けてくる。

「さて。じゃ、帰るか」

「はい。カズト様」

「……本当に、良いんですか？」

「ウェリック。そろそろ腹を括《くく》れ。じゃなきゃ、俺がここまで傷ついた甲斐《かい》もないだろ？」

そういうと、俺はゆっくりと二人を先導するように歩き出す。

……何とか生き残れて、アンナに望む未来を見せられた。

これで良かったよな。アーシェ。

俺は、力を貸してくれたであろう彼女に感謝しながら、遠くで灯りに照らされるウィバンの街に向け、ゆっくり歩き始めた。

§　§　§　§　§

月夜の中、襲《おそ》い来るウェリックの闇の翼が、俺の刀を掻《か》い潜《くぐ》り腕に触れる。

呪いのような強い痛みが走った刹那《せつな》。

「何故《なぜ》……何故あなたは！」

突然目の前に現れたのは、盾《たて》を構え、聖剣《せいけん》シュレイザードを振りかざそうとする、涙顔のロミナだった。

彼女の聖剣を見て、俺の身体《からだ》が恐怖に竦《すく》み、動きが止まる。

これを食《く》らったら、俺はまた死ぬのか!?

心に強く走る怯《おび》えのせいで、身体《からだ》は動かない。

　そんな中、泣きながら振り下ろされた彼女の剣《けん》を、ただ俺は目を見開き、恐怖したまま見つめる事しかできず。そのままロミナは、俺を──。

「うわぁぁぁぁっ!!」


　俺は、思わずベッドの上で飛び起きた。

　寝間着《ねまき》すらびっしょりとなるほどの冷や汗。

　まるで、死を経験した時のように荒《あら》くなった呼吸。

　……俺は、生きてる……よな……。

　寝間着姿の自分の身体《からだ》を確認する。昨日の治り切ってない傷こそ手当てされ残っているけど、勿論死んでなんていない。

　その事実に胸を撫で下ろしたけど、正直心は晴れなかった。

　……ロミナを救うために受けた試練以降、たまにこんな夢を見る事がある。

　宝神具《アーティファクト》の試練。そこで俺は、彼女に何度となく殺された。死の痛みだけを感じ続け、それでも死ねなかった、あの時が重なる夢。

　ロミナ達のことを吹っ切り、改めて強くなろうと決意し旅に出たはずなのに。

　旅の最中、俺に弱さを痛感させ、ロミナ達を忘れさせてくれない理由のひとつ。

今でもあの時の事は地味にトラウマ。

だけど、別にロミナを恨んでなんかいないし、彼女を恐《おそ》れてもいない。

あいつが無事な姿を見られて、嬉し泣きするくらいだからな。

そして、彼女との再会がきっかけで、この夢を見たわけでもないだろう。

もしそうだとしたら、数日前にみんなを見かけた時点でうなされていたはずだし。

……きっと、あの破滅の闇翼《ルイン・セラフ》のせいか。

あれで傷ついた時も、まんま呪いのような痛みだった。そのせいで、心に刻まれた痛みを思い出したのかも知れないな……。

息を整える為に大きく深呼吸した後、俺は意味もなく自分の掌《てのひら》を見る。

……正直、ロミナが俺を探してくれている事も、あいつらの覚悟を決めた言葉も嬉《うれ》しかった。

だけど……結局俺は、相変わらず弱いまま、何も変われちゃいない。

それに、ロミナ達と再会して仲間になっても、今の俺はロミナとまともに稽古できるかすら怪《あや》しい。

彼女に怯える姿をみんなの前で晒したら、きっとみんな罪悪感を持つだろうし。それはそれで嫌《いや》なんだよ……。

だからこそ、俺はあれだけの言葉を聞いたのに、踏ん切りがつけられてないんだ。

……くそっ。最近少しこの夢を見なくなって安心してたのに。

まったく。情けない。

自分の弱さに悔しくなり、俺はぐっと奥歯を噛み、拳《こぶし》を握《にぎ》る。

と、その時。ノックもなく、急に部屋のドアが開く。

そこに立っていたのは、片手に料理の載《の》ったトレイを持っているアンナさんだった。

「カズト様！　いかがなされたのですか⁉」

俺が思った以上に顔色が悪く見えたのか。

彼女《かのじょ》は慌てて近くのテーブルにトレイを置くと、ベッドまで駆け寄ってきた。

「あ、いや、ごめん。ちょっと怖い夢見てうなされただけだから。大丈夫」

「もしや、昨日《さくじつ》のウェリックとの戦いで……」

「違《ちが》うって。ほら、俺って普段《ふだん》からよく怖い夢見るんだよ。巨大《きょだい》な虫に襲われる夢とか」

何とか安心させようと冗談《じょうだん》交じりに話したけど、彼女の表情が変わらない。

まったく。心配しすぎ――って、あれ？

俺はふっと部屋の壁《かべ》掛け時計を見る。

今は大体朝の九時。普段よりは遅《おそ》い時間に起きている……って話はいい。

何でアンナさんがここにいるんだ？　しかも俺、部屋に鍵《かぎ》を掛けて寝《ね》てたよな？

「えっと、アンナさん」

「カズト様。私《わたくし》の事はアンナとお呼びください」

「へ？」

「昨晩はそう呼んでくださったではありませんか。敬称《けいしょう》など不要にございます」

……あ。

改めて口にされた事実に、俺は反省を顔に出し頭を掻く。

ったく。ほんとダメだな。シャリアの時と同じじゃないか。熱くなるとすぐそういう所すっ飛ぶんだよな……。

「えっと、あの、ごめん。昨日はその、ちょっと真剣になっちゃって。だからむしろ、申し訳ないっていうか……」

「問題ございません。私《わたくし》は貴方《あなた》がこの街にいる間の、専属のメイドでございますから。そう堅苦《かたくる》しくならずとも結構です」

そうか。アンナさんは、俺の専属のメイドだから大丈夫か。

……へ？　どういう事？

話がいきなり変な方向に飛んだ気がするんだけど……。

「えっと、アンナさん」

「アンナで結構です」

「あ、うん。じゃあ、アンナ。さっきの言葉、俺の聞き間違《まちが》いじゃないよね？」

「はい。私《わたくし》、シャリア様よりカズト様がウィバンにいらっしゃる間、貴方様《あなたさま》の専属のメイドとなる命をお申し付けいただきました」

「……へ？　何で？」

　俺が相当戸惑った顔をしたのがおかしかったのか。アンナはくすりと笑った後、真剣な顔をこちらに向けた。

「私《わたくし》は昨日《さくじつ》、貴方様《あなたさま》に弟を助けていただきました。その御礼《おれい》をしたく、昨晩シャリア様にその想いをお伝えし、許可を頂きました」

「それで鍵も開けられたのか……って。いやいやいやいやいや。別にそんなの気にしなくっていいから！」

「いえ。それでは私《わたくし》の気が収まりません。ですから是非《ぜひ》、カズト様の下《もと》に置いてくださいませ」

　彼女はそう言いながら、すっと床《ゆか》に正座し平伏《へいふく》する。

　……おいおい。どういう事だよこれ。

俺は一人、気ままにバカンスを楽しみに来ただけなんだぞ？　それが、何で大商人に目をつけられて、メイドまで宿に押し掛《か》けてきてるんだよ⁉

「あの……アンナ。頭を上げてほしいんだけど……」

「カズト様が、私《わたくし》をお許しいただけるのでしたら」

彼女は頭をあげずそう言い切る。

「はぁ……」

俺はその態度を見て、自然とため息を漏《も》らした。

何となくだけど、最初に会った印象から、こうなったら梃子《てこ》でも動かない気がする。別にそんな責任感じてほしくないんだけれど、このままこうしておく訳にもいかないんだろうなぁ……。

はぁ……仕方ないか……。

「……分かったよ、アンナ。俺の負けだ。顔を上げてくれ」

俺の言葉に、彼女はゆっくりと頭を上げる。凛《りん》とした表情は、やっぱりメイドだよなぁ。

「あのさ。世話になってもいいんだけど、ひとつお願いがあるんだ」

「何でしょうか？」

「その……できたら、メイドと主人みたいな主従関係は避けたいんだけど」

「それでは、私《わたくし》がカズト様のお役に立てません」

「あ、うん。それは分かってる。だから、さ……」

……うーん。こういうの口にするの得意じゃないんだよ。

俺は目を泳がせ頬を掻くと、恥《は》ずかしさをごまかすように苦笑する。

「あのさ。この街にいる間、メイドとしてじゃなく側にいてほしいんだ」

「メイドではなく、ですか？」

「あ、うん。例えばその、仲間みたいな感じっていうのかな」

「仲間のように……」

ほら。きょとんとされた。分かってるよ。変な事言ってるのは。

「ああ。その、さっきのは例えが悪かったかもしれないけど。できればウェリックと話している時みたいに、普段のアンナらしくいて欲《ほ》しいんだ」

「何故《なにゆえ》でしょうか？」

「その。正直言うと、こういう身分違いみたいな関係って苦手でさ。そんな感じでずっと側にって言われても、逆に俺が困りそうで。だから俺の事はカズトって呼んで欲しい。そうすれば、俺もアンナって呼びやすいし。あと、世話もまったくするなって訳じゃないんだけど、こっちにも気を遣《つか》わせて欲しいんだ。そうでないと、どうにも息苦しくって……」

「……ふふっ」

あーもう！　どうせ、俺が顔を赤くして困ってるのを見て笑ったんだろ。分かってるよ！

こういう話、ロミナ達《あいつら》にだってしてないんだぞ。

まあ、当時はロミナにパーティーに誘《さそ》われたのもあったし、みんな最初っから容赦《ようしゃ》なく馴《な》れ馴れしかったのもあるけど……。

「カズト様……いいえ。カズトはお優しいのですね」

「そ、そんな事ないって」

「いいえ。本当にお優しいです。まるでシャリア様のよう」

「シャリアみたい？」

「はい。私《わたくし》をこの道に誘ってくださった後、あの方はしきりに仰《おっしゃ》っていました。堅苦しいのは止《よ》して欲しいと」

「あー。確かに言いそう……」

「勿論《もちろん》お屋敷のメイドの中には、シャリア様と親しげに話される方もおります。ただ私《わたくし》は、どうしてもそれができませんでした」

「……恩義があるから？」

「それもございますが、何より私《わたくし》は雇《やと》われの身。その線引きだけはしたかったのです」

……うーん。

この流れだと、俺の提案も却下《きやつか》されそうか？　でも、無理に説得するのも可哀相《かわいそう》か……。

「……じゃあ、やっぱりダメ、かな？」

俺が少し残念そうに言うと、アンナは微笑《ほほえ》みを絶やさず首を横に振った。

「いえ。ただ私《わたくし》も、突然弟相手のように話して欲しいと仰《おお》せられても難しいと思います。また、メイドとしての癖《くせ》で、色々お気遣いしてしまうと思います。そこを多少なりともご容赦頂けるのでしたら」

「……うん。それで良いよ。ごめん、無理言って」

「そんな事はございません。こちらこそわがままを受け入れてくださり、本当に感謝しております」

「こっちこそ。ありがとう、アンナ」

相手が頑《かたく》なだったとはいえ、普段なら絶対に断るんだけど。正直な話、今回は少しだけ、助かったとも思っている。

実の所、さっきのトラウマでちょっと心が弱ってて、一人になるのに少し不安もあったんだ。誰かいれば、少しは気が紛《まぎ》れるかもしれないしさ。

……ほんと。心が弱いのは困りもんだ。

内心そう思いながら、俺は座《すわ》ったまま微笑む彼女に、同じように微笑み返したんだ。

あの後、俺は彼女とテーブルで向かい合い、用意してくれた朝食をご馳走《ちそう》になることにした。

「そういえば、俺の肩や腕《うで》の傷《きず》なんだけど。寝ている内に手当てをしてくれてた？」

術で回復しきれず、残っていた肩や腕の短剣《ダガー》の刺《さ》し傷。

結局昨日はアンナ達と街中で別れた後、宿に帰ったら疲《つか》れ切って、何とか着替《きが》えだけしてそのままベッドに横になっちゃってたんだけど。さっき見たら、綺麗《きれい》に包帯で手当てされてたんだよね。

「はい。流石に術で治りかけとはいえ、衛生上よくありませんでしたから。もしや、起こしてしまいましたか？」

「あ、いや。それは全然。なんかごめん。来てくれた矢先に、手間ばっかりかけて」

「お気になさらないでください。これもまた、メイドの務めですので」

仲間みたいにとお願いしたせいか。メイドとは口にするけど、その割に彼女の表情は柔《やわ》らかい。

……うん。この方がちょっと安心するな。

格好はメイドだけど、どこか良家のお嬢様《じょうさま》と話している気分にさせられるのは、彼女のこの柔らかな物腰《ものごし》もあるんだろう。

「ちなみにこのリゾットって、宿のレストランで出しているの？」

「いえ。事情をご説明しまして厨房《ちゅうぼう》をお借りし、私《わたくし》が調理させていただきました。お口に合いませんでしたか？」

「いや。凄《すご》く美味《おい》しいよ」

「喜んでいただけて光栄です。昨晩ウェリックが使用した毒が抜《ぬ》けきっていない可能性もございましたので、多少薬草など混ぜ込んでおりまして。苦味などないかが心配でございましたが」

「確かに苦味はあるけどほんの少しだし、塩気とのバランスが良くて癖も強くないから、とても食べやすいよ」

ほんと、これなら薬膳《やくぜん》として毎日食べても、食べ飽《あ》きないんじゃないかな。

ちょっと物は違うんだけど。向こうの世界で孤児院《こじいん》暮らしの時、新年になるとシスターが七草粥《ななくさがゆ》を作ってくれたんだけど。あれが本気で苦手で。

そのせいで、薬膳とかも勝手に苦味の強い料理ってイメージを持っていたから、そうじやなかった事にほっとしてたりもする。

……あれ？　そういえば。

その時、ふっと脳裏《のうり》に蘇った疑問があった。

「そういや昨日の事で、ちょっと気になった事があるんだけど。聞いてもいいかな？」

「はい。何でしょう？」

「俺、倒《たお》れた後に解毒剤を飲んだ気がするんだけど。飲ませてくれたのはアンナ？」

素朴《そぼく》な疑問をぶつけた瞬間《しゅんかん》。

アンナはぼんっと音が出るんじゃないかって勢いで、顔を真っ赤にした。

「あ、あの……はい。私《わたくし》が、その……飲ませて、差し上げましたが……」

俯《うつむ》いたまま、もじもじと落ち着かなそうにエプロンの裾《すそ》をいじり出す。

……アンナがこんな反応を見せるなんて、今までの彼女から想像できない。っていうか、何でこんなに恥ずかしがって……ん？　ちょっと待て。

あの時、まだ頭がぼーっとしてたけど。何かが唇に触れて、口に液体が入ってきたよな？

今思い返すと、あの時の感触《かんしょく》……瓶《びん》みたいな硬《かた》い感じじゃなかったような……。

いやいや。まさか……。

「えっと、聞いて良いのか分からないけど。その……もしかして、もしかしたり……する？」

「……は、はい。大変申し訳ございません。あの毒はカズトの命に関わるものでしたし……。す、既《すで》に貴方様《あなたさま》の意識もありませんでしたので……その……止《や》むなく……」

歯切れ悪く続いた言葉は、先に行くほどに声が小さくなり、最後にはもう消え去りそうな呟《つぶや》きになる。

……まじか……。あの時は心斬《しんざん》・極《きわめ》に集中してて、解毒《げどく》の事なんてすっかり忘れてたからな……。

麻痺《まひ》毒ってその名の通り、身体《からだ》が少しずつ痺《しび》れて動かなくなるんだけど、放置するとそのまま心臓も止まる、この世界では結構やばい毒なんだ。

だから俺はあんな事になった訳だし、助けてくれたアンナに非は一切《いっさい》ないんだけど……ただひとつ、不安な事もある。

「あ、あの。き、気分を悪くしたらごめん。その……アンナって、初めてだったり、する？」

「……は……はい……」

それはもうか細い声で、未《いま》だ俯いたままのアンナが答える。

……初めて……初めて、か……。

急を要したとはいえ、本気で悪いことしたよな……。

「その……本当に、ごめん。俺がもっとちゃんとしてたら、こんな事にならなかったのに罪悪感が一気に強くなり、俺もまた俯いたまま謝罪する。

「……そ、それは構いません。貴方様《あなたさま》はウェリックを救う為に尽力《じんりょく》してくださりましたし、私《わたくし》が最善を考えて、自ら選んだのですから。……ただ、その……カズトは……このような、ご経験は……」

「……頼《たの》むよ。申し訳なさそうな顔で、上目遣《うわめづか》いにこちらを見てるけどさ。少しは自覚してくれよ。アンナ。お前美人なんだぞ？　破壊力《はかいりょく》やばいんだぞ？」

「あ、うん。大丈夫。俺もその、初めてだったから」

ほら！　テンパって何言ってんだよ!?

何が大丈夫なんだよ!?　パニくり過ぎじゃないか！

そのせいでアンナも困った顔をしただろって……。

「……あの……由々《ゆゆ》しき事態だったとはいえ、その……大変、申し訳ございませんでした……」

「あ、いや。それはお互《たが》い様《さま》だし……。その、お陰《かげ》で生きてる訳でさ。……でも、何かその、ごめん……」

互いにその後の言葉が続かず、気まずい沈黙《ちんもく》だけが続く。

……ああっ！　もう！　ダメダメ！　何とか流れ変えないと！

「そ、そういえば。あの後ウェリックをシャリアに会わせたのか？」

咄嗟《とっさ》に俺は、気になっていた事を彼女に尋ねてみる。

昨日あれだけ大口叩《たた》いておいて、彼女が受け入れなかったなんて言われたら、元も子もないしさ。

突然《とつぜん》の質問に少し戸惑《とまど》いを見せたものの、アンナは何とか顔を上げてくれた。

「あ、はい。カズトが仰っていた通り、開口一番こちらで働くようにと、笑顔《えがお》で仰っておりました」

「そっか。ウェリックは戸惑ってなかったか？」

「それはもう。とても驚《おどろ》いておりました。さらりと受け入れられておりましたから」

「それで、あいつは納得《なっとく》した？」

「いえ。だからこそ弟はその理由を尋ねましたが、『カズトが信じた相手なんだから』という一言で片付けられました」

「やっぱりか。シャリアは相変わらずだな」

「本当ですね」

その時の事を思い返してか。アンナがふっと微笑む。

ウェリックの戸惑った顔と、シャリアのドヤ顔が容易に想像できてしまい、俺も釣られて笑ってしまう。

と。彼女はふと、何かを思い出したのか。はっとすると表情を引き締《し》めた。

「申し訳ございません。シャリア様からご伝言を賜《たまわ》っておりましたのを失念しておりました」

「シャリアから？」

「はい。本日の仕事を終えましたら、こちらに伺《うかが》おうかと思っていらっしゃるようで。夕食をご一緒しないかと」

「夕食、か……」

俺は少しだけ答えに窮《きゅう》した。

別に食事を共にしたくない訳じゃないし、今日は一日休もうと思ってたから時間はある。ただ、この間の朝の件もあって、何か引っ掛かるんだよな……。

「何かご予定でも？」

「え、あ。いや、全然。後でシャリアに分かったって、伝えてもらえるかな？」

「はい。承知しました」

勝手な想像だけど、多分また何かあいつから話がありそうな気がする。

とりあえず色々覚悟《かくご》はしておくか。
俺はそんな事を考えながら、冷めない内に残りのリゾットに手を付け始めた。
……しかし……初めて、か……。
正直よく覚えてないけど、こんな形で経験するなんて……って、もう忘れろって！

第三章　封神《ほうしん》の島

wasurerareshi no eiyuutan

アンナが押《お》しかけてきてから三日。

怪我《けが》も無事治り、普段通りに動けるようになった頃《ころ》。

ロミナ達《たち》との事をどうするか。心が定まっていないのをごまかすように、俺は増魔《ぞうま》の仮面に聖術師《せいじゅつし》の術着姿で外に出ると、フードを脱《ぬ》ぎぼんやりと海を眺《なが》めていた。

潮風が暑さを和《やわ》らげる涼《すず》しさをもたらしてくれて、この場所はとても心地よい。

天気は快晴。絶好の海日和《うみびより》──なんだけど。

今いる場所は、バカンスを楽しむような砂浜《すなはま》なんかじゃない。

周囲を見てもただの大海原《おおうなばら》。陸地なんて見えやしない海の上だ。

ここは、シャリアの所有している大型帆船《はんせん》、海の歌姫号《セレーディア》の船首付近の甲板《かんぱん》。俺はそこから海を眺めているんだ。

船旅なんて久しぶりだし、普段だったらテンションもあがる所なんだけど。残念ながら、今はそうもいかない。

何故かといえば——。

「お！　あれクジラか？」

「あれはイルカね。きっと私達を歓迎《かんげい》しているのね」

「あれ、可愛《かわい》い」

「うん。凄く愛嬌《あいきょう》があるよね」

「しかし奴《やつ》らは賢《かしこ》いのう。あれだけ綺麗に並んで泳ぐとは。どこぞの獣人《じゅうじん》とは違うのう」

「おいルッテ。喧嘩《けんか》売ってんのか？」

「こーらー。二人とも仲良くして。師匠《ししょう》のお付きの人達もいるんだから」

そう。今この船にはシャリアやアンナ、その従者だけじゃなく、ロミナ達も乗ってるんだ。

……ったく。気楽にウィバンを楽しむ計画が、どんどん窮屈《きゅうくつ》になってるじゃないか。

まあ、自業自得《じごうじとく》な所もあるけど……。

俺は海風にため息を重ねると、甲板と海を隔《へだ》てる木製の手摺《てす》りに寄り掛かり、船と並び羽ばたく海鳥《うみどり》を見て、気を紛らわすしかなかった。

俺が何でこんな所にいるのかと言えば、それはシャリアからの依頼があったからだ。

§　§　§　§　§

あの日の夕方。

シャリアとまた宿のレストランにあるＶＩＰルームに入ったんだけど、今回は二人っきりじゃなく、アンナ、ウェリック、ディルデンさんも同席していた。

「あたし達と、封神《ほうしん》の島に行って欲しいんだ」

みんなで食事を終え、一服した後に向けられたシャリアの表情は真剣《しんけん》。

「封神《ほうしん》の島って、Ｓランクでも最深層に達した者がいないダンジョンがあるっていう、あそこか？」

「ああ。よく知ってるね」

「まさか商人らしく、未知のお宝狙《ねら》いか？　それだったら俺はパスしたいんだけど」

「いや。そんな話だったらあんたの手を煩《わずら》わせるなんてしないさ。実は、最近ちょっと気になる事があってね」

「気になる事？」

「ああ」

一旦《いったん》そこで言葉を区切ると、ティーカップを手に紅茶を口にした彼女が本題に入った。

「島の名前の由来は知ってるかい？」

「いや」

残念ながら、二年前にこの世界に来たってのもあるけど、結局クエストで行くのってロムダートを中心とした大陸がほとんどで、船旅なんてたまにあった程度。

結局行く機会のない場所の情報なんて、噂《うわさ》程度しか知らないことの方が多いくらいだ。

「あそこにはその名の通り、神に近しい存在が封印《ふういん》されているんだ」

「神に近しいって……四霊神《しれいしん》みたいなものか？」

「ああ。ただ、その存在はより危険だけどね」

「危険……って、どういう事だ？」

「カズト。神獣《しんじゅう》は知ってるかい？」

「ああ。四霊神《しれいしん》同様、世界の何処《どこ》かにいるっていう、強大な力を持つ幻獣《げんじゅう》だろ。でも、あれも噂話《うわさばなし》でしかないよな？」

「一応ね。だがここだけの話、奴らの一部はその存在を知られてるんだ」

「は？　どういう事だ？」

何処か緊張《きんちょう》した面持《おもも》ちを見せるシャリアに釣られ、俺も声を低くする。

「……カズト。あんたには正直に話す。悪いが、誰《だれ》にも口外しないと約束できるかい？」

「……ああ」

しっかりと頷《うなず》いた俺に、真剣さを崩《くず》さず彼女も頷くと、ゆっくりと語りだした。

「封神《ほうしん》の島。そこには神獣《しんじゅう》を封《ふう》じる力を持つ魔石が存在し、力を発揮してる」

「つまり、そこに神獣《しんじゅう》が封じられてる、って事か」

「ああ。そして最近ウィンガン共和国の評議会では、それに対してちょっとした懸念《けねん》を持っている」

「その懸念ってのは？」

「封印が解けかかっている可能性さ。あんたが来てからも一度、朝から雨が降っただろ」

「そういえば。でも、一年でもたまにある話なんだよな？」

「あるにはある。だけど、たまにじゃない。稀にさ」

稀に？　って事は……。

「最近、それが増えているって事か？」

「ああ。ここ三ヶ月で十度。他の地域ならむしろ少ないって話だけど、ここじゃ違う。ちょっとしたスコールなら幾《いく》らでもあるが、朝から長らく雨が降るなんてのは、まずありえないんだよ」

「……つまり、その原因は、封じている神獣《しんじゅう》の力だっていうのか？」

「そういう事」

……なんかまた、随分突拍子《ずいぶんとっぴょうし》もない話だな。

「ちなみに、その神獣《しんじゅう》ってのは？」

「浮海《ふかい》の神獣《しんじゅう》、ヴァルーケン」

「ヴァルーケン……」

聞き覚えのない名前に、相当冴《さ》えない表情をしたんだろう。

ディルデンさんが、普段通りに落ち着いた雰囲気《ふんいき》のまま、こう説明してくれた。

「海や雨を司《つかさど》る神獣《しんじゅう》にございます。一節ではその姿は水で象《かたど》られた巨大な地獄の番犬《ケルベロス》とも言われており、口から放たれるブレスだけで、小さな街を一瞬《いっしゅん》で消し飛ばせるとも言われております」

「……はぁっ⁉」

ちょっと待て。ダークドラゴンや最古龍《さいこりゅう》だって相当やばかったけど、その比じゃないだろ。

ディア達はあくまで遺跡《いせき》にいて宝神具《アーティファクト》を守っていただけ。だけどそんな奴らと同じような力を持つ奴が本気で暴れ出したら、あっさり国ひとつ滅《ほろ》ぶんじゃないか⁉

「勿論、そんなやばい奴の封印が解けたら、どうなるかわかったもんじゃない。だから状況を確認《かくにん》して、封印が解けそうであれば改めて封じる必要があるのさ」

「それで、ダンジョンの最深層を目指すってのか？」

「ああ。一応ディルデンはSランクの魔術剣士《まじゅつけんし》。アンナはAランクの暗殺者。そしてウェリックは正規冒険者《ぼうけんしゃ》の登録を済ませたばかりでランクこそ低いが、実力はディルデンも認めてる。ただ、残念ながら、うちには聖術師《せいじゅつし》や精霊術師《せいれいじゅつし》といった回復や補助の要員が不足してるんだよ」

「別にお前のコネなら、冒険者ギルドで優秀《ゆうしゅう》な術師くらい見繕《みつくろ》えないか？」

「そりゃね。だけどあたしは、できる限り信頼《しんらい》できる奴だけで挑《いど》みたいんだよ。あたしに勝って、アンナやウェリックを救ったあんただからこそ、信頼できる」

……俺にその価値があるかは分からないけど、仲間だと言ってくれたし、その気持ちは有難《ありがた》い。

でも俺《おれ》は元々術師じゃないし、何より問題だって抱《かか》えてる。

「それは嬉《うれ》しいけど。俺とパーティーを組むってのはどういう事になるか、分かってるよな？」

俺はあえて、自分が忘れられ師《ロスト・ネーマー》だと悟《さと》られないようオブラートに包み、シャリアにだけ伝わるような物言いをする。

一応ディルデンさんやアンナは知っているけど、ウェリックはこの話を知らないしな。

「ああ。勿論分かってるし、あんたを苦しめたくもないさ。だからパーティーを組まず、支援《しえん》に回ってもらいたいんだよ」

「……まあ、それならいいんだけど……」

一応、術ならフィリーネやキュリアから得た力もあるからな。本職ではないとはいえ、それで何とかできる気がする。

ただ……何処か彼女の冴えない顔に浮《う》かぶ影《かげ》を見て、俺の中に嫌な予感が過《よ》ぎった。

よくよく考えたら、今この街には俺なんかより、よっぽど適任の冒険者達《ぼうけんしゃたち》がいる。

シャリアは口にしなかったけど、彼女達に白羽の矢が立つ可能性があるんじゃないか？

そうだとすれば……最悪の場合、相当な危険が付き纏《まと》うはず……。

「ちなみに、この話はロミナ達に話したのか？」

俺は少し不安な顔でそう尋《たず》ねた。

もしあいつらが誘われてたら、彼女達《かのじょたち》がまた、恐怖《きょうふ》や不安に苛《さいな》まれるんじゃという懸念があったからだ。

すると、シャリアは恐《おそ》ろしくバツの悪い顔を見せる。

「……あいつらには、既に話してる。っていうか……あたしの部屋でここのみんなに説明していた時、たまたまやってきたロミナに聞かれちまってね」

「そうか。で。あいつはどう答えた？」

「……私達もお供したい、だとさ」

……やっぱりか。ロミナは正義感もあるし、師匠に手を貸すって言い出すよな。

勿論戦力としては十分過ぎる。だけど、シャリアの顔は何処か冴えない。

「……弟子《でし》は、巻き込《こ》みたくなかったか？」

「……ああ。この間あいつらと話した時に聞いたんだ。魔王《まおう》との戦いは本当に怖《こわ》かったし、辛《つら》かったってね。最悪神獣《しんじゅう》とやり合う事になれば、同じだけの恐怖を感じさせるかもしれない。できれば、避《さ》けたかったんだけどね」

「ロミナ以外にも話したのか？」

「勿論さ。危険だから止めとけって釘《くぎ》も刺《さ》した。だけどあいつらは言うんだよ。『その前に何とかすればいいだけだから』ってさ。強がってるのかもしれないけど、そこまで言われると無下にできなくてね」

憂《うれ》いをはっきりと顔に出し、ため息を漏らす彼女の気持ちは痛いほど分かる。

そして、恐怖があろうと乗り越《こ》えようとする、あいつらの勇気もな。

「つまり、さっきのは建前か」

「……悪い。あたしはあんたの実力を聞いてる。だから万が一の時に、その力を貸して欲しいのさ。もしもの時に、誰も失いたくないからね」

……まったく。お前、その顔は俺を誘う表情じゃないだろ。

そう強く思ってしまうくらい、シャリアの顔にははっきりと浮かんでいたのは、露骨《ろこつ》な申し訳なさ。

分かってるよ。もしかしたら俺がロミナ達に気づかれる可能性や、それこそ正体を明かしてでも力になるべき可能性も天秤《てんびん》にかけて、それでも苦渋《くじゅう》の決断をしたってのは。

本当に、弟子《でし》想《おも》いのいい奴だよ。

「気にするな。もしもの時にあんたやあいつらを助けられるなら、俺は願ったり叶《かな》ったりだ。ただ、ひとつだけ頼《たの》みがある」

未だ申し訳なさが色濃《いろこ》いシャリアを安心させるように笑った俺は、こんな申し出をした。

それは、今回この依頼《いらい》はわざわざ冒険者ギルドを通じて、シャリアの部下とロミナ達に向けた限定クエストにする事。

実は、普段《ふだん》なら非正規冒険者と正規冒険者がパーティーを組むのは問題ないんだけど、ギルドの正規クエストは正規冒険者のみのパーティーしか受けられない。

だからこうする事で、シャリアがちゃんとロミナ達に協力してもらう正規の依頼にもでき、俺をパーティーに加えられなかった口実にもできるんだ。

術が使える話は、流石《さすが》にここにいるメンバーにしておかないと混乱させるから、一応話しておいた。とはいえ、忘れられ師《ロスト・ネーマー》が持つ『絆《きずな》の力』なのは伏《ふ》せ、俺が世界でも稀にいる、複数職を使える奴だったたって話にしてごまかしたけど。

一度その術を目《ま》の当たりにしたとはいえ、これにはアンナとウェリックも驚いていた。ただ、ディルデンさんはそういう人物を何人か知っているようで素直《すなお》に納得してくれて、釣《つ》られてみんなも受け入れてくれたのは、本当に助かったなって思う。

後、アンナには普段通りにしてほしいなんて言った矢先に申し訳なかったけど、カルドでいる間は以前同様、仲間じゃなく客人として扱《あつか》ってもらう事にした。勿論ウェリックやディルデンさんにもだ。

§　§　§　§

「カルド」

ぼんやりと物思いに耽《ふけ》っていると、シャリアが俺に声を掛け脇《わき》に並んだ。

彼女《かのじょ》は重戦士《じゅうせんし》らしく、流石にややしっかりとした重鎧《プレートアーマー》を上下に纏っている。こうやって見るとまた、随分雰囲気《ずいぶんふんいき》も違《ちが》うもんだな。

「どうだい？　そろそろ慣れたかい？」

「ええ。何とか」

仮面越《ご》しに笑ってやると、彼女はどこか満足気に笑う。

「やっぱりあんたには、それが似合うねぇ」

「そんな事ありませんよ。この傷がなければ外していたいくらいです」

どこか嬉しそうなシャリアに俺は苦笑《くしょう》する。

正直、仮面を着けっぱなしなのは、俺にとっては違和感《いわかん》しかないけどしょうがない。

とはいえ、この仮面のお陰でロミナ達の側にいてもばれないってのは、本当に助かる。

そうじゃなきゃ、気が気じゃなくってまともに冒険《ぼうけん》なんてできないからな。

シャリアと海を見ながらそんな他愛《たあい》もない話をしていると、背後で金属のぶつかる音が耳に届く。

俺達《おれたち》が甲板の方に振《ふ》り返ると、そこでは執事《しつじ》服姿のディルデンさんとウェリックが、互いの愛剣《あいけん》を武器に稽古《けいこ》する姿があった。

甲板は波で揺《ゆ》れる。そんな足場の悪い場所でも、ウェリックは持ち前の身のこなしで体を入れ替《か》え、器用に二本の短剣《ダガー》で鋭《するど》く切り掛《か》かり、ディルデンさんは逆にしっかり甲板に足を付けたまま、それらを丁寧《ていねい》に長剣《ロングソード》で受け流す。

ほんと、これだけで二人とも十分実力があるって感じるな。

こないだのウェリックは闇術《あんじゅつ》に溺《おぼ》れていたせいで、色々大味な動きだったけど。ここまで丁寧に戦われて、暗殺術まで挟《はさ》まれてたら、俺も気を抜いたらあっさりやられてたんじゃないか？

「カルド。ウェリックのセンス、どう見る？」

「十分過ぎますよ。暗殺集団の幹部にまでなった実力は伊達《だて》じゃない、という所でしょうか？」

「……森霊族《しんれいぞく》とはいえ、あいつも若いのに、苦労したんだろうね」

「……そうですね」

少しだけしんみりするシャリアに釣られ、俺も少しだけ憂いを帯びた目を向ける。

まあでも、やっとアンナと一緒《いっしょ》に堅気《かたぎ》の世界で暮らせてるんだ。その分幸せになるさ。

そんな事を考えながら、じっとその稽古を見ていると。

「うわー！　ディルデンもすげーけど、ウェリックもすげーじゃん！」

その動きに目を輝《かがや》かせたのはやっぱりミコラ。

耳をピンっと立てて、うずうずしながら二人のやり取りを見つめている。

と。ついに我慢《がまん》できなくなったのか。

あいつはシャリアの前に小走りに駆《か》け寄ってくると、開口一番。

「なあシャリア！　手合わせしようぜ！」

なんて、笑顔で言ってきた。

「ミコラ。あたしは今カルドと話し中なんだけど――」

「そんなの後でもできるだろ？　な？　な？」

ったく。お前は相変わらず戦闘狂《せんとうきょう》だな。流石にシャリアも困ってるだろ。

「ミコラ様。でしたら私《わたくし》とお手合わせいただけますか？」

ん？　そんな会話に割《わ》り込んできたのは――アンナじゃないか。

相変わらずのメイド服。淡々《たんたん》と話す感じは、初めて会った頃と同じ雰囲気を感じさせる。

「お！　いいのか？」

「はい。私《わたくし》では力不足かも知れませんが、精一杯《せいいっぱい》務めさせていただきます」

「やっりー！　じゃあ早速《さっそく》やろうぜ！　俺達こっち側な！」

めちゃくちゃ嬉しそうな顔で場所取りに向かうミコラに対し、アンナはちらりと俺を見ると。

「カルド様。私《わたくし》の腕前《うでまえ》も是非《ぜひ》、ご評価を」

なんて口にして、小さく微笑みミコラの後に続く。

っていうか、俺にそのアピール要《い》らなくないか？　なんて思っていると、ディルデンさん達の邪魔《じゃま》にならないよう距離《きょり》を空け構えた二人の、素手《すで》での稽古が始まった。

向こうの二人と違い、武闘家《ぶとうか》と暗殺者の戦いは、互いに軽快に体を入れ替えての素早《すばや》い攻防《こうぼう》。

へー。流石はアンナ。腕前はウェリックを超《こ》えてるな。この足場の悪さでも、あのミコラの疾《はや》さにしっかり付いていってる。

「アンナ、お前すげーなっ！」

「ミコラ様も、流石にございます」

かたや笑顔で、かたや涼しげな顔で戦い続ける二人。

これなら後衛に徹《てっ》しても良さそうだな。

そんな二人の稽古風景を見ていたシャリアが、ふっと笑う。

「しかし、あんたも随分《ずいぶん》アンナに好かれたね」

「え？　いや、そんな事はないでしょう」

「いーや。間違《まちが》いないね。こないだウェリックを連れて来た後の、アンナのあんたへの熱の入れようは異常だったよ。あいつがあそこまで本気で願い出る所、今まで見た事ない」

「多分、弟さんを助けられた恩じゃないですか？」

「さーて。どうだかね」

こっちが戸惑うのを見て、シャリアが悪戯《いたずら》っぽく笑う。

「ま。あんたも男なんだし、多少モテたっていいだろ？　それとも本命でもいるのかい？」

「そ、そんな相手はいないですよ！」

「ははっ。仮面の下まで顔を真っ赤にして。まったく、真面目だねあんたは」

シャリアも相変わらず、何かあるとすぐこうやってからかってくる。お前はルッテかってんだ。

少しだけ不貞腐《ふてくさ》れた俺を見て、嬉しそうに笑うシャリア。

……でも何でだろうな。

やっぱりこの人が俺を見る目が、何となく他の人と違うような気がする。

恋愛《れんあい》感情とかそういうんじゃなくって。何か、信愛……とでもいうのかな？

「やれやれ。ミコラは落ち着かんのう」

「何時《いつ》も通り」

「確かにそうだね。ここだけの話、ずっと稽古に付き合うのはちょっと大変だったし。アンナさんに感謝しないと」

「シャリア。ごめんなさいね。貴女《あなた》の従者をお借りしちゃって」

と。ミコラへの苦言を口にしながら、ロミナ達が甲板を回り込み、こちらにやって来た。

「気にしなくていいさ。アンナが自ら申し出たんだしね」

「でも、師匠も声を掛けられてましたよね」

「まあね。ただ、この間ちょっと手合わせしてやってから、何度も何度も頼みに来るもんで、少しうんざりしてたのさ」

「ミコラ。きっとシャリア、お気に入り」

「好かれるのはいいけど。こっちも色々仕事があるし、少しは休みたいからね」

「まあ確かに。あやつは面倒《めんどう》じゃからのう」

互いに同じ想《おも》いを持っているかのように話す彼女達。

確かに、ミコラはああなるとちょっと面倒だもんな。

そんな想いはあっても、俺は今あいつらの仲間じゃない。流石《さすが》にそんな事を口にするわけにもいかず、俺は一人彼女達の様子を窺《うかが》うだけ。

……封神《ほうしん》の島に、浮海《ふかい》の神獣《しんじゅう》ヴァルーケン、か。

話を聞く限り、万が一封印が解けたら、かなり危険な感じはする。

ロミナ達が不安や恐怖に苛まれてないか心配だったけど、今の所そんな感じは見受けられなくて、俺は内心ほっとする。

……まあいいさ。シャリアのお陰で、気づかれずにみんなの側にいるんだ。

できる限りの事をして、みんなで帰ってこられるようにするだけさ。

会話に入れず蚊帳《かや》の外の俺は、一人そんな決意をすると、みんなに背を向け、海を眺める事にした。

§　§　§　§　§

翌日。

昨日と打って変わり、怪《あや》しい雲と強くなった雨の中。俺達の船は無事、封神《ほうしん》の島までやってきた。

島の大きさ自体はそこまで広くはなく、中央にそびえる山を囲うように、密林が生い茂《しげ》っている。しかも南の島だけあって、気温もそれなりに高い。

四方に見える、塔《とう》のようそびえる高い柱。あれがなければ、普通《ふつう》の島っぽいんだけどな。

シャリアの話では、肝心《かんじん》のダンジョンの入り口は島の北側にある。

一度島をぐるりと船で一周した時に、確かに怪しげな洞窟《どうくつ》の入り口が見えたものの、北側の海岸は岩礁《がんしょう》だらけで、船で近づくと座礁《ざしょう》する危険もある。

そこで俺達の船は一旦東寄りに少し南下して、安全に上陸できそうな砂浜から小型ボートで上陸したんだ。

砂浜から洞窟まで向かう道中。俺達は多くの敵と遭遇《そうぐう》した。

途中《とちゅう》の森にいたのは、創生術で人為的《じんいてき》に生み出されたであろう、人為創生物《シンセティカル》ばかり。

模倣骸骨《イミテイトスケルトン》に鋼玉石像《コランダムゴーレム》。虚鎧《ホロウアーマー》に狂いし水霊《マッドウエリアン》。

前衛に負担の掛かる相手の多い中、俺達は円陣《えんじん》を組みその脅威《きょうい》と戦っていた。

……っていうかさ。

模倣骸骨《イミテイトスケルトン》こそそこまでの相手じゃないけど。鋼玉石像《コランダムゴーレム》なんて、硬《かた》くてパワーのある敵の代表格。

虚鎧《ホロウアーマー》だって剣や斧《おの》を駆使《くし》した騎士《きし》寄りのスタイルで、姿に似合わない洗練された技を繰《く》り出してくるし、狂いし水霊《マッドウエリアン》は雨による恩恵《おんけい》を受けながら、その名に恥《は》じない狂いっぷりで、無尽蔵《むじんぞう》に水の精霊術で俺達を狙ってくるわけで。

確かに神獣《しんじゅう》を封じているだけのやばさってのを、はっきり感じる。

……いや。感じるんだけど。やっぱりここにいるメンバー、凄《すご》すぎるって。

「いっくぜー！　波動衝《はどうしよう》！」

楽しげに飛び出したミコラがぐっと拳《こぶし》を握《にぎ》ると、腕輪《うでわ》から奔《はし》った電撃《でんげき》が、手甲《てっこう》のように腕《うで》を覆《おお》う。天雷《てんらい》のナックルが本来の姿を見せた拳を、振りかぶってきた鋼玉石像《コランダムゴーレム》の拳に合わせて、相手の腕を一撃《いちげき》のもとに砕《くだ》くと。

「まだまだぁっ！　突槍脚《とっそうきゃく》！」

そのまま流れで懐《ふところ》に踏《ふ》み込み、急に逆立ちして身を縮こまらせた瞬間。全身を一気に伸《の》ばし、覆いかぶさろうとする鋼玉石像《コランダムゴーレム》の腹部を蹴《け》りで突《つ》き破《やぶ》った。

あいつ、かなり硬くて砕くのも大変なんだぞ。それをいとも簡単にやってのけるんだから、相変わらず恐ろしいもんだ。

同じく、前に出て戦っているウェリックとアンナ。

ウェリックは、対峙《たいじ》する模倣骸骨《イミテイトスケルトン》が持つ長剣《ロングソード》を、残像を残しながら避ける。

暗殺術、幻像《ミラージュ》。

疾さと鋭さが問われる、不意打ち《バックスタブ》以上に効果的な幻惑技《げんわくわざ》。

釣られた模倣骸骨《イミテイトスケルトン》が剣を空振ったのを待っていたかのように、背後から額に埋《う》め込まれた宝石を短剣《ダガー》で刺し貫《つらぬ》いた。

模倣骸骨《イミテイトスケルトン》は人為創生物《シンセティカル》であり人造石像《ゴーレム》の一種。

実際に外骨格を象った骨の形に削《けず》った岩や鉄を身体《からだ》に見立てていて、何処かに動くための核《コア》となる宝石が埋め込まれているんだけど。

正面にある額の宝石を、後頭部からあんなに綺麗《きれい》に貫くなんて、戦士でもそう簡単にできやしない。やっぱりこいつも暗殺者としての実力がある。

アンナはアンナで、戦斧《バトルアックス》と盾《たて》を持ち襲《おそ》いかかってくる虚鎧《ホロウアーマー》に対し、光を帯びた鎖《チェーン》の鞭《ウィップ》を力強く振るう。

名前の通り虚鎧《ホロウアーマー》には中身がなくて全身鎧《フルプレート》だけが動く、霊に近い感じの人為創生物《シンセティカル》。

大体の場合、核《コア》が鎧の内部にあることも多いんだけど、一応鎧を部分部分で吹《ふ》き飛ばせれば、その部位を無効化できる。

それを断《た》つのは術系でもかなり大変なんだけど。彼女は華奢《きやしや》な身体《からだ》に似合わぬ力技で、肩《かた》に巻きつけた鎖を強く引いて相手の体勢を崩し、するりと虚鎧《ホロウアーマー》の背後に回ると肩を後ろから強く蹴り飛ばした。

一気に倒《たお》れそうになった虚鎧《ホロウアーマー》に対し鞭を引き、鎖で倒れる動きと反対に力を強く掛ける事で、より強い衝撃《しようげき》を与《あた》え虚鎧《ホロウアーマー》の部位を剥《は》ぎ取る。

これを見事に脚や腕に繰り返し決め、相手を無効化していくんだ。

正直、暗殺術すら駆使せず、こんな簡単に動きを止められるセンスは本気でやばい。

この暗殺者姉弟《きょうだい》、やっぱり一対一での強さはSランクに引けを取らないな。

俺やフィリーネなどの後衛を護《まも》るべく、前線を維持《いじ》するシャリア、ディルデンさん、ロミナ。そしてルッテの古龍術《こりゅうじゅつ》、炎の幻龍《フレイム・ドラゴニア》で呼び出されたフレイムドラゴンもまあ凄い。

大剣《グレートソード》を振りかざした虚鎧《ホロウアーマー》に対し、凧盾《カイトシールド》でただ受けるのではなく、反撃の盾《カウンタークラッシュ》でより強い衝撃を叩《たた》き込み仰《の》け反《ぞ》らせたシャリアは、即座《そくざ》に振るった大鉄槌《クラッシュハンマー》で相手を打ち上げる。

「ロミナ！　決めな！」

「はい！」

そこに息のあった動きで、落ちてきた虚鎧《ホロウアーマー》の核《コア》がありそうな胴部《どうぶ》の鎧を聖剣《せいけん》で一刀両断するロミナ。

重戦士《じゅうせんし》とはいえ、シャリアの破壊力《はかいりょく》のありすぎる大鉄槌《クラッシュハンマー》の威力《いりょく》もやばいけど、ロミナの見事に合わせた連携《れんけい》と、剣の切れ味にも驚《おどろ》かされる。これが師弟《してい》ってやつか……。

合間にロミナとシャリアを狙い飛んでくる、狂いし水霊《マッドウェリアン》の放った水疱の弾丸《アクアバレット》。

「通しませんよ」

みんなの盾となるように立ったディルデンさんは、水の弾《たま》を事も無げに、魔術《まじゅつ》、雷属付与《らいぞくふよ》を施《ほどこ》した長剣《ロングソード》でさらりと切り裂《さ》き落としつつ、合間に襲い来る模倣骸骨《イミテイトスケルトン》を、赤子の手をひねるみたいに綺麗に骨を両断して動けなくしていく。

ルッテの呼び出したフレイムドラゴンも、その腕力《わんりょく》に物を言わせ、鋼玉石像《コランダムゴーレム》を突き飛ばしては打ち砕き。時に派手な炎弾《えんだん》のブレスで、近寄ろうとする奴らを一気に消し飛ばしていった。

勿論《もちろん》フィリーネやキュリアもこれまた凄い。

『シルフィーネ。私達の仲間、助けて』

そう願ってキュリアが見せた精霊術は、風の精霊王、シルフィーネの力を借りた風壁《ウインドウォール》。

相手の飛び道具系の術を止める風の壁は、俺達後衛三人を狙った水疱の弾丸《アクアバレット》の雨を悉く《ことごと》受け止め。

『空にあまねく雷よ！　我《わ》が力となれ！』

翼《つばさ》で空に舞《ま》ったフィリーネが詠唱《えいしょう》した魔術、雷縛《らいばく》の矢《や》により生み出された無数の雷の矢が、離《はな》れた狂いし水霊《マッドウェリアン》を次々と的確に貫き、相手を蒸発させていく。

いやはや。もう圧巻っていうか、俺の出番ないだろ。

とはいえ、流石に俺も何もしてないわけじゃない。

フィリーネが開幕ロミナ達に掛けた聖壁《せいへき》の加護。

それと同じように、俺も特定の個人に同様の効果を与える聖壁《せいへき》の護りでシャリアやディルデンさん、アンナやウェリックを支援し、仲間が傷ついたら回復できるよう気構えてはいた。だけどそれも杞憂《きゆう》だってくらい、みんなは結構な大群だった敵を、怪我ひとつなくあっさり一掃《いっそう》していた。

Lランクやランクがこうも多いと、このレベルですら危機にならないってんだから。ほんと恐れ入るよ。

「ちぇっ。もう終わりかよ。つまんねーなー」

「ミコラ。そんな事言わないの。まだダンジョンにも入っていないんだから」

「そうじゃ。最初から飛ばし過ぎては後が持たん。肩慣《かたな》らしにはこれくらいが丁度よいじゃろ」

「大丈夫《だいじょうぶ》だって。俺そんな柔《やわ》じゃねーし」

「ミコラ。ダメ」

「そうよ。貴女《あなた》を頼《たよ》りにしているからこそ、万全《ばんぜん》を期してもらわないと困るのだから」

ロミナ達《たち》がミコラの楽観的な反応に苦言を呈《てい》するこの光景。

……ほんと。変わらないなお前らは。

そんな彼女達を見てふっと笑っていると。

「カルド様。何かございましたか？」

やや肩で息をしたアンナが、俺に声を掛けてきた。

「いいえ、特には。それよりアンナさんにお怪我《けが》は？」

「ご心配には及《およ》びません」

「それなら良かった。とはいえ多少お疲《つか》れのようですね。少しそのままでいてください」

俺は彼女の額の前に手を翳《かざ》すと、無詠唱で聖術、気力回復《きりょくかいふく》を発動した。

戦いにおいての疲労《ひろう》って、勿論体力もあるんだけど。精神的疲労の場合には、こっちの方が案外効果的だったりするんだ。

実際今は雨の中での戦い。だからこそ、疲弊《ひへい》感も普段より強い。彼女だって辛いはずだ。

「カルド様。お気遣い、大変恐縮《きょうしゅく》にございます」

「お気になさらずに。共に戦う身。これくらいは当然ですよ」

アンナの微笑《ほほえ》みに何処か気恥《きは》ずかしくなるのをごまかし、彼女の息が整った所で術を止めた。

ぱっと見ると、シャリアとディルデンさんはまったく疲労感を出してはいないけど、ウェリックは少し苦しげ。流石に敵の数が多かったし、気が張ったか。

「まずはシャリア様の所に参りましょう。ウェリックさんも回復させたいので」

「はい」

こうして俺達はシャリア達に合流すると、ウェリックにも気力回復《きりょくかいふく》を掛け、一息吐《つ》いた所でロミナ達共々、再び目的地に改めて歩き出したんだけど。

その道中。俺はシャリアとディルデンさんの表情が何処か冴えないものだったのが、妙《みょう》に気になっていた。


あの後も、野生動物や点在していた模倣骸骨《イミテイトスケルトン》なんかに遭遇したけれど、大した苦もなく無事に洞窟の入り口までやってきた。

遺跡とは違うのか。鍾乳洞《しょうにゅうどう》のような天然洞窟っぽい入り口には、何かを封じている印象はないんだけど……。

「さて。ここからが本番だ。中に入れば洞窟も狭《せま》くなる。だから念《ねん》の為、あたしとロミナ、ミコラとアンナで前を行く。ディルデンとウェリックは殿《しんがり》を頼《たの》む」

「かしこまりました」

真剣《しんけん》な表情で出されたシャリアの指示に、ディルデンさんが返事をし、ウェリックは緊張した面持ちのまま頷く。

「カルドは後衛の一番前に立ってくれ。キュリアとフィリーネ、ルッテはその後ろだ」

「わかった」

「ええ」

「うむ」

短く返事するキュリア、フィリーネ、ルッテの三人。

「承知しました」

俺もまた、素直にその指示に従い返事した。

「じゃあいくよ。ミコラはあまり飛び出すなよ」

「えー！　マジかよ⁉」

「ミコラ。我慢して。勿論前に出て良い時は指示するから」

「ま、しゃーないか。ロミナ、その代わりあんまりじらすなよ？」

「分かってるわよ」

心底残念そうなミコラにロミナが苦笑すると、周囲も少し緊張がほぐれたのか。みんな呆《あき》れながらも笑顔《えがお》が漏《も》れる。

そして俺達は、ゆっくりと洞窟へと足を踏み入れた。

洞窟は外見は確かに天然洞窟のようだったんだけど、少し奥《おく》まで入っていくと、目に見えて人為的な壁と、一枚の扉《とびら》の前に到達《とうたつ》した。

扉の物々しさは何処《どこ》か遺跡寄り。ここからが本番といった感じだろうか。

扉の中央には、何かをはめるような窪《くぼ》みが存在する。

シャリアはその扉の前に立つと、バックパックから何かアイテムを取り出した。

それは扉の窪みと同じ形をした宝石。

「それが扉の鍵《かぎ》なのか？」

「ああ」

「師匠《ししょう》は何故《なぜ》、そんな物まで持っているんですか？」

「ちょっと知り合いから譲《ゆず》り受けてね」

ミコラやロミナの質問に、淡々と答えるシャリア。

周囲は納得《なっとく》しているみたいだったけど、俺《おれ》はそこに違和感を覚えていた。

ここって、浮海《ふかい》の神獣《しんじゅう》ヴァルーケンとかいう奴《やつ》を封《ふう》じているんだろ？

確かにシャリアはこの国でも有名な大商人。元々ウィンガン共和国の評議会が懸念《けねん》した事項《じこう》に対して彼女が動くのも、Sランク冒険者って実績もあるし分からなくはない。

だけど、これほど大事な鍵を、知り合いから譲り受けた？

評議会なりが、厳重に保管していた物を借りたわけじゃなく？

ささやかな疑問。シャリアがこんな事でいちいち嘘《うそ》をつかないような気もしたけど、じゃあ元々誰《だれ》がこんな凄い鍵を持っていたのか。それが少し気になってしまう。

Sランク冒険者ですら、最深層に未到達《みとうたつ》だというダンジョン。だけど、そもそも鍵を持っているパーティーじゃなきゃここに来られないし、実力がなければ踏破《とうは》を目指せない。

じゃあ、以前最深層に到達できなかった、Ｓランクのパーティーってのは？

この鍵を貸したのは、そんなＳランクのパーティーにいた奴か？

……とまあ、色々と気にはなるけれど。今のシャリアの目標に、別に影響《えいきょう》しないか。

俺は余計な雑念を捨て、シャリアを見守る事にした。

彼女が窪みに宝石を嵌《は》めると、扉は重い音とともに中央から割れ、横にスライドして開いていく。宝石は、中央に残った台座に載《の》った状態のままだ。

「一定時間で勝手に閉まる。いくよ」

「はい」

ロミナの返事に、宝石を回収したシャリアが先に進み、俺達も後から付いていった。

「これは……」

「綺麗ね……」

ダンジョンらしい壁に囲まれた道を抜《ぬ》けたその先に広がった光景を見て、アンナやフィリーネが感嘆《かんたん》の声を漏らす。

だけどそれは彼女達だけじゃない。他のみんなも、勿論《もちろん》俺だって目を奪《うば》われた。

そこは人工物と天然洞窟が組み合わさった、とても神秘的なダンジョンだった。

床《ゆか》の一部は人工的な、大理石でできたような綺麗な床。しかし道となる場所以外は天然の鍾乳洞のまま。時に滝《たき》のように水が流れ、道の下には浅瀬《あさせ》が存在している。

そして、その合間合間に人工的な柱の上にある魔石《ませき》が輝き、暗いはずの洞窟を淡《あわ》く照らし出し、水がそれを反射してきらきらと輝いている。

こんな所で戦いなんてあるのかと錯覚《さっかく》するほどの場所。だけど、やっぱりそんなに甘《あま》くないのがダンジョン。ここにもしっかり人為創生物《シンセティカル》が存在していた。

道を照らす人工的な柱。それが動く者を感知し、定期的に森で会った奴らを召喚《しょうかん》してくるシステム。

「時間を掛けると不利だ。駆け抜けるよ！」

「はい！　みんな、走って！」

シャリアとロミナの声に従い、俺達は床のある道を一気に駆け抜ける。

人造石像《ゴーレム》系は全般的《ぜんぱんてき》に足が遅《おそ》いし、警戒範囲《けいかいはんい》を出てしまえば追いかけてもこない。

勿論冒険者《もちろんぼうけんしゃ》はこういう経験だって日常茶飯事《にちじょうさはんじ》。

だからこそ、この判断に迷う者もなく、そのまま勢いでダンジョンを駆け抜けた。

暫《しばら》く走り抜けたその先に広がったのは、細い橋とその先に広がる円形の広間。

周囲は切り立った崖《がけ》と化し、広間にも橋にも、手すりらしきものは一切《いっさい》ない。

広間の中央にはまたも鍵となるオブジェを置けそうな台座。

そしてその奥には、またも大きな荘厳《そうごん》さを感じる、先程《さきほど》以上に巨大《きょだい》な扉と、そこを守護するかのように脇に立つ、人の三倍ほどはある、巨大な戦士と魔術師《まじゅつし》を象《かたど》った石像が見えた。

「これは……底が見えんのう」

「落ちたらひとたまりもなさそうね」

「うっへー。こりゃやべーな」

橋を渡《わた》りながら危険を口にするルッテ、フィリーネ、ミコラの三人。

確かに、これは落ちたら無事で済むか分からないな。

「いいかい。今までこの広間の先に行けた冒険者《ぼうけんしゃ》はいない。気を引き締《し》めな」

みんなが橋を渡り終え、振り返ったシャリアの声に真剣味《しんけんみ》が増す。

そんな中、俺《おれ》はそこにある違和感をはっきりと感じ取っていた。

……シャリア。お前、普段と違い過ぎるだろ。

真剣過ぎるっていうか気負い過ぎてる。しかも彼女だけじゃない。脇に立つディルデンさんもそう。悲壮感《ひそうかん》というか、決意というか。今までにない何かをひしひしと感じるんだ。

しかも今の会話。シャリアはここで何が起こるか知ってるって事。

って事は、やっぱり……。

「ディルデン。ウェリック。二人も前に出てくれ。ここは総力戦になる。しっかり後衛をカバーしつつ、敵を殲滅《せんめつ》する」

「殲滅って言ったって、何もいねーじゃねーか」

シャリアの言葉に、つまらなそうに両腕を頭に回し愚痴《ぐち》るミコラ。

「ミコラ、ダメ。気を抜かない」

「そうよ。師匠がこれから戦いがあるって言ってるんだから」

「わーってるよ。ただ逃《に》げてばっかだったから、暴れ足りないだけだってー」

キュリアやロミナの言葉に一応反省を示すものの、不貞腐れながらマイペースに語る辺りはやっぱりミコラ。

その反応にはアンナやウェリック、ロミナ達だけでなく、シャリアやディルデンさんもふっと苦笑を見せた。

ま。本気でこいつの能天気っぷりは良くも悪くも空気を変える。

緊張《きんちよう》し過ぎよりは丁度良いだろ。

「はっ。期待してるよ、ミコラ」

「任せとけって！」

少しだけ表情が解《ほぐ》れたシャリアは一人、台座の前に立つと、そこに宝石を収める。

すると……。

「な、何だこの揺れ⁉」

「これは⁉　師匠！」

「いいから集中しな！　来るよ！」

突然《とつぜん》俺達《おれたち》を襲った大きな震動《しんどう》の後、扉の脇に立った二体の石像が動き出したんだ。

「げっ⁉　あんなのとやり合うのかよ⁉」

「あれだけじゃないからしっかり気張りな。後、魔術師の巨像《きよぞう》は術を使ってくる。後衛は護りも忘れるんじゃないよ！」

驚くミコラに活を入れつつ、みんなに指示を出すシャリアの声に釣られ、俺達は全員身構える。

と、同時に周囲の崖下《がけした》から突然《とつぜん》何かが舞《ま》い上がり、姿を現した。それは……。

「翼魔像《ガーゴイル》ですって⁉」

フィリーネが思わず叫《さけ》ぶ。

翼魔像《ガーゴイル》。

これも人為創生物《シンセティカル》の一種で、俺の住んでいた世界でもある意味有名な怪物《かいぶつ》。

蝙蝠《こうもり》のような翼の生えた、何処か異質な石像。腕にある鋭い爪《つめ》での攻撃《こうげき》と、機動力のある空中戦を得意とするんだけど、更《さら》に口から吐かれる火球もまた厄介《やっかい》。

だけど……俺達以上の数はちょっとやばい。早めに数を減らさないと、それこそあの巨《きょ》像達《ぞうたち》を倒すのに支障が出る。

「キュリアさん！　風を乱して翼魔像《ガーゴイル》の足止めを！　ルッテさんは古龍術《こりゅうじゅつ》で翼魔像《ガーゴイル》の迎撃《げいげき》をお願いします！　フィリーネさんは前衛の支援《しえん》を！」

「うん」

「ま、任せよ」

「え、ええ！」

俺は叫ぶと同時に、無詠唱で急ぎ聖壁《せいへき》の護りをウェリックから順に、前衛に付与していく。

突然《とつぜん》俺《おれ》に指示され動揺《どうよう》を見せたルッテとフィリーネとは裏腹に。

『シルフィーネ。翼魔像《ガーゴイル》の動き、止めて』

迷わず応えたキュリアが背後に風の精霊《せいれい》王シルフィーネを呼び出し放った術は、風縛《ストームロック》。

それは見事に奴らの動きを風により制限し、空中で動けなくしていく。

術のチョイスも理想的。流石《さすが》キュリアだ。

「ゆけ、炎龍《えんりゅう》！」

ルッテの叫びに応えるように姿を現したフレイムドラゴン。そいつが口を開き放った火球が、動きを止めた翼魔像《ガーゴイル》を打ち砕いていく。

しかし、後から現れる翼魔像《ガーゴイル》もいて、その数は中々減らない。

「まるで寄ってたかる虫のようじゃの」

そんな小言を言いながらも、彼女《かのじょ》は火力のある火球で的確に敵を落としていく。とりあえずここは二人に踏ん張ってもらえそうだな。

フィリーネは聖術《せいじゅつ》、聖壁《せいへき》の加護をパーティーに掛けた後、続け様に魔術、攻撃強化でパーティーの火力を上げる。

流石は聖魔術師《せいまじゅつし》。こっちも手際《てぎわ》がいいぜ。

俺は守りと回復が主体の聖術師《せいじゅつし》。聖壁《せいへき》の護りを急ぎ仲間に掛け終えた後、全体の状況《じょうきょう》を見極《みきわ》めて、何が来ても対応できるよう気構える。

前方の巨像に挑《いど》みかかった前衛達。戦士の巨像による巨大な剣の一閃《いっせん》を強化防御《パワーガード》で受け止めたシャリアが後方に滑《すべ》る。流石に巨体《きょたい》に似合うパワーはあるって訳か。

その間隙《かんげき》を縫《ぬ》って前に出たアンナが奴の脚に鎖の鞭《チェーンウイップ》を叩きつけ、ウェリックも短剣《ダガー》を突き刺《さ》しにいく。

「くっ！」

「これは……⁉」

石像の脚を砕きにいこうとするけど、それは致命傷《ちめいしょう》とは程遠《ほどとお》い、浅い傷が付くだけ。見た目に分かる。二人の攻撃じゃ軽い。こうもでかくて硬い人造石像《ゴーレム》系だと、暗殺者だと手に余るか。

と。そんな二人を振《ふ》り払《はら》うべく、戦士の巨像は大きさに似合わぬ速さで、弧《こ》を描《えが》くように剣《けん》でアンナ達を薙《な》ぎ払う。

間一髪《かんいっぱつ》でそれを避《よ》けた二人。だがそこを狙《ねら》うように、何とも重々しく無機質な詠唱が耳に――って、まじかよ⁉

『この地に溢《あふ》れし炎の魔力《マナ》よ。永焔《えいえん》なる焔《ほむら》となり、この者達を灰と化せ』

魔術師の巨像の詠唱。

それは魔術師の中でも最高位の炎の術。爆《は》ぜる永焔《えいえん》。

魔術師の巨像が杖《つえ》を天に掲《かか》げると、普通の魔術師が使う比じゃない、巨大な豪炎《ごうえん》の火球が生み出される。

くそっ！

「前衛は一旦《いったん》下がってください！」

俺は咄嗟《とっさ》に叫びながら、自身に無詠唱で聖術《せいじゅつ》、命魔転化《めいまてんか》を掛《か》け、生命《いのち》を魔力《マナ》に変換《へんかん》する。

間に合いやがれ！

『神聖なる光の壁よ！　その神々《こうごう》しく強き輝《かがや》きにて、全ての力を打ち消したまえ！』

前衛がみんな一度俺《おれ》たちの周囲に下がったのを見て、俺はすぐさま詠唱すると、魔防壁《まぼうへき》の最上位となる術、光神壁《こうしんへき》を、全員を覆うように展開した。

間一髪。光の壁と炎の球がぶつかり合うと、一気に俺達《おれたち》の周囲を激しい炎が包む。

しかもそれは、敵味方問わずに吹き飛ばすだけの威力を見せた。

事実、周囲にいた翼魔像《ガーゴイル》はこの炎に無差別に巻き込《こ》まれ、あっさりと吹き飛んで石片に戻《もど》っていったくらいだ。

身体《からだ》に走る気だるさ。代わりに高まる魔力《マナ》。

俺は歯を食いしばり、炎が消えるまで術を必死に維持し続けた。

「くっ！」

永焔《えいえん》の名は伊達《だて》じゃないってほど長く続く術。光神壁《こうしんへき》も維持しければいけない術だからこそ、ずっと炎に晒《さら》されていたらジリ貧《ひん》なのは変わりない。

それでなくてもやばい威力……俺が、持つか⁉

「フィリーネ！　キュリア！　水系の術でカルドを支援して！」

「ええ！」

「うん」

劣勢《れつせい》の中、ロミナが叫びながら下段の構えを取る。あれはまさか、最後の勇気《ファイナル・ブレイブ》か⁉

「ディルデン！　あたし達も合わせるよ！」

「承知しました」

叫んだシャリアが凧盾《カイトシールド》を床に刺して大鉄槌《クラッシュハンマー》を両手で脇《わき》に構え。ディルデンさんも長剣《ロングソード》に闘気を重ねると、静かに構える。

『ウィリーヌ。力を貸して』

風の精霊王を一度解放し、キュリアが呼び出したのは水の精霊王ウィリーヌ。そして彼女が両手を前にすると、そこに大きな水流の球が生み出される。精霊術、水砲《アクアキャノン》か。

『世界にありし水の魔力《マナ》よ。今ここに集いて、炎を貫きし槍《やり》となれ！』

同じくフィリーネが詠唱し生み出したのは水の力を集約した槍、激流の破槍《はそう》。

二人が同時に、俺が止めている爆《は》ぜる永焔《えいえん》に向けそれらを解き放つと、それは光神壁《こうしんへき》の壁越《かべご》しに炎に激突《げきとつ》し競《せ》り合い始めた。

だけど流石は二対一。威力に勝った二人の水の術が炎を撃《う》ち抜くと、勢いをそのままに魔術師の巨像の胴部に直撃《ちょくげき》した。

「はぁっ……はぁっ……」

周囲を覆っていた炎が消え去ったのを見て、俺が一度術を解いた瞬間。あがった息と一気に襲った気だるさで、思わず片膝《かたひざ》を突いてしまう。

くそっ。増魔の仮面まで着けて、ここまでして何とか止められるレベルかよ。

あんなの何度も撃たれたら、流石に持たないぞ⁉

魔術師の像を象っていた石がキュリアとフィリーネの術で剥げ、剥《む》き出しになったのは──魔導鋼《まどうこう》⁉

人為創生物《シンセティカル》でそんなの使ってる奴がいるってのか。どうりで術の効果がやばいわけだ。

剥げた身体《からだ》の心臓に位置する場所に光る、真っ赤な宝石。あれが核《コア》のはず。あれさえ打ち抜ければ……。

そんな俺の願いを現実とするかのように、ロミナ、シャリア、ディルデンさんが同時に技を繰り出した。

「聖剣よ。私達に希望を！　最後の勇気《ファイナル・ブレイブ》！」

「いくよ！　空弾《エアバレット》！」

「轟《とどろ》きなさい！　闘刃《スピリットエッジ》！」

ロミナが抜刀《ばっとう》するように聖剣を振り、シャリアが大鉄槌《クラッシュハンマー》を横振りし、ディルデンさんが長剣《ロングソード》を薙ぎ払う。

各々《おのおの》が武器を振るうと、それらが光の波動、空気の弾、空を走る斬撃となり、勢いのまま魔術師の巨像を狙い飛んでいく。

「いっちまえ！」

ミコラの期待のこもった叫び。

だけど、それを遮《さえぎ》るように、戦士の石像が無理矢理《むりやり》伸《の》ばした片腕《かたうで》で、それらを受け止めようとする。

だが、先行した空弾《エアバレット》と闘刃《スピリットエッジ》が遮った腕を強く弾《はじ》き、切り開かれた道を突き抜けた最後の勇気《ファイナル・ブレイブ》が、見事に魔術師の巨像の核《コア》を貫くと、そいつは膝《ひざ》を突き動きを止めた。

「よっしゃあ！　残りもやっちまおうぜ！」

一気呵成《いっきかせい》に前に出たミコラが、戦士の巨像に飛びかかると、空中で連撃を叩き込み、胴部の石を剥がしだす。

「アンナ！　ウェリック！　ディルデン！　あたし達も行くよ！」

「御意《ぎょい》」

「承知しました！」

「はい！」

シャリアもまた、仲間と共に一気に前に飛び出した。

魔術師の巨像は倒せたし、翼魔像《ガーゴイル》はあいつらと共倒《ともだお》れしてもういない。

これでほぼ大丈夫だろうけど、流石に最後の勇気《ファイナル・ブレイブ》を撃って疲弊したロミナだけは、大きく肩で息をしながらも警戒《けいかい》を解かず、一旦俺達《いったんおれたち》の前に立ち、念の為《ため》備えてくれている。

「カルド。じっとして」

「はい」

「ロミナ。貴女《あなた》も大人しくて」

「ええ。ありがとう、フィリーネ」

キュリアが俺に精霊術の生命活性《ヒーリング》を。フィリーネはロミナに聖術《せいじゅつ》の気力回復《きりょくかいふく》を掛け、それぞれの回復を進めていく。

「では、我も加勢するかの」

随分《ずいぶん》と余裕《よゆう》をかましていたルッテもまた、フレイムドラゴンを進軍させ、一気に戦士の巨像に畳《たた》み掛けようと動き出し。みんなが戦士の巨像の身体《からだ》の石を砕き、核《コア》の位置を特定しようと軽快に動き回る。

相手は一体。多勢に無勢。

正直俺もみんなも、この時点で誰も失うこともなく勝ちを確信していたと思う。

……でも、その時。何故か俺の心に、妙な胸騒《むなさわ》ぎがしたんだ。

§　§　§　§　§

――俺の勘《かん》って、意外によく当たるんだよな。

ロミナが魔王《まおう》の呪《のろ》いに掛かっていたのを知ったのだって、きっかけはマルベルで見かけた、ルッテの貼《は》ったクエストを見ての胸騒ぎ。

あれがなかったら、きっと彼女を助けられなかっただろうし。

そういう意味じゃ、悪い予感や胸騒ぎも馬鹿にできないんだよな。

……って、何でそんな事考えてるんだっけ？

あ、そうそう。俺、あの時突然《とつぜん》、嫌《いや》な胸騒ぎがしたんだ。

きっかけは、フィリーネに気力回復《きりよくかいふく》を受けていたロミナが膝を突いた事。

最後の勇気《ファイナル・ブレイブ》って、聖勇女《せいゆうじょ》の全身全霊《ぜんしんぜんれい》を掛けた技。だから一発放つだけでも消耗《しょうもう》が半端《はんぱ》ない。

だから、フィリーネに気力回復《きりよくかいふく》を受けていても、辛《つら》さがあったんだと思う。

でも、もう優勢は覆《くつがえ》らない。そんな状況だったのに、俺の心に突如《とつじょ》不安が走ったんだ。

ほぼ同時だったかな。動かなくなったはずの魔術師の巨像が、最後の命を散らすように術を唱えた後、その場で砕け散ったんだけど、掛けた術がやばかった。

魔術、万能強化《ばんのうきょうか》。

攻撃力《こうげきりょく》。防御力《ぼうぎょりょく》。素早《すばや》さ。器用さ。魔力《マナ》などなど。対象の全ての能力を強化する、魔術師の強化系の術の中で最強の術を、戦士の巨像に掛けやがったんだ。

瞬間《しゅんかん》。戦士の巨像の動きが一気に加速した。

素早く振るった剣でフレイムドラゴンを横に吹き飛ばし、その剣を避けたみんなが予想以上に強い風圧で、散り散りになったその瞬間。背中にぞくっと悪寒《おかん》が走ってさ。

俺は思わず無詠唱で、聖術《せいじゅつ》、聖なる光を放ってキュリアを吹《ふ》き飛ばしたんだけど。

同じ予感を感じたのかもな。ロミナもまったく同じくタイミングで、聖なる光をフィリーネに当て、彼女を同じく吹き飛ばしていた。

「ロミナ⁉」

驚いたフィリーネに返事すらできず、ロミナは荒《あら》い息をしたまま、そこから動けなくって。その隙《すき》を突《つ》いて、戦士の巨像は人造石像《ゴーレム》らしからぬ鋭《するど》さで一気に間合いを詰《つ》め、彼女に切りかかって来たんだ。

この剣の軌道《きどう》。吹き飛ばした二人には届かないけど、俺やロミナは巻き込まれる。

そう感じた瞬間。嫌な予感は、より嫌な悪夢を頭に過《よぎ》らせた。

ロミナがその剣で切り飛ばされる姿。そんなの現実にできないだろ。

だから俺は、咄嗟にロミナに踏《ふ》み込み彼女を庇《かば》うように抱《だ》きしめると、剣を避《よ》ける為に大きく跳《と》んだんだ。

お陰《かげ》で間一髪。俺の背中を剣が掠《かす》めるだけで済んだんだけど。流石に同時に襲《おそ》う風圧までは避けられなくってさ。

結局、俺達はそのまま一気に床のない、鍾乳洞の壁まで吹き飛ばされた。

「ぐはっ！」

偶然《ぐうぜん》とはいえ、俺が先に壁に激突したから、ロミナへの衝撃は抑《おさ》えられたって思いたかったけど、そんな考えも吹き飛ぶ激痛と共に、後頭部から何かがどろっと流れて、意識が一気に遠ざかったんだっけ。

「カルド！」

悲鳴のようなロミナとシャリアの声が聞こえたけど、もうその時は叩きつけられた息苦しさに答える事もできなくて、そのまま何処かに落ちていく感覚に襲われた。

途中《とちゅう》何度か、壁か。岩の出っ張りか。強い痛みが二、三度身体《からだ》に走ったと思うんだけど、朦朧《もうろう》としてよく分からなくて。

でも、ロミナだけは助けたくって、必死に、強く抱きしめた。

あの時だって。彼女に未来を見せたくて頑張《がんば》ったんだ。こんな所で死なせるもんかって。

……で。何でこんな事考えてるんだっけ。

あ、そうか。今、めっちゃ肩《かた》が痛んで目が覚めたからだ。

目を閉じたまま、ぼんやりしていたかったんだけど、肩に走る強い痛みと。

「カルド！」

心に痛みを呼ぶ悲痛な叫びが、俺を現実に呼び戻したんだ。

それで、ぼんやりと状況を振り返ってたんだっけ。

「……大、丈夫《じょうぶ》、ですよ」

耳にしたのは多分、ロミナの声。

思った以上に声に力があったから、きっと無事だ。

でも、彼女がカルドって呼んでくれて助かった。お陰で、今の俺の立ち位置が思い出せたから。

ゆっくりと瞼《まぶた》を開けると、目を覚ました俺を見つめる涙顔《なみだがお》のロミナがそこにいた。

……俺のせいで、泣いている彼女が。

「カルド！　良かった……」

感極《かんきわ》まった彼女が、両手で顔を覆《おお》う。

前に冒険者ギルドの闘技場《とうぎじょう》でも泣いた彼女を見たけれど、やっぱり心にくる。

俺は不甲斐《ふがい》なさを奥歯《おくば》で噛《か》み殺すと、ゆっくりと身体《からだ》を起こそうと腕《うで》を動かそうとしたんだけど。

「痛っ！」

突然右肩《とつぜんみぎかた》に激痛が走って、顔を歪《ゆが》め、咄嗟に左腕《ひだりうで》で押《お》さえてしまう。

「ダメ！　無理して動かないで！」

俺の呻《うめ》き声に、はっとしたロミナが思わず叫ぶ。

そんな悲痛な顔をされると、俺まで心苦しくなるだろ。

彼女が俺の横に寄り添《そ》い、ゆっくりと上半身を起こす手伝いをしてくれる。

改めて自分の身体《からだ》を見ると、思ったほど傷がない。

きっとロミナが聖術《せいじゅつ》、生命回復で回復してくれたんだな。

聖勇女《せいゆうじょ》はその名の通り、聖女であり勇者。

だから、聖女故に使える聖術《せいじゅつ》と、勇者特有の勇術も使えるんだ。

とはいえ、ロミナだって疲弊した身体《からだ》だし、辛かっただろうな。

辺りを見回すと、湿《しめ》った石につららのように尖《とが》った石もある。まるで鍾乳洞の谷間のようだ。ランプとかはないけど、光苔《ひかりごけ》のお陰で周囲は思ったより明るかった。

「ここは……」

「巨像と戦っていた場所の、遥《はる》か下よ」

「そういえば、あの時巨像に吹き飛ばされて……。あ、ロミナさんに怪我は⁉」

「あなたが庇ってくれたから、擦《す》り傷《きず》で済んだの。お陰で自分の怪我は治せたんだけど、あなたは右肩を脱臼《だっきゅう》しちゃってるみたい」

脱臼か。こりゃ困ったな。

回復系の魔法《まほう》は確かに便利だ。時に怪我を、時に病気や毒を一瞬《いっしゅん》で治療《ちりょう》できるんだから。だけど、それだって限界がある。欠損した部位は再生できないし、状態が著《いちじる》しく変わると治せないんだよ。

脱臼とかはその最たる例。何たって肩の骨が外れてるんだから。

勿論《もちろん》治すのには、物理的に腕を入れ直してやればいいんだけど……。

情けない話。俺は現代世界でも、こっちに来てからも脱臼ってしたことなかったし、はめ方なんて知らないんだ。

「ロミナさんは、脱臼のはめ方は知っていらっしゃいますか？」

「ごめんなさい。私もそういう経験はなくって……」

「そうですか」

まあ、これぱかりは仕方ないか。

多分ディルデンさんやアンナなら何とかできるかもしれないし、そこまで我慢《がまん》だな。

俺は返事をしながら上を見上げると、遥か彼方《かなた》にも感じる程《ほど》先に、戦いの場になっていた場所の天井《てんじょう》が見えた。

って、これ相当落下したよな。よく死ななかったな俺……鍛《きた》えてて良かった……。

「皆様《みなさま》は、大丈夫《だいじょうぶ》でしょうか？」

「うん。何とか上の巨像は倒《たお》して、さっきフィリーネが一度降りて来てくれたの」

「それなら良かったです。とはいえ、彼女だけでは、私達《たち》を上まで運ぶのは厳しいですよね」

「うん。それにあなたの怪《け》我《が》もあったし。だから、みんなには先に進むよう伝えたわ。最深層はさっきの場所より下層かもしれないから、もしかすると私達も先に行けば合流できるかもしれないし。もしこちらに進める道がない時は、ここに戻って待機する手筈《てはず》にしているから安心して」

「そうでしたか。すいません。お手間をかけてしまって」

「ううん。こっちこそ、助けてくれてありがとう」

……こうやってロミナが微笑んでくれると、ちょっと安心するな。

俺も微笑み返すと、ゆっくりと立ち上がった。

バックパックが巨像の剣で切り捨てられたせいか、中身がすっかりなくなってる。

ギルドカードを閃雷《せんらい》と共に宿に置いてきてて正解だったな。

大杖は……っと、あったあった。

少し離《はな》れた地面に落ちている。下手に途中の岩場にひっかからなくてよかったよ。

俺が大杖の側に歩み寄り、しゃがんでそれを手にしようとした時。ふと、その少し奥に落ちている何かに気づいた。

錆《さ》びた刀に籠手《こて》。胸当てに脛当《すねあ》て。それは冒険者がここで亡《な》くなった跡《あと》だ。

この世界の人間は死んでも死体は消え去る。だけど、遺品としてこういった物は残るんだ。衣類なんかは腐《くさ》ってしまったのか、もうほとんど原形を留《とど》めてないな。

大杖を無事な左手で持った後、その遺品の側に足を運ぶと、そこにある一枚の裏返しになったカードに目がいった。

「これは……」

「……ギルドカード、かな？」

「ですかね」

しゃがんで大杖を岩壁《がんぺき》に立てかけると、俺は裏返しになっていたそれを拾い上げ、汚《よご》れを袖《そで》で拭《ぬぐ》い、表を見た。

瞬間。

「カズト⁉　……じゃ、ない？」

ロミナがそんな驚《おどろ》きと戸惑《とまど》いが入り交じる声をあげる。でも、それも仕方ない。

冒険者のギルドカードには転写の付与《エンチャント》で登録された肖像《しょうぞう》が刻まれているんだけど、そこにあったのは、本人が見ても一瞬《いっしゅん》見間違《みまちが》えるくらい、俺そっくりの肖像だったんだ。ただ、緊張した面持《おもも》ちの彼《かれ》の髪《かみ》の毛は、真紅《しんく》のような赤髪《あかがみ》。

「シャルム。戦闘職《せんとう》、武芸者。一般職《いっぱんしょく》……商人……」

それを読み上げながら、自分の中にあった疑念のパズルが組み上がっていくのを感じる。

……つまり、これ……そういう事か……。

「これって、もしかして……」

ロミナもその外見や職業で何かを察したのか。少し驚いた声を上げる。

「……とりあえず、これだけでも持っていきましょう」

俺は術着のポケットにそれを仕舞《しま》うと、大杖を片手に取って立ち上がり、改めてロミナに向かい合った。

「まずは先に進みましょうか」

「……うん」

気を取り直し、俺達は気持ちを引き締め直すと、先に進める洞窟《どうくつ》に歩き出す。

ただ、そこにあった過去を知り、俺達は少しの間、言葉を交《か》わす事ができなかった。


俺とロミナは、鍾乳洞《しょうにゅうどう》が続く洞窟を進んでいく。

途中変な分岐《ぶんき》もほとんどなかったし、これなら何かあってもすぐに戻れそうだ。

彼女は俺の前を先導するように、周囲を警戒しつつ歩いているけど、さっきの件もあって、会話を振るのも妙《みょう》に憚《はばか》られて、沈黙《ちんもく》が続いてしまう。

これが正直、肩の痛みより辛い。

「カルド」

と、前方を警戒したまま、ロミナが俺の名を呼んだ。

「どうかしましたか？」

「あのね。やっぱりさっきのって、師匠の……」

腫《は》れ物《もの》に触《さわ》るかのように、歯切れ悪く口にするロミナ。まあ、気持ちはわかる。

「そうだと思いますが、私はシャリア様に姉弟《きょうだい》がいると伺《うかが》った事がないので何とも。ロミナさんは、何か知っていらっしゃいますか？」

「うん。昔、弟さんを亡くしたって。……確かこのダンジョンって、Sランクパーティーでも最深層まで踏破できていないんでしょ？　もしかしてそれって、師匠達《ししょうたち》がここで、あの巨像達に敗れたから……」

「……でしょうね。ダンジョンに入る鍵《かぎ》を持っていたくらいですから」

「……だよね……」

ロミナが気落ちした声を出す。

まあ、こんな所で師匠の弟が死んだ事を知ったらショックだよな。

そして、彼女の推測に間違《まちが》いはないだろう。

ディルデンさんやシャリアが、ダンジョンに向かう時に見せていた表情も、ここに妙に詳《くわ》しかったのもそれで納得《なっとく》がいく。彼女が俺を妙に買ってくれていた理由もな……。

しんみりしながら歩いているうちに、俺達は少し開けた場所に出た。

さっき戦闘した場所に近い、人工的な床が広がるフロアで、鍾乳洞の左右の空間を遮るように、扉《とびら》のついた壁《かべ》が向かい合っている。ぱっと見、扉は開いたままだ。

「これは……先程の場所から繋《つな》がっているのでしょうか？」

「分からないけど、可能性はありそう」

久しぶりに、しっかりとした床に足を踏み入れた瞬間。

バタンという音とともに、突然その扉が両方とも勢いよく閉じ、青白い光を帯びた。

まさか、魔術《まじゅつ》、護《まも》りの施錠《せじょう》か⁉

はっとした俺達は、瞬間フロアの中央に移動し、互《たが》いに背中合わせになる。

ほぼ同時に、俺達を取り囲むように、鍾乳洞側の床《ゆか》からぬるりと現れたのは……。

「狂いし水霊《マッドウェリアン》⁉」

「こんな所で⁉」

互いの視界の先、鍾乳洞に現れたのは、狂いし水霊《マッドウェリアン》。

その数は、数えたくなくなる程に多い。

ちっ。これもダンジョンの罠《トラップ》か……。

「カルド。壁を背にして。私が前に立って何とかするから」

ロミナの緊張した声が示すように、流石にこの状況はヤバい。

俺は片手の使えない手負いの聖術師《せいじゅつし》。

元々両手持ちの刺突両手剣《エストック》を利《き》き手ですらない左手で振るうんじゃ、剣術《けんじゅつ》どころの話じゃない。

ロミナだって既《すで》に一度、最後の勇気《ファイナル・ブレイブ》を放ってるし、俺の治療に魔力《マナ》も使っててかなり疲《ひ》弊《へい》してる。

そんな状況の中、これだけ大量の敵に囲まれてるんだ。挟撃《きょうげき》されたら逃《に》げ場《ば》なんてないし、扉のある壁を背にした所で、百八十度から敵に襲われる。一方に敵を固め切れる訳じゃないし、そもそもこの敵の数だ。流石のロミナも一人で捌《さば》けるはずがない。

……なら。

「いえ。このまま戦いましょう」

俺は彼女にそう提案した。

「何言ってるの⁉　あなたは怪我しているし、魔力《マナ》も減っているのよ⁉」

「ですがあなたを支援し、精霊を倒す事くらいはできます」

「この数よ。無茶《むちゃ》よ！」

「ええ。この数で一気に囲まれたら、それこそ聖勇女《せいゆうじょ》であるあなたでも押し切られます。ですから、私にも戦わせて下さい」

「でも……」

聖剣《せいけん》と盾《だて》を構えながら、肩越《かたご》しに俺を不安そうに見つめるロミナ。

……分かってる。悪いな。頼《たよ》りなくて。

俺は大杖の柄《つか》を口で噛《か》み、左手で上部を捻《ひね》ると刺突両手剣《エストック》を抜《ぬ》き、残った柄を床に吐《は》き捨てる。

「これでも多少は剣術に心得があります。お願いです。私を信じ、背中を預けてください」

片手で刺突両手剣《エストック》を構えた俺は、前方の敵を警戒しつつ、聖壁《せいへき》の護りをロミナにだけ掛ける。

いざとなれば回復も、魔防壁《まぼうへき》や光神壁《こうしんへき》、聖なる光なんかも考えなきゃいけない。

だけど、巨像との戦いで一気に消費した俺《おれ》の魔力《マナ》じゃ、どこまでやれるか分からない。

だから今は、俺に術は掛けずに余計な魔力《マナ》の消費は避け、とにかくロミナを護るんだ。

……俺は絶対に譲《ゆず》らない。あの日決意した、お前を助けるって想《おも》いだけは。

「……分かった」

俺の覚悟《かくご》を感じ取ってか。ロミナも表情を引き締《し》める。

と、次の瞬間。前方の奴《やつ》らが一気に前に進み始めると、同時に後方の奴らが大量の水疱《アクア》の弾丸《バレット》を放って来る。

それを開戦の合図として、俺達は一気に水疱の弾丸《アクアバレット》を避け前に出た。

狂いし水霊《マッドウェリアン》にも核《コア》がある。

俺は降り注ぐ雨のような弾《たま》を必死に避け、時に剣で払いながら、一体ずつ何とか核《コア》を狙い、斬《き》り、刺していく。

とはいえ、不慣れな武器に手負いの状況じゃ、技も使えないから効率良く敵を捌けない。

しかもこいつらはその名の通り狂ってるから、仲間が吹き飛ぶのも関係なく水疱の弾丸《アクアバレット》を撃ち込んできやがる。

それじゃ避け切るのだって苦しい。剣だけじゃ埒《らち》が明かないから、要所は一時的に張った魔防壁《まぼうへき》で止めてるけど、魔力《マナ》の限界も考えると、それも長くは続けられない。

ロミナは俺よりは全然戦えてるけど、やっぱり水疱の弾丸《アクアバレット》の嵐《あらし》に手を焼いて、技らしい技も繰《く》り出せていないようだ。

しかも敵を倒す度に敵が新たに湧《わ》いてきて、敵を一体ずつ減らしてるんじゃ正直ジリ貧。

今の俺じゃ、どうしても一気に敵を減らせない。その代わり水疱の弾丸《アクアバレット》なら止める術《すべ》はある。

ロミナは闘刃《スピリットエッジ》なんかで、前衛の敵をある程度一気にやれるはず。だけど、この弾幕《だんまく》がその余裕を与《あた》えてくれない。

互いに抱《かか》える矛盾《むじゅん》。なら、それを補えばいいはず。

だけど、それをするのには無茶がいる……いや。構うもんか。

どっちにしろ、今の俺じゃ武芸者としての戦い方なんて無理。

なら俺はカルドとして、やれることをやってやる。

思い出せ。あの頃の事を。忘れるな。俺が望んだ未来を!!

俺は一旦フロア中央に引くと、飛来する水疱の弾丸《アクアバレット》を無詠唱《むえいしょう》の魔防壁《まぼうへき》で受け止め、術を持続する。

弾が通らないと気づき、直接俺に殴《なぐ》りかかるべく雪崩《なだ》れ込む敵を見て、俺は丁度ロミナが中央に引いたタイミングに合わせて、互いの背をあえて触《ふ》れさせた。

俺達は昔、互いの背中を護り、戦った事だってある。

だからこそ、昔のように、あいつに合わせる!

瞬間。俺が咄嗟にその身を入れ替《か》えるべく時計回りにくるりと転身すると、まるで映し鏡のように、ロミナもまた同じ動きで互いの位置を入れ替えた。

視界に映る、敵がこちらに水疱の弾丸《アクアバレット》を放とうとする光景。それを魔防壁《まぼうへき》で止めつつ、前に出てきていた奴を、聖なる光で弾き飛ばして押し戻すと、少しでも敵の攻撃《こうげき》をこっちに向ける為、あえて前に出て剣を振るう!

既に魔防壁《まぼうへき》に護られたロミナの目の前には、お誂《あつら》え向きに固まってる狂いし水霊《マッドウェリアン》がいるはず。

お前ならこのチャンス、逃《のが》さないだろ?

「消えて!　闘刃《スピリットエッジ》!!」

彼女の叫《さけ》びと合わせ耳にする、複数の精霊達《せいれいたち》の弾け飛ぶ音。

流石はロミナ。これならいける！

後は……持てよ。俺の身体《からだ》！

俺達は言葉を交わす事なく、時に前後に動き、時に背を合わせて場所を入れ替え、同じように相手を誘《さそ》い、敵の弾を止め、狂いし水霊《マッドウェリアン》を討《う》ち続けた。

くるりくるりと、まるで舞《ま》い踊《おど》るように。ロミナが敵を蹴散《けち》らし、俺が弾を止めて。

魔力《マナ》不足を命魔転化《めいまてんか》で補い、ロミナが傷つき疲労《ひろう》を見せれば、即時《そくじ》に命気瞬復《めいきしゅんふく》を掛ける。

生命《いのち》を削《けず》る感覚が、一気に俺の負担になる。けど、身体《からだ》は喜びで動いた。

そりゃそうだ。俺はまた、昔みたいに聖勇女《せいゆうじょ》様と一緒《いっしょ》に戦ってるんだ。最高だろ？

動きが鈍《にぶ》ったまま前に出る俺の身体《からだ》に、避けきれない水疱の弾丸《アクアバレット》が傷を増やしていく。

が、そんなのは後だ！　多少の痛みは堪《た》えろ！

ロミナを生き残らせる為、彼女《かのじょ》にだけ術を向けるんだ！

殲滅《せんめつ》力が増した俺達の戦い方に、敵の数が少しずつ減っていく。

減るって事は、無限湧きじゃないはず。そう信じ、俺達は必死に戦い続けた。

場所を入れ替わる度に敵の湧《わ》きが減り、剣を振るう度に身体《からだ》の痛みが強くなり、息があがっていく。

疲労で一瞬ぼんやりした頭も、身体《からだ》の痛みで目が覚める。

くそっ！　まだだ！　こんな所で倒れるもんか！

俺はまだ護り切ってない！　痛むならまだ動けるだろ！

疲労困憊《ひろうこんぱい》の俺達。だけど敵もほとんど消えた。後は——って、最後に特大の狂いし水霊《マッドウェリアン》の挟撃!?

だけど他に敵は湧かない。つまり、こいつらが最後！

「ロミナさん、正面の敵を！　これでっ、終わらせます！」

「う、うん！」

はっ!?　二体同時にどでかい水疱の弾丸《アクアバレット》!?

くそっ！　ふざけるな！

『神聖なる光の壁よ！　その神々しく強き輝きにて、全ての力を打ち消したまえ！』

そんな物、光神壁《こうしんへき》で止めてやる！　絶対にロミナはやらせるか！

術を使ったことで奔《はし》った強い頭の痛み。ロミナを助けた試練の時のように、これ以上はやばいと俺に必死に訴《うった》えてくる。

だけどまだ生きてる！　まだ生命《いのち》がある！　やるんだろ？　護るんだろ？

歯を食いしばれ！　最後まで全力を向けろ！

ロミナの未来、こんな所で終わらせられるか！

「聖剣よ。私達に未来を！」

『世界を包む聖なる光よ。その神々しき輝きにて、荒《あ》れ狂いし精霊《せいれい》を吹き飛ばせ！』

これで最後！　最高位の聖術《せいじゅつ》のひとつ、聖光《せいこう》の奔流《ほんりゅう》！

「最後の勇気《ファイナル・ブレイブ》！」

「くっらっ、えええええええっ！」

ロミナが剣《けん》を振《ふ》り、俺が剣を持った左腕を突き出し。同時に正面の敵に光の術と技を放つと、直撃と同時に激しい轟音《ごうおん》と光が周囲を一気に包み込む。

そして、光が消え再び静寂《せいじゃく》が訪《おとず》れた時——そこには、何物も残っていなかった。

「はあっ……はあっ……」

良かった……。

安堵《あんど》で緊張《きんちょう》の糸が切れた瞬間。今までにない酷《ひど》い激痛と同時に、何かを戻《もど》す感覚が襲って、思わず刺突両手剣《エストック》を落とし口に手を当てる。

「ごふっ……」

手を汚したのは……口から吐いた、血。

……はっ。流石《さすが》に、無茶、し過ぎたか……。

瞬間。意識が遠くなり、ふっと目の前が、真っ暗になって……そのまま……倒れた、のか？　それもよく、分からない……。

「カズ……！　カ……」

ロミナの……声が、遠い……。俺……死ぬ、の……か？

……ま……いいか……。彼女は無事、だったし……。

これで、俺は……もう……死を、怖《こわ》がらずに、済む……もん……な……。

§　§　§　§

はっと目を覚ました瞬間。そこは真《ま》っ暗闇《くらやみ》だった。

床に横になっているような感覚はあるけど、それも感触《かんしょく》だけ。

身体《からだ》を起こし、床を探《さぐ》りつつ足を付け、立ち上がってみる。

「ここは……何処《どこ》だ？」

独《ひと》りごちるも、返事なんてない。

周囲を見回すと、漆黒《しっこく》の闇《やみ》の中、ずっと遠くにほんのりと淡《あわ》く白い光があった。

何で俺、こんな所にいるんだろう？

よく思い出せないけど……まあ、いっか。

目指すべき目印もない闇ばかり。ってなると。やっぱりあそこを目指すべきなのか？

ふっと、心に走る不安。

闇に包まれてるからか？　それもよく分からない。

以前、嫌な予感は当たるって言ったけど、それが何か分からない時が困り物。

多分こんな状況《じょうきょう》だし、きっとここにいるのがやばいのかもしれないな。

とはいえ、あの光からここまで、照らす物がある訳じゃない。

闇の中に何かあったら躓《つまず》きそうだったたし、まずは一歩一歩、ゆっくりと歩き始める。

『……待って』

と、突然。背後からした若い男の声に、俺は緊張して足を止めた。

気配すらないのに声がするなんて。

暗殺者か？　でもアンナやウェリックの声じゃない。

「誰《だれ》だ⁉」

俺はばっと振り返った瞬間、思わず目を見開いた。

暗闇の中、何故《なぜ》かはっきりとした姿で立つそいつは……俺そっくりだったから。

「お前……まさか……」

『はじめまして、かな』

そこに立つ赤髪の俺は、にっこりと微笑《ほほえ》む。

はじめまして、っちゃそうだけど……。俺は、こいつを知っている。

シャリアの弟、シャルム……。

そこにいるのが彼だと認識《にんしき》した瞬間。ぼんやりしていた頭が、急にはっきりとした。

……待て。こいつがいるって事は……。

「俺、死んだんだな……」

突然そんな実感が湧き上がり、俺は何とも言えない浮《う》かない顔で、そう呟《つぶや》いた。

……人は何時《いつ》か死ぬ。遅《おそ》かれ早《はや》かれ。

冒険者《ぼうけんしゃ》をしてきたからこそ、そんな心積りもあったし、宝神具《アーティファクト》の試練でも死にたいなんて思ったくらいには、死ねないまま何度も死んだ経験もある。

そのせいで、最近は日常の中で死の恐怖《きょうふ》に怯《おび》える事もあって。

本当にたまに、死んだらもう怯える事もないよな、なんて気まぐれに思ったりもした。

勿論きまぐれ。死にたがった訳じゃないぞ？

でもさ。改めて死を自覚した時、ふっと思い出しちゃったんだよ。

半年以上前、聖勇女《せいゆうじょ》パーティーから離れる時に泣いてくれたロミナ達。

ギアノスの試練の後、目覚めた時のルッテ、ミコラ、フィリーネの安堵した涙目《なみだめ》の顔。

こないだのアンナのくしゃくしゃの涙顔。

そして、カルドの無事に安堵した、ロミナの泣き顔。

……そんな、今まで俺の為に泣いてくれた奴らの事を。

正直、俺なんて泣かれる価値があるのかって、今でも思う。

だけど、何となくその泣き顔を思い出した時、また泣かせるのか？　なんてふっと思ってさ。

まあ、案外みんなけろっとしてて、俺が未練がましく感じていただけかも知れないけど。

そんな事を考え、少し切なくなっていた俺に、シャルムは微笑みを絶やさず首を振る。

『カズト。君はまだ生きてる。だからそっちには行っちゃダメだ』

「まだ、生きてる？」

『うん。そっちに行ったら、姉さんも悲しむ。だからダメだよ』

シャリアが悲しむ、か……。

確かに。あいつは人情家だから、意外に号泣《ごうきゅう》してくれそうだな。

何となく勝手に彼女の泣き顔を想像し、ふっと笑ってしまう。

「だけど、俺が生きているったって、どうすりゃいいんだ？　この暗闇から出る術なんてあるのか?」

『君なら、生の世界への道を感じられるはずだよ』

「どうやって?」

『心を澄《す》ませば』

「心を、澄ます?」

耳を澄ますんじゃないのか?

よく分からないけど、やってみるか。

死後の世界が近いせいか。何故かお誂《あつら》え向きに武芸者の格好だし、閃雷《せんらい》まで佩《は》いてるからな。

俺は目を閉じると閃雷《せんらい》の柄《つか》に手をかけ、鞘《さや》から少し抜き、戻す。

聴《き》き慣《な》れた鍔《つば》と鞘の当たる澄んだ音とともに、心を落ち着け、心を澄ましてみた。

耳に、じゃない。確かに心に、まるで囁《ささや》きのように小さい何かが聞こえる。

……波の音、か?

懐《なつ》かしいな。海、近かったもんな。

俺が前の世界で住んでいた孤児院《こじいん》って、海が近くってさ。

窓を開けていると、こんな感じで遠くで波の音がしてたんだよ。

ふとそんな懐かしさを覚えていると、聞き取れるかも怪《あや》しいほど小さかった波の音が、少しずつ大きくなっていく。

『カズト。戻ったら姉さんに伝えて欲《ほ》しいんだ』

波の音と入れ替わるように、遠ざかっていくシャルムの声。瞼を閉じていても分かる、目の前が明るくなっていく感覚。

続くあいつの言葉が耳に届き、心に残る。

……分かった。ちゃんと伝えてやるよ。

ふっと笑った俺に、見えないあいつも何となく、微笑み返してくれた気がする。

そして──。

§　§　§　§　§

──俺は、少しだけ目を開いた。

仮面の隙間《すきま》から見える、ぼやけた世界。

それが少しずつはっきりしてくると、そこに見えたのは船室の天井だった。

窓を開けているのか。潮風の香りが鼻を掠め、耳に届く海の音が、未《いま》だ俺を夢心地《ゆめごこち》な気分にさせる。

開き切らない目で、ゆっくりと周囲を見回す。

窓の外には快晴の空。テーブルには雑多に荷物が置かれたまま。

俺は寝巻《ねま》きに着替《きが》えさせられていて、安静にさせられていたんだって何となく理解した。

ベッドの側には、椅子《いす》に座《すわ》ったまま、疲《つか》れ切った顔でうたた寝《ね》しているアンナ。

目の下の隈《くま》が目立つ。寝ずに看病してたのか。

まったく。美人が台無しだな。

……ありがとう。アンナ。

他に人はいない。きっとみんなも休んでるんだろうか。

……ってあれ？　ダンジョンに入ってたはずなのに、船に戻って来てるけど……俺のせいでクエストは失敗したのか？　神獣《しんじゅう》の封印《ふういん》の件はどうなったんだ？

突然《とつぜん》心に走った不安に居ても立ってもいられず、俺は勢いよく身を起こそうとしたんだけど。

「んぐ……」

身体《からだ》が思った以上に重くって、思わず呻き声をあげてしまう。

そのせいで、折角寝《せっかくね》てたアンナがはっと目を覚ましたじゃないか。俺の馬鹿……。

「……カ、カズト……」

強い驚きと共に両手で口元を覆ったアンナが、一気に目に涙《なみだ》を溜《た》め、整った顔をくしゃくしゃにしていく。ウェリックを助けた時にも見せた顔に、少しだけ心苦しくなるけれど。

「カルド、ですよ」

俺はあえて言い直し、弱々しく笑った。

っていうか、笑顔《えがお》を作るのって結構大変なんだな。うまく笑えているか不安だ——なぁあっ⁉

瞬間《しゅんかん》。アンナは上半身を起こした俺に飛びついてきた。

「ああっ！　良かった！　貴方様《あなたさま》が生きていてくれて本当に良かった！　ああ！　アーシエ様、本当にありがとうございます！」

俺を力強く抱《だ》きしめたまま号泣し、歓喜《かんき》の言葉を恥《は》ずかしげもなく口にするアンナ。

っていうか、突然過ぎて思わず戸惑ったけど……凄《すご》く心配してくれたんだな。

……ごめん。この間から泣かせてばっかりでさ。

「……泣き過ぎですよ、アンナさん」

俺はあえて、カルドとして笑いながら答えた。

これだけの声を出されたら、何時《いつ》誰が入ってくるかも分からないしさ。

でも確かに、こうやって戻ってこられたのは、アーシェのお陰《かげ》なのかもしれないな。

きっとお前がシャルムに巡《めぐ》り合わせてくれたんだろ?

ありがとな、アーシェ。

……しかし。アンナが号泣したまま泣き止《や》まない。

しかも、堪え切れない大きな泣き声が、部屋に響《ひび》き渡《わた》ってる。

「あ、あの……アンナさん?」

戸惑いながら声を掛《か》けるけど効果なし。

うーん……。彼女ってもっと落ち着いているイメージがあったから、ここまで泣かれると思ってなかったんだよな。

しかも抱きしめられっぱなし。流石にこれは気恥《きは》ずかしい。

とはいえ、振り解《ほど》く訳にもいかず、俺が困った顔をしていると。

「アンナ! どうしたんだい⁉」

声を聞きつけたのか。部屋のドアを開けて飛び込《こ》んできた、シャリアと目が合った。

「カ、ルド……」

……流石はシャリア。カズトって言うのを踏《ふ》み止《と》まったな。とはいえ、流石に目が少し潤《うる》んでるけど……って、何でにやにやしてるんだよ⁉

「まったく。目覚めた矢先にイチャイチャするとか。二人ともほんと、仲が良いね」

「え……あっ⁉」

それを聞いた瞬間。はっとしたアンナが飛び退《の》くように椅子に戻り、顔を真っ赤にしながら慌《あわ》ててエプロンで涙を拭う。

この素早《すばや》さ、流石暗殺者……って、ここで感心する事じゃないよな。

「カ、カルド様。申し訳ございません！　あの……無事だったのがとても嬉《うれ》しかったもので、その、つい……」

小さく身を縮こまらせたまま、必死に弁解するアンナ。

何かそこまで恥ずかしがられると、こっちまで気恥ずかしくなるだろって……。

思わず目を泳がし頬《ほお》を掻《か》いた俺に、シャリアが笑う。

「お邪魔《じゃま》だったら、もう少し二人っきりにしておくけど？」

「結構です！」

思わずアンナと声が被《かぶ》った俺は、彼女と顔を見合わせると、また互いに視線を逸《そ》らし困り顔をした。

何かこういうのは、恥ずかしくって堪《たま》らない。

そんな俺の心情を察してか。シャリアは俺達《おれたち》を楽しそうに見ながら、笑うばかりだった。

第四章　心、交わして

wasurerareshi no eiyuutan

「それでは、封印のし直しは――」

「ああ。無事成功したよ」

「そうですか。すいません。結局足を引っ張りましたね……」

「何言ってんだい。封印までの道のりにはロミナも欠かせなかった。成功したのはあんたが身体《からだ》を張って、護り切ったお陰さ。感謝してるよ」

俺はベッドの上に腰掛《こしか》けたまま、シャリアからその後の話を聞いた。

俺達が狂《マッドウェ》い《リア》し水霊《ン》を倒し切った後、部屋の扉が再び開いたらしくて、暫《しばら》くしてそこから入ってきたシャリア達と無事合流できたらしい。

俺が無理し過ぎて弱っていたから、ある程度応急処置をした後、一旦俺《いったんおれ》をアンナに託《たく》してその場に残し、残りのみんなで最深部の封神《ほうしん》の間に辿《たど》り着いたそうだ。

そこでも結構な数の人為創生物《シンセティカル》と一戦交えたらしいけど、強敵も多かった中、とかく聖《せい》勇女《ゆうじょ》パーティーの面々が大活躍《だいかつやく》したらしい。

「あんたの為《ため》に、必死になってくれたんだよ」

なんてシャリアが笑ってたけど、そう考えると少し申し訳なくもなった。

封神《ほうしん》の間の敵を一掃《いっそう》した後、ロミナやフィリーネ、ディルデンさんなんかの術が使える人達《たち》が協力し、封印の術式を施《ほどこ》し直し、事なきを得たんだとか。

「あの儀式《ぎしき》、すげーかっこよかったんだぜ！」

なんて、ミコラが興奮しながら話してくれたけど、確かにちょっと見てみたかったなあ。因《ちな》みに今、この船室には今回の旅に同行した人達が全員いる。シャリアやディルデンさん、アンナやウェリックにロミナ達まで。みんなが俺のいるベッドを囲むように立っている。

「カルド。そういえば貴方《あなた》、あの巨像《きょぞう》との戦いから既に、命魔《めいま》転化《てんか》を使っていたわよね？」

当初の目的を達成できていた事を聞きほっとしていると、フィリーネが少し真剣《しんけん》な顔で声を掛けてきた。

……ここから反省会か。色々絞《しぼ》られそうだけど、素直《すなお》に答えるか。

「はい。魔術師《まじゅつし》の巨像の爆《は》ぜる永焔《えいえん》。あれをただ光神壁《こうしんへき》を展開するだけで、食い止められる自信がありませんでしたので……」

「確かに、あの術には恐《おそ》ろしい力があったし、そこは良い判断だったと思うわ」

あれ？　褒《ほ》められてる？

なんてちょっと拍子抜《ひょうしぬ》けしたんだけど、やっぱり甘《あま》かった。

「だけど、ロミナと共に戦った時まで、その弱った身体《からだ》のまま、ぎりぎりまで命魔転化《めいまてんか》をしたのは何故？　こうなる事が分からなかったの？」

言葉と同じくらい、きつい表情を見せるフィリーネ。

まあ、正直こうなる覚悟も持ってはいたし、下手な言い訳は止めるか。

「正直、実力がなかっただけです。あの時も何とかロミナさんの力になりたいと思っていましたし、自身ができる限りのことをしなければと必死でした。ですが、残念ながら巨像の術を止めた時点で結構な魔力《マナ》を消費していましたし、バックパックも切り裂《さ》かれ、マナストーン等も失っておりました。ですので、やむなく……」

「……本来、パーティー外の我等がどうこう言うべきでないのは分かっておるし、ロミナの為に尽力《じんりょく》してくれた事にも感謝しておる。じゃが、お主は未熟過ぎじゃ。術者はその先も見据《みす》え術を行使するもの。その場限りに全力を尽《つ》くすべきものではない。それくらい分かっておろう？」

「……はい。申し訳ございません……」

ルッテも苦言を呈《てい》してきたけど、ごもっとも。

もし、あの後に別の敵が出てきたらどうするんだって話で。厳しい戦いだったとはいえ、後先考えてないって言われたらその通りだからな。

せめて肩《かた》の脱臼《だっきゅう》さえなかったら、剣術で少しはどうにかできたとは思うんだけど……まあ、それも結局言い訳でしかないか。

「でも。カルド。私も、ロミナも、助けてくれた」

「そうだぜ。巨像の時だって、こいつが咄嗟《とっさ》の判断で俺達を助けてくれたじゃねーか。フィリーネもルッテも、ネチネチ言ってないで許してやれよ」

「でも、非正規冒険者だとしても、そういう所は改めるべきなのよ」

「そうじゃ。誰か一人欠ける事が、そのパーティーに危機をもたらす事もある。それは肝《きも》に銘《めい》じてもらわんと」

「そんな事言ってるけどよー。こいつは俺達を守ってくれて、更《さら》にロミナまで助けてくれたんだぞ？　それで責められたら、流石にこいつが可哀想《かわいそう》だろ？」

「うん。可哀想」

ん？　珍《めずら》しくミコラとキュリアが情に厚いし、逆にルッテとフィリーネが手厳しいな。

普段《ふだん》は真逆なイメージなんだけど……。

ただ、会話の流れであっちのパーティーの空気が険悪になってきてる。

っていうか、お前らが言い争う必要ないだろ。悪いのは俺なんだから。

「あの……皆様――」

「もう止めて」

俺が何とか場を収めようと、話そうとしたその時。

それまで口を開かず俯《うつむ》いていたロミナが、初めて言葉を発した。

落ち込んでいるというより、ずっと口惜《くちお》しげな顔をしていたのは気になっていたけど、きっと俺がこうなったのは自分のせいって思ってるんだろうな……。

「カルドは私達が生き残れるよう、聖術師《せいじゅつし》として全力を尽くしてくれたわ。彼《かれ》が悪いっていうなら、それは私達にも責任があるの。だから、許してあげて」

「……まあ……確かに、そうね」

「……そうじゃな。済まんかった」

真剣な顔で語る彼女に、フィリーネとルッテが少しバツが悪い顔になる。

確かにロミナがいいならって話かもしれないけど、俺からすれば、二人が怒《おこ》られる理由なんてない。

「ロミナさん。あまりお二人にきつく当たらないでください。私が未熟だったのは確かなのですから」

場を和《なご》ませようと、俺は苦笑《くしょう》してみせたんだけど、こっちを見つめる彼女の目は笑わない。って言っても、怒っている訳でもなさそうだけど。

……って、あれ？　そういやロミナ、俺を聖術師って言ったよな？

一応聖術師《せいじゅつし》らしからぬ剣技も見せたけど、そこは隠《かく》してくれ……た……っ!?

思考を遮《さえぎ》るように襲《おそ》った眩暈《めまい》に、俺は思わず前屈《まえかが》みになる。

肩の脱臼も意識のない間に何とかしてもらったみたいだし、それほど怪我《けが》や痛みはないんだけど。ギリギリまで生命《いのち》を使ったせいか、身体《からだ》のだるさや重さをはっきりと感じる。

これは当面、大人しくするしかないか……。

「カルド!?」

俺の呼吸が荒《あら》くなったのに気づき、ロミナが悲鳴みたいな声を上げ、思わずみんなの視線がこっちに集まった。

ちらりと横目で見ると、ロミナが血相を変え、とても不安そうな顔をしてる。

勿論《もちろん》みんなも。

……生きてるんだから、そんなに心配しなくてもいいのに。

「す、すいません。ちょっと眩暈がしただけですから。大丈夫《だいじょうぶ》です」

慌てて俺が安心させるように笑うと、みんなが安堵のため息を漏《も》らす。

「まだ目覚めたばかりだし、無理させるのも可哀想だ。今はゆっくりさせてやろう」

「そうね。ごめんなさい。ついきつい事を言ってしまって」

「いえ。何度も同じ過《あやま》ちはできませんから。肝に銘じておきます」

シャリアの言葉に続き、謝《あやま》ってきたフィリーネに俺がそう返すと、アンナを除くみんなが部屋から出て行った。

最後に部屋を出たロミナの、何か言いたげというか、名残惜《なごりお》しそうな表情が妙《みょう》に引っかかったけど……。

「……ふぅ」

俺は一息吐くと、身体《からだ》をベッドに横たえる。

たかだか上半身を起こしてるだけなのに、この疲労感か。

身体《からだ》の不自由さに思わず自嘲《じちょう》していると、少しひんやりとしたアンナの手が、俺の首にすっと添《そ》えられた。

……これ、少し気持ちいいな。

「熱があるようですね。氷嚢《ひょうのう》を取って参りますね」

「あ、うん。頼《たの》むよ」

少し心配そうな顔でアンナが部屋を出るのを見届けると、俺は目を閉じた。

……ほんと。クエスト達成の迷惑《めいわく》にならなくてよかった。

でもな。フィリーネ。ルッテ。悪いけど、肝には銘じるけど、いざという時には譲らないからな。

俺はロミナを護《まも》りたかったんだから。

……なんて。

それで心配かけてちゃ目も当てられないよな。

ほんと。冒険者としても、人としてもまだまだ未熟だな。

身体《からだ》も、心も。もっと強くならないと。

俺は一人、そんな決意を新たにしたんだけど。

残念ながら、それも今の身体《からだ》の前では意味をなさなくって。

俺はそのまま、気づけばまた微睡《まどろみ》の世界に足を踏み入れていたんだ。

§　§　§　§　§

何度か目が覚めては、疲れで眠《ねむ》るのを繰り返し、次に目覚めたのは夜だった。

アンナはあの後も看護しようとしてくれたけど、彼女も相当疲れていたし、どうせ寝ているだけだからと、シャリアに頼んで無理矢理《むりやり》休んでもらっている。

だから今、この部屋には俺《おれ》一人だけだ。

氷嚢をどかし、首元に手をやる。……うん。熱は下がったかな。

ちょっとだけほっとしたのと同時に、あれからずっと何も食べてないのに、空腹感のない自分に少し不安にもなった。

この世界の体調不良っていうのは、生命《いのち》の精霊ラーフが不安定になって暴れるため、熱や病気になると言われている。つまり、熱が下がったからと言って、ラーフが落ち着いたってわけじゃないんだ。

こんな身体《からだ》じゃ、バカンスは夢のまた夢か……。

俺、ウィバンに来た目的、何も果たせてないじゃないか。

呆《あき》れて苦笑した後、俺はベッドを支えにゆっくりと立ち上がった。

身体《からだ》が重いだけじゃない。足が少し震《ふる》えてるし、船の上故の揺《ゆ》れもあって、普段よりふらふらとした感覚が強い。

まったく。これじゃ、本当にただの弱った怪我人《けがにん》だな。

——何となく、今の自分のそんな姿が嫌《いや》で、それに抗《あらが》いたくなった。

ゆっくりと、壁《かべ》を伝いながら船室を出て、誰もいない廊下《ろうか》を進み、必死に手摺《てす》りを使い階段を上がって甲板《かんぱん》まで上がる。

外は半月の輝《かがや》く、雲ひとつないきれいな星空。

帆《ほ》に風を受け進む船が立てる波の音が、仄暗《ほのぐら》い世界を支配している。

そんな穏《おだ》やかな夜を感じながら、俺はそれとは無縁《むえん》の動きにくい身体《からだ》を必死に動かし、甲板の端《はし》にある手摺りまで、支え無しで歩こうと試みた。

階段を上がり終えた時点で、早くも息があがりっぱなし。

まったく。こんな時に何やってんだろ。

自分の馬鹿さ加減に呆れながら、それでも揺れを堪《こら》えつつ、バランスを取り歩いていたんだけど。横波で船が少し大きく揺れた瞬間、俺はあっさり足を滑《すべ》らせると、そのまま派手な音を立て甲板に倒《たお》れ込んだ。

「いっつ……」

ははっ。この程度の事すらできないのか。情けない。

思わず仰《あお》向けのまま自嘲気味に笑った、その時。

「カルド⁉」

突然、俺に駆《か》け寄ってくる影《かげ》があった。

「ロミナ、さん？」

「ここで何をしてるの⁉」

「あ、その……外の風を、浴びたくなりまして……」

心配そうだった彼女の顔が、俺の一言で一瞬唖然《いっしゅんあぜん》としたけど、すぐに怒り顔に変わる。

「身体《からだ》が弱ってる時に、何でそんな無茶《むちゃ》してるの⁉」

いつにない剣幕《けんまく》。

ここまでロミナに強く怒られた事あったっけ？

……いや、あったな。昔一緒に旅していた時も。

俺、ランクも低くて実力もなかったから、必死になって、たまに無茶なんかもして。みんなに怒られたり、酷い時には泣かれたりしたっけ。

……悔《くや》しいな。やっぱり昔となんら変わっちゃいない。

俺は結局、弱くて足手まとい。無茶のひとつもしなきゃ、戦えもしないんだから。

「すいません。弱くて……」

心で大きくなる歯がゆさに、思わず唇《くちびる》を噛《か》む。

ただ、本当はこう言ってやりたかったけどな。

「お前だって呪《のろ》いに掛かった時、無茶して逢《あ》いに来たじゃないか」って。

じっと俺を見ていたロミナがため息をひとつ吐《つ》くと、俺の脇《わき》で屈《かが》み、肩を貸そうと腕《うで》を回してくる。

「立てる？」

「……はい」

できる限り彼女《かのじょ》に負担は掛けたくなかったけど、今の俺じゃ支えがなきゃ立てもしない。

申し訳なさばかりが募《つの》る中。彼女は俺を船室に——ではなく、甲板の手摺りまで連れて行ってくれた。

「お手数をおかけして、すいません」

「気にしないで」

手摺りに腕をかけ寄りかかると、彼女は俺から離《はな》れ、同じ姿勢になりこっちを見つめてくる。

……昼間と同じだ。迷惑をかけたのは俺なのに、ロミナは申し訳無さそうな顔をする。

まったく……。

「……あなたがそんな顔をする必要はございませんよ。こうなったのは私の未熟さ。ですから、お気になさらず」

そういって笑いかけたけど、やっぱり彼女は釣《つ》られない。

ロミナは俺から視線を逸らすと、暫くの間俯き加減に海を見る。

月に照らされた彼女がぐっと何かを噛み殺すと、静かに口を開いた。

「……私、悔しいの」

「悔しい、ですか？」

「……うん。何時《いっ》も、助けられてばかりだから」

それを聞いた瞬間、俺もまた自然と奥歯《おくば》を噛む。

その先に続くであろう、ロミナの言葉に気づいたから。

「あの人は言っていたの。『どうしても俺に会いたいっていうなら、必死に探し出してみろ』って。私はあの人とのそんな約束を、自分の力で果たしたいって思ってた。でも……私はそんな約束を、ずっと果たせなかった」

声が震えるロミナ。その瞳《ひとみ》からすっと一筋、流れ星のように何かが溢《あふ》れる。

「それなのに……あなたは、気づけば何時も私の側にいてくれて、命懸《いのちが》けで私を助けてくれた。昔と変わらずに……」

目を閉じた彼女の、歯がゆさばかりを見せる顔。

風が寒いわけじゃないのに震える肩。

手摺りに乗せた腕に、雨のような雫《しずく》がぽたぽた落ちる。

「私の身勝手で追放しちゃったのに。私はちゃんと、あなたを覚えていたわけじゃないのに。呪いで苦しみ続けたあの時から、私はずっと助けてもらってばかり。……こんなの、あなたの望んだ再会じゃない！　私、あなたとの約束に、全然応えられてない！」

強く叫《さけ》んだ後、ロミナは濡《ぬ》れた顔のまま、悔しげにぎゅっと唇を噛む。

「……カズト、ごめんね。何時も迷惑ばかりかけて。何時も助けてもらってばかりで。何時も、あなたに苦しい思いばかりさせて……。約束のひとつもまともに果たせなくって……本当に、ごめんね……」

絞り出すように口にされた言葉に、再会した喜びなんて感じられない。

……それだけ、ちゃんと俺の言葉に応えようとしてくれたって事だよな。

俺はため息を吐くと、彼女から視線を逸らし、じっと海の上に浮かぶ月を見る。

「何時から気づいてた？　俺が倒れてる間に、仮面でも外したのか？」

「ううん。見られたくない怪我があるって言ってたし、流石にそれは悪いと思って」

「そうか。って事はやっぱり、あの時の戦いでか」

「……うん。あなたが背中を重ねてきた時、無意識に身体《からだ》が動いたの。最初はまさかって思った。だけど、戦い続けるうちに分かったの。そこにきっと、あなたがいるんだって……」

「そりゃそうか。流石《さすが》にあれはやり過ぎだったもんな」

あんな事したらばれるかもって内心思ってたけど、あそこまでしないと俺の腕じゃ護れなかったんだ。仕方ないよな。

俺が増魔《ぞうま》の仮面を外すと、魔力《マナ》の高まりが落ち着き、前髪《まえがみ》が黒くなるのがわかる。

「いいか？　呪いの時も今回も、お前と再会できたのはたまたま。そして、俺は弱いくせに、自分のわがままでお前を護り、救いたいって思っただけだ。確かにロミナは約束を果たしていないかもしれない。でも、だからってお前が謝る事なんてないさ」

その言葉に、ロミナが顔を濡らしたまま、ゆっくり俺を見る。

……ほんと。泣かせてばっかりだな。

そんな歯がゆさをごまかし、俺は笑う。

「……正直、俺はほっとしたよ。お前を魔王《まおう》の呪いから解放できて。お前が元気な姿で、みんなと笑顔で旅してるのを見て。そして……あの島でお前をなんとか護り切って、今こうやって、カズトとして話せてさ」

……ったく。今日は酷《ひど》いな。

寒いわけじゃないのに声は震えるし、おまけに天気雨かよ。

神獣《しんじゅう》を封印したら、雨なんて滅多《めった》に降らないんじゃなかったのかよ。

お陰で、俺の寝巻きの袖《そで》まで濡れてきたじゃないか。

「……ごめんな。何時も死にかけで、まともに助けられなくって」

「ううん。そのお陰で私は生きてるの。本当にありがとう」

「礼ならアーシェに言おうぜ。きっとあいつが裏で、手でも回したんだろうしな」

「……うん。きっとそうだね」

顔を雨に濡らす自分に呆れつつ、ロミナに笑いかけると、あいつも雨に濡れた顔のまま、ふっと微笑み返してくる。

「ひとつ、聞いてもいい？」

「何だ？」

「私を呪いから助けてくれた時、何でみんなの記憶《きおく》を消して、去って行ったの？」

その問いかけを聞き、俺はまた海を見る。

「……忘れられるより、嫌《いや》だったんだよ」

「嫌って、何が？」

「お前達が戦いに恐怖して、不安になるのが」

ひとつため息を漏らすと、俺はゆっくりと語って聞かせた。偽《いつわ》りない本音を。

「お前達は魔王と戦って、本当の恐怖を味わったんだろ？　ルッテ達は最古龍《さいこりゅう》ディアと戦う話になった時、その事を思い出して不安になってたしさ。冒険者なんてしていたら、お前達がまたそんな恐怖を味わうかもしれない。……俺は、それが嫌だったんだ。もうみんな、冒険《ぼうけん》なんかしなくても平穏《へいおん》に暮らせるし、そんな戦いのない日々の方がお前らも苦しまず、幸せに暮らせるはずだろ？　だから……俺の事を忘れたら、きっと旅なんてしない。そう思ったんだ」

深くため息を吐いた俺に、彼女が「ふふっ」と小さく笑った。

「やっぱり、カズトって優《やさ》しいね」

「……そんな事ないって。臆病《おくびょう》なだけさ」

俺が寝巻きの袖で雨を拭《ぬぐ》いロミナを見ると、彼女も指で目尻《めじり》の雨を拭う。

そして、笑《え》みを仕舞《しま》うと何かを決意した顔を見せた。

「……ねえ。カズト」

「ん？」

「あのね……師匠《ししょう》のお屋敷《やしき》で会食した時の話、覚えてる？」

「……ああ」

忘れるもんか。あいつらが俺に逢ってどうしたいか。それを聞けた喜びを。

「あのね。私達から追放しちゃったし、私から約束を果たせたわけでもないけど……その、また私達のパーティーに、戻《もど》る気はないかな？」

　その言葉に、俺も真剣な顔でロミナを見た。

「あなたの優しさは嬉しい。でもきっと、みんなこう思ってる。それでも、あなたと旅をしたいって。勿論、旅の中で怖《こわ》いことも、恐ろしいこともあるかもしれない。けど、きっとあなたとなら、乗り越《こ》えられるって」

　真剣な瞳。その言葉に偽りはないってはっきりとわかる。

　だけど、臆病な俺の心は、それを素直に受け入れられなかった。

「……ロミナはあの時、どんな形であっても俺を忘れずにいたい。そう言ったよな」

「……うん」

「だけど、それは無理だろ」

「どうして？」

「そもそも、この呪いを解けるかわからないってのもある。だけど、それだけじゃない。お前だってみんなだって、何時《いつ》かは誰《だれ》かと幸せになる。そうなったら、何時かはパーティーを離れなきゃいけないじゃないか」

　そうなったら、俺はまた忘れられる。それが辛《つら》いなんて不安までは口にしなかった。

　けど、今までも散々色々なパーティーを追放されてきたからこそ、味わった傷。

　情けないけど、それを簡単に払拭《ふっしょく》なんてできやしなかった。特に、ロミナ達に忘れられる辛さは別格だったしな。

唇を噛み、そんな弱さをごまかしていた俺に、彼女はふとこう口にした。

「……うん。みんなは、そうかもしれないよね」

「みんなは？　お前だってそうだろ？」

俺が目を瞠《みは》ると、ロミナは首を横に振《ふ》る。

「……私ね。旅に出る時に決めたの。もしカズトが戻ってきてくれたら、ずっと側にいるんだ。絶対忘れないんだって」

「ずっとって、なんで……」

言葉の意味が分からず戸惑《とまど》う俺に、ロミナは凛《りん》とした、少し潤んだ瞳を向けてくる。

「……あのね。私、あなたの事を、す……」

何かを言い掛けたロミナの動きが止まる。

緊張《きんちょう》したのか。目を閉じ、胸に手を当て一旦《いったん》深呼吸した彼女は、再び俺を見ると、凛とした表情でこう言葉にした。

「私、あなたの事を……救いたいから」

「俺を、救いたい……」

「うん。私はあなたに、二度も命を救われたの。未来はないと絶望する度、あなたに助けられて、未来をもらった。だから、私はもう、恩人であるあなたを忘れたくない。それが、私の望む幸せなの。だから……一生、あなたとパーティーでいようって、決めたの」

……それを聞いて、俺はどんな顔をしてただろう。

表情でわかる。ロミナは間違《まちが》いなく本気でそう語ってくれたんだって。

正直、胸の奥《おく》が熱くなった。すごく嬉しかった。本当に。

……でも、今の俺のままじゃ、ダメだとも思った。

「……やっぱり、嫌？」

俺の沈黙《ちんもく》が続いたせいで、ロミナが不安な顔をする。

そんな彼女に首を横に振ると、ぱぁっと嬉しそうな顔になったけど。

「ただ、もう少しだけ、時間がほしい」

「えっ？」

俺はその表情に申し訳無さを感じながら、そう口にした。

ここから話す事は、きっとロミナを傷つける。だけど、何時かパーティーに戻りたいからこそ、ちゃんと話さないと。

「……ロミナって、呪いで苦しみ寝込《ねこ》んでいた時、変な夢を見なかったか？」

「……うん。見たよ」

その問いかけに俯いた彼女が、鎮痛《ちんつう》な面持《おもも》ちになる。

……やっぱり、覚えてるんだよな。

胸がズキリと痛んだけど、それでも俺は言葉を止めなかった。

「……俺はあの時、あそこまでされた事を恨《うら》んでもいないし、後悔《こうかい》もしていない。ロミナを救いたかったのも、幸せになって欲《ほ》しいと願ったのも本音だ。そして、ロミナとこうやって話してるのだって嫌じゃない。寧《むし》ろ俺を覚えていてくれた事も、俺を探して旅をしてくれていた事も、本当に嬉しかった。……ただ、あの時の死の恐怖《きょうふ》は、やっぱりトラウマなんだ」

ふぅっと吐いた息と一緒《いっしょ》に、心の痛みと罪悪感を吐き出すと、顔を歪《ゆが》ませないよう必死に堪《こら》え、俺は気丈《きじょう》に振る舞《ま》い続けた。

「俺とまたパーティーを組むと、みんなの記憶が戻る。ルッテ達も、ロミナを助ける旅をした記憶を思い出す。だけど、今の俺はそのトラウマのせいで、ロミナとまともに稽古《けいこ》できる気がしないんだ。もしお前やみんながそんな俺の苦しむ姿を見たら、こっちが勝手にやった事だって笑ってやっても、きっと……罪悪感を覚えると思う」

目を伏《ふ》せ、何も言えず唇を噛むロミナはきっと、既《すで》に罪悪感に苛《さいな》まれてる。

……こういう姿を見るのはやっぱり辛い。

でも。だからこそ。これで終わっちゃダメなんだ。

そう自分に言い聞かせて、俺は真剣な目を彼女に向けた。

「だから、もう少しだけ時間がほしいんだ。勿論払拭《もちろんふっしょく》できるかわからないけど、なんとかこのトラウマを克服《こくふく》するために。昔のように、ただ笑顔《えがお》でお前達と一緒にいられるように」

ゆっくりと顔をあげたロミナと目が合う。不安を滲《にじ》ませる彼女から、俺は目を逸らさなかった。

みんなの下に戻りたい。それは俺にとっても夢であり、願いだったたから。

「……何時か、本当に戻ってくれる？」

「ああ。約束するよ。俺とパーティーを組んで、記憶を取り戻した時のルッテ達は喜んでくれてたし。俺が追放されると知って抵抗《ていこう》したキュリアも、きっと受け入れてくれるだろ。それに……ロミナの気持ちも、嬉しかった。本当は俺も、ずっとお前達と一緒にいたかったから」

ロミナを安心させたくって微笑《ほほえ》むと、あいつは少しの間俺を見た後、小さく頷《うなず》いて微笑んでくれる。

「……それじゃ、こうしよう？　私はまだ、あなたを見つける約束を果たせてない。だから、また互《たが》いに旅に出るの。その代わり、もし次に私達が出逢《であ》った時には、あなたにパーティーに戻ってほしい。どうかな？」

「……わかった。その時は心の傷が癒《い》えてなくても、覚悟《かくご》を決めてお前達の所に戻るよ。

ただ……いいのか？」

「何が？」

「それだと、俺達は一生再会できない可能性だってあるだろ？」

「ううん。大丈夫だよ」

「何でだよ？」

「だって、私達には、絆《きずな》の女神《めがみ》が付いているから」

……絆の女神、か。

確かに。きっとアーシェは今も俺達を見てて、この話だって聞いてるよな。

「……そうだな。アーシェが何時か、巡《めぐ》り合わせてくれるよな」

「うん」

満面の笑みを浮《う》かべた、不安をまったく感じさせないロミナ。

きっとこの優しさがあるからこそ、彼女は聖勇女《せいゆうじょ》になれたんだなってわかる。

……本当に、ありがとな。

「さて、そろそろ戻るか。船の中に戻ったら、俺はもうカルドだからな。気をつけてくれ

よ」

名残惜しくはあったけど、ずっとこのままってわけにもいかないしな。

そう思って声を掛《か》けたんだけど。

「……でも……今はカズト、だよね？」

ロミナが上目遣《うわめづか》いに、少しだけ寂《さび》しげな瞳でこっちを見つめてくる。

……ったく。俺はお前のそういう所に弱いんだよ。そんな顔するなって。

「当たり前だろ。一緒に星を見ようって言った約束、果たしてるんだぞ。気づいてるのか？」

「あ……そういえばそうだね」

こっちが呆れた笑みを見せると、その事実に気づいたロミナも少し嬉《うれ》しそうにはにかむ。

……こういう顔されるといちいち恥《は》ずかしいんだけど。まあ、当面また見られないだろうから、許してやるか。

俺が肩を竦《すく》めて笑い、増魔の仮面を改めて顔に当てると、黒髪《くろかみ》がまたすーっと白く変わっていく。

「悪いけど、また船室まで戻るのに手を貸してくれるか？」

改めて戻るのを促《うなが》した俺に、ロミナが少しだけもじもじとする。

「ん？　どうした？」

「あ、あのね……。私のわがままだって分かってるけど……。その、ウィバンを離れる前に、……もうひとつだけ、お願いがあるの……」

そう言って、少し迷いを見せた後。彼女が口にした願いに俺は驚《おどろ》いたけど、結局それを受け入れる事にした。

また当面逢えなくなるんだし、ロミナの俺との想《おも》い出《で》が死にかけた姿ばかりじゃ、流石に可哀想だと思ってさ。

§　§　§　§　§

俺達《おれたち》がウィバンに戻ってから、一週間が過ぎた。

俺は宿からあまり出られなかったけれど、それでも少しずつ体力を戻すべく、まずは普段の生活ができるよう、休み休み動いてリハビリをした。

その間にも、アンナには色々助けられたな。

レストランに行くのも大変だったから、都度都度食事を部屋に運んでくれたのもありがたかったし。服の洗濯《せんたく》や部屋の掃除《そうじ》なんかもしてくれてさ。

甲斐甲斐《かいがい》しく世話をされたお陰《かげ》で、貴族がメイドさんや従者を雇《やと》いたくなる気持ち、少しだけ分かった気がするよ。

ロミナ達はあの後もシャリアの家に滞在《たいざい》して、観光とかを楽しんでいたようだ。

一応俺の事も探してはいるみたいだけど、こんな状況《じょうきょう》なのもあって冒険者《ぼうけんしゃ》ギルドでクエストを受けてもいないし、バカンスもできていないから、手掛《てが》かりなんてない。

シャリアやロミナも事情は分かってるから、ガッツリみんなに探させるような事もしてないようだ。

そして数日後。普段の生活くらいは問題なくできるようになった頃《ころ》。俺はロミナとの約束を果たす為《ため》、アンナを介《かい》して彼女に手紙を渡《わた》して貰《もら》ったんだ。

勿論、カルドからのお礼の手紙って事にして。

§　§　§　§　§

そして、約束の日の朝が来た。

天気は快晴。あの封印《ふういん》をし直して以降、朝から雨なんて事もないし安心だ。

「アンナ。昨日話した通り、今日は一人で出かけてくるから」

朝食も済ませた後、俺は久しぶりにカズトらしい格好をした。

増魔の仮面は着けず、道着に袴《はかま》。腰《こし》に閃雷《せんらい》。一応胸当てや籠手《こて》なんかもして、一介《いっかい》の武芸者っぽい格好。

鏡を見て懐《なつ》かしいって思うくらい、最近この姿になってなかったな……。

と言っても、結局は格好だけ。普段通りに技を振るうには身体《からだ》も重いし、腕もまだまだ鈍《にぶ》ってる。

「ご用件は伺《うかが》わない約束でしたので触《ふ》れませんが。今のカズトでは、刀を振るうのも厳しいのではございませんか？」

「まあね。でも聖術師《せいじゅつし》よりは牽制《けんせい》になるし、悪漢に襲われたりもしないだろ」

「しかし、万が一の事もございます。ですので、何卒《なにとぞ》私《わたくし》をお供に。陰ながらお守りしますので、貴方様《あなたさま》のお邪魔《じゃま》は――」

「だーかーらー。本当に悪いんだけど。たまには自分だけの時間を楽しみたいんだ。ウィバンに来てから、まともにのんびりできてないし」

「ですが、私《わたくし》は心配にございます」

本気で心配そうな顔をするので心苦しいけど、ここは何とか己《おのれ》を通さないと。

「頼むから信じてくれよ」

「信じたいのは山々です。ですが、貴方様《あなたさま》はウェリックを助けていただいた時も、ロミナ様をお助けした時も命を落としかけたではありませんか。しかも、未《いま》だ身体《からだ》は本来とは程《ほど》遠《とお》いほどに弱っておられます。私《わたくし》は、そんな貴方様《あなたさま》が無理をなさらないか、本当に不安なのです」

「大丈夫だって。別にクエストに出る訳じゃないんだから」

俺がそう強く口にして、じっとアンナを見つめると、根負けしたのか。彼女は大きなため息を吐き、

「……分かりました。ですが、絶対に無理はなさらないでくださいませ」

と、渋々《しぶしぶ》納得《なっとく》してくれた。

……けど。彼女といる時間も随分と増えてきたから分かる。これ、絶対こっそり後を尾《つ》けてくるやつだ。

まったく。俺の保護者じゃあるまいし。そうじゃなくても過保護すぎるだろって……。

「分かったよ。それじゃあ行ってくる。今日は夜まで戻らないから、アンナはシャリアの所にでも行っててよ」

「承知しました。夜になりましたら、こちらに戻ります。お気をつけて」

メイドらしく深々と頭を下げた彼女に、普段通りを装《よそお》い部屋を出た。

……さて。問題は、アンナをどう振り切るかだ。

俺も現霊《バニッシュ》で気配を消せるとはいえ、下手な場所で撒《ま》いたら、また見つかるかもしれない。深き眠りの森で街中で眠りに誘《さそ》うのは流石にやばいだろうし、こっちを強く警戒《けいかい》してるから抵抗されるに違《ちが》いない。

まあウィバンは広いし、とにかく適当な場所で一旦撒《いったんま》くしかないな。

宿を出た俺は、まずは目的地と真逆の浜辺《はまべ》の方に向けて歩き出した。

隠れる物陰《ものかげ》が少ない大通りなら、多少人混みがあるとはいえ、アンナだって簡単に尾行《びこう》はし難《にく》いだろう。

挙動不審《きょどうふしん》にならないよう、アンナの視線を感じながらも、迷わず浜辺に向かう振りをして歩いていたんだけど……ふと俺は、それとは別の視線を感じ取った。

歩みは止めず、何げなく視線をそっちに向けると……道の角。新聞で露骨《ろこつ》に顔を隠す、サングラスをした何者かがいた。黒ずくめのジャケットにズボンに白いシャツ。黒い帽子《ぼうし》を深く被《かぶ》った、この地域に合わない露骨な変装。

ってお前、どこぞの探偵物《たんていもの》にいる目立つ刺客《しかく》みたいになってるけど、その赤髪《あかがみ》に強調された胸。どう見てもシャリアじゃないか！

おい。俺が出掛《でか》ける話、どっから漏れた⁉

しかもお前が尾けてくるって何だよ！　興味本位にも程《ほど》があるだろ⁉

……ったく！　もう知るか！

俺は今出せる全力で駆け出し近くの裏路地に入り込《こ》むと、迷わず現霊《バニッシュ》を無詠唱《むえいしょう》で自分に掛け、アパートらしき建物の入り口の影に立つ。

二人は後から路地を駆け抜《ぬ》けて少しした所で、足を止めキョロキョロとする。

「気配は感じられません」

「消えるにゃ早すぎる。アンナ。手筈《てはず》の物は？」

「お約束通り」

手筈の物？　お約束通り？

二人の会話に不安を覚えた俺は、すぐさま路地を出て大通りを走り出した。

何だ、今の会話？　俺は現霊《バニッシュ》中だし捉《とら》えられないはず……と思ってたんだけど。

あの二人は距離《きょり》を空けたまま、また俺の後ろを追ってきやがった。

ただ、俺に目線が合ってない。見えてはいないけど、感覚で追っている？

走りながら後ろを見ていると、ふとシャリアが片手に持っている小さな水晶《すいしょう》が目に入る。

追跡《ついせき》されてる理由はあれか⁉　って事は、さっきの手筈ってのは……。

俺は走りながら、自身の服装に変化がないか確認《かくにん》し始めた。

見た感じは普段《ふだん》通り。って事は袖や襟元《えりもと》の裏……違う。閃雷《せんらい》は……これも違う。

って事は……。はっとして腰に付けたポーチから、お金の入った革袋《かわぶくろ》を取り出す。

普段通りの硬貨《こうか》入れ……の紐《ひも》が、普段と違う。

似てるけど、少し色が違う。これで追跡されてるのかよ⁉

くそっ！　大商人だからって便利な付与具《エンチャンター》を使いやがって！

俺はぶちっとその紐を袋《ふくろ》から引きちぎって空に投げ捨てた後、無詠唱で精霊術《せいれいじゅつ》、風弾《エアバレット》を当て、十字路の違う方向にぶっ飛ばしてやる。

そのまま少し走った先で物陰に隠《かく》れて様子を見ると、予想通り、彼女達《かのじょたち》は十字路であらぬ方向に駆けていく。

……ったく。ふざけやがって。お陰でめっちゃ息上がってるし、久々の術がいきなり現霊《バニッシュ》を維持《いじ》しての詠唱とか、正直しんどくて堪《たま》らない。

どうせアンナからシャリアに漏《も》れて、あいつが興味持って覗《のぞ》きにきやがったんだろ。

お前は大人しく商人の仕事しとけって。何サボってんだよ……。

俺は呆れながら、ゆっくりと息を整える。

……しかしこのままの格好だと、また見つかりそうな気がするな。本当は普段通りの姿でいてやりたかったんだけど……。

仕方なく、俺は近くで見かけた防具屋に入り、武芸者らしくない服装を見繕《みつくろ》うと、それらを買って着替《きが》えてから、改めて目的地に向かった。

結局、防具屋で選んだのは魔術師《まじゅつし》の格好。

やっぱりフードで顔を隠せるのは一番だし、閃雷《せんらい》を布に包んで背負っていても、あまり違和感《いわかん》がないからさ。

とはいえ、暑さ対策でもないのにこの格好って、俺本気で武芸者か？　って、ちょっと悲しくなってくるけど……。


変装したまま街中を歩き、やってきたのはウィバンのシンボル、時計台の下。

待ち合わせ場所としても有名みたいで、ここには朝から結構な人がいる。

ロミナは……まだ来てないか。この格好だから気づいてもらうのも大変そうだし、何とかこっちで見つけないといけないんだけど……。

あ。ちなみに今日ここにいるのは勿論《もちろん》、彼女との約束を果たす為だ。

あの日の夜。甲板を離れる前に、こんなお願いをされたんだよ。

──「あの……一度だけ、あなたと二人っきりで、一日過ごせないかな？」

って。

──「闘技場《とうぎじょう》の時だって、あなたに泣きついて迷惑《めいわく》をかけただけ。その後呪いまで解いてもらったのに、何のお礼もできてないし……」

なんて申し訳なさそうに言うから、そんなの気にするなって言ったんだけど。

その後、あいつは悲しげな顔で、こうも話してくれたんだ。

──「……でも、私はあの時あなたを沢山《たくさん》傷つけちゃったでしょ。だから、少しでもあなたとの想い出を、良いものにしておきたいなって……」

……俺《おれ》だって、今でも殺される不安が、トラウマとして蘇《よみがえ》る。

あの事を覚えているって事は、ロミナも同じような経験をしてるかもしれない。

そう思うと流石に可哀想《かわいそう》だったたし、申し訳なくもなってさ。

だから、俺はその願いを受け入れたんだ。

ゴーン……ゴーン……

響《ひび》き渡る鐘《かね》の音《ね》。

待ち合わせの場所に着いて約一時間《ディン》が過ぎた。

時間は大体九時くらい。だけど、未だロミナは姿を現さない。

もしかして、何か都合が悪くなったのか？　なんて思っていたその時。ふと、待ち合わせ場所に現れた、挙動不審の魔術師が目に留《と》まった。

薄《うす》いピンクの女子らしい術着。背中に大きな布に包まれた術の媒体《ばいたい》らしき物。フードを被ったまま、ずっとキョロキョロして落ち着かなそう……って事は、まさか？

俺はゆっくりとその女性の側まで歩み寄ると。

「あの……」

と、小声で声を掛けた。

ビクッとした彼女がこちらを見る。互いにフードを被っていて相手が見えないのが焦《じ》れったいな。とはいえ、今これを取るわけにもいかないし。

「ロミナ、かな？」

人違《ひとちが》いだったらと思いつつも、俺が意を決して尋《たず》ねてみると。

「うん。もしかして、カズト？」

と小声で尋ね返された。

うん。この声、間違いない。ロミナだ。

「ああ。っていうかその格好って、もしかして……誰かに追われた？」

「そうなの。一人で出掛けるって言ったら、ルッテ達《たち》が訝《いぶか》しんで来て、こっそり後をつけようとして来たの。何とか振り切ったけど、普段の格好じゃまた見つかっちゃうかもって思って、途中《とちゅう》で防具屋見つけて、そこで着替えて来たの」

やっぱり……っていうか、まったく同じ展開じゃないか。

まさかとは思うけど、あいつらグルだったりしないよな？

「もしかしてカズトも？」

「ああ。アンナが随分《ずいぶん》俺《おれ》の事心配してて。彼女が尾けてくるのまでは予想してたんだけど。よりによってシャリアまでこっそり尾けてきてさ。振り切るのに一苦労だったよ」

「……ふふっ。何か私達、逃亡者《とうぼうしゃ》みたい」

俺が愚痴《ぐち》をこぼすと、ちょっと楽しそうな声でロミナが笑う。

「でも大変だったろ。お前もそれで遅《おく》れたんじゃないのか？」

「確かにそうだけど。それより、待たせちゃってごめんね」

「大丈夫《だいじょうぶ》。こっちもそれほど待ってないから」

うん。一時間《ディン》待ったなんて些細《ささい》な事さ。きっとお前も大変だったろうしな。

「さて。ロミナは何処《どこ》か行きたい所ってあるか？」

「私は、あなたと一緒なら何処《どこ》でも良いけど。カズトは？」

……正直、少し返事に困る。

いや。そりゃ一年くらい一緒にパーティー組んでいたから、たまに二人で買い物をした事はある。だけど、大体は冒険を続ける為の雑貨やら道具やらの買い出しって感じで、何処かを観光するなんて事はほとんどしなかったんだ。

何故《なぜ》かって？　そりゃ……ロミナもみんなも、言っちゃえば美少女な訳だし……。それに、何かその……露骨にデートみたいなのって、元の世界ですら経験なんてなかったし……。

まあ、その……正直、気恥《きは》ずかしかったんだって……。

……ふん。どうせ彼女なんて、前の世界ですらいた事ないって。陰《いん》キャだったんだし。まあでも、そのせいで一人で出掛ける癖《くせ》がついたけど、大概《たいがい》は目的もなくぶらりとしちゃってたんだよな。

実際ウィバンだって、海でも行こうかなって考えてたくらいで、はっきりとした目的があって、観光しようとしていた訳じゃなかったし。

「ごめん。正直何も思いつかなくって。ロミナの行きたい所があるなら、そこに連れて行ってくれたら助かるんだけど……」

少し困ったように頭を掻《か》きながら、俺はそんな本音を伝える。

情けないけど、これぱかりは仕方ない。ほんと、こういう時にラノベの主人公とか、恋《れん》愛《あい》ゲームの主人公達のセンスが羨《うらや》ましくなるよ……。

ちょっと惨《みじ》めな気持ちになったけど、ロミナは気にならなかったみたいで。

「そっか。じゃあ私が色々案内してあげるね。でも、入りたくないかなって場所だったら、ちゃんと言ってね」

「ああ。助かるよ」

「じゃ、行こっか」

そう言うと、ロミナは俺の脇《わき》に並んで……って、へ？

俺の手を包む温かい感覚。

えっと……これって、手、繋《つな》いでる？

フードでロミナの顔は見えない。けど、俺の顔が今めっちゃ赤いのだけは分かる。

こっちの動揺《どうよう》に気づいていないのか。彼女《かのじょ》がゆっくり歩き出したので、俺も歩《ほ》幅《はば》を合わせて歩き出す。

おいおいおいおい。ロミナは恥ずかしくないのか!?

そんな気持ちでちらりと横を見ると、彼女もこっちを見ていたのか。

「……大丈夫。迷子にならないように。ね？」

なんて言って、くすっと笑う声がした。

ったく。やっぱり聖勇女《せいゆうじょ》様は、度胸も経験も違うんだな。

おどおどする俺とのあまりの違いに思わず自嘲《じちょう》しつつ、俺達はそのまま街を歩き続けた。

そういや、ふと思ったんだけど。これってやっぱり、デートって奴《やつ》なんだろうか？

……いやいや。きっとロミナはそう思ってないだろうし、考え過ぎだよな。

「そういやロミナって、この街に詳《くわ》しいのか？」

手を繋ぎ歩く恥ずかしさをごまかすように、俺は歩きながら問い掛ける。

「うん。師匠の所で半年くらい剣《けん》の修行《しゅぎょう》してたんだけど、その時にあの屋敷でお世話になってたから、ウィバンはちょっとした故郷みたいな感じなの」

「へー。ちなみにシャリアに弟子《でし》入りしたのって何時頃なんだ？」

「大体三年前くらいかな」

「修行は厳しかった？」

「かなり。一応当時は既に聖剣士《せいけんし》としてギルドに登録してたけど、最初の一ヶ月は基礎《きそ》訓練っていうか、体力つける為の事しかさせて貰えなかったし」

「そうなのか。何かシャリアってミコラっぽいし、ひたすら実戦で鍛《きた》え上げるイメージだけど。ちょっと意外」

「確かに師匠は色々豪快《ごうかい》な所もあるけど、やっぱりあの時『Sランクの冒険者は教え方が違うな』って凄《すご》く感心したよ」

「あー……。それはランクじゃなく人次第《ひとしだい》って思っておいた方がいいぞ。ミコラだってLランクだけど、一応戦士団の育成を担当してたんだろ？」

「あっ……」

ロミナが俺の言葉に思わず口辺りに手を当てたのを見て、俺も思わずくすりと笑う。

話しか聞いてないけど、あいつの雑な教育っていうか、しごきは想像に難《かた》くないからな。

……でも。何か……やっぱり、良いな。

またこうやって、カズトとして隣《となり》を歩ける日が来るなんて、思ってもみなかったもんな。

自然と顔が綻《ほころ》ぶけど、絶対見せてやらないと決め、フードを深く被り直す。

こんな顔見られたら、間違いなく後で茶化《ちゃか》されるし。

そうこうする内に、俺が最初に案内されたのは大きな劇場だった。

この世界の娯楽《ごらく》のひとつといえば、観劇や音楽鑑賞《かんしょう》。といっても、大衆劇場は他の街にもあるけど、ここまで本格的な劇場は、王都や首都じゃなきゃ中々お目にかかれない。

「今、丁度観《み》たかった演目やってるんだけど、いいかな？」

「ああ。入ってみよう」

こうして俺達は中に入って行った。

……ちょっと場違《ばちが》いじゃないかって、心配したのは内緒《ないしょ》だぞ？


並んで席に着き、フードを外して雑談していると、程なくして劇が始まった。

演劇なんて元の世界のテレビくらいでしか知らないけど、パッと見はいわゆる劇団〇〇みたいな、劇あり、歌ありの華《はな》やかな感じで演目が進んでいく。

内容は貴族の伯爵《はくしゃく》と令嬢《れいじょう》の恋愛を描《えが》いた物語らしい。何かこういうのって悲哀《ひあい》系が多いイメージがあるんだけど、今回のはコメディ色も強い楽しげな恋愛物だったように思う。

……ん？　何だか随分《ずいぶん》歯切れが悪いって？

……いや、その、さ。照明が抑《おさ》えられて、客席が薄暗《うすぐら》かったのもあったんだけど。それでなくても体力が戻り切ってないのに、朝からあのバタバタだったろ？　全力疾走《しっそう》もすれば魔力《マナ》も消費したりで、実の所疲《つか》れちゃっててさ。

だからその……まあ、ご想像の通り。途中からすっかり寝《ね》ちゃってて……。

爆睡《ばくすい》し過ぎたのか。次に起きたのはカーテンコールで観客が大きな拍手《はくしゅ》をした時。

はっとしてロミナを見たら、俺を見てくすくす笑ってたけど……きっと、いい気分じゃなかったよな……。

「ほんと、カズトが寝ちゃうの早かったよね」

劇場を出た俺達が次に入ったのは、近くのレストラン。少し早いけど丁度昼食時だったからな。

今は互いに向かい合って、俺はチキンソテーを。ロミナはパスタを食べている。

「あの、ほんとごめん。朝ので相当疲れてて……」

ほんと、もうバツの悪い顔しか向けられない俺に、彼女は笑顔で首を振った。

「大丈夫。その分、沢山カズトの寝顔《ねがお》を見られたし」

「おいおい。それを観に行ったわけじゃないだろ？」

「でも可愛《かわい》かったよ。寝言《ねごと》も言ってたし」

「う、嘘《うそ》だろ⁉」

ちょ、ちょっと待て。それは流石《さすが》にやばいだろ⁉

「俺、何か変な事呟《つぶや》いてたか⁉」

俺があたふたしていると、彼女はこっちを見て悪戯《いたずら》っぽく笑う。

「ふふっ。うーそっ。ずっと静かな寝息《ねいき》を立ててただけだったから、大丈夫だよ」

「本当に？　本当だよな⁉」

「勿論。あまりに気持ち良さそうに寝てたから、からかいたくなっただけ」

そっか。それなら良かった……。

思わず胸を撫《な》で下ろす俺を、楽しげに見つめてくるロミナ。

しかし。こいつってこういう冗談《じょうだん》を言う奴だったっけ？　こういういじられ方は、ルッテやフィリーネにばっかりされてた気がするんだけど……。


その後も、俺はロミナの案内で色々な場所に行った。

彼女が好きだという美術館。

絵画や彫刻《ちょうこく》が並んでいるのは、俺のいた世界と同じ。でも、それ以外にも伝説に語られた武器や防具、道具や書物のレプリカなんかも展示してあって、中々見応えがあったな。

何気に聖剣シュレイザードのレプリカがあったのには感動したけど。

「やっぱり、本物とは輝《かがや》きや雰囲気《ふんいき》が違うよね？」

ってロミナに小声で言われた時には、納得《なっとく》するしかなかったっけ。

その後に行ったのは洋服屋。

ここでは本気で困らされた。

「ねえカズト。どっちが似合うと思う？」

二着の服を交互《こうご》に試着室で着替《きが》えて俺に見せた後、期待に胸を膨《ふく》らませ答えを待っているロミナ。

一着目は、少しシックで大人びたシャツにスカート。

今着ている二着目は、少し可愛らしいフリルなんかもついた、白のワンピース。

正直甲乙《こうおつ》付け難い……っていうより、俺って今までこういう異性の服とか選んだ事なんてないし、センスもへったくれもないいんだよ。

「どっちも似合うよ」

だから正直にそう返したんだけど……彼女は少しだけ不満そうな顔をした後、またすぐに笑《え》みを浮かべ、こう聞いてきた。

「もう。じゃあ、カズトはどっちがいい？」

「え？」

「どっちも似合ってるんでしょ？」

「ああ」

「だったら。カズトはどっちが好み？」

おいおい。お前、本気でそんなキャラだったか？

「いや。俺なんていいから、自分の好きな方を買えばいいだろ」

「私はどっちも好きだから迷ってるの。だからカズトに決めて欲しいんだよ？」

「って言ってもなぁ……」

正直、どっちも似合ってたし。

っていうかお前、元がいいから何着たって似合うだろ？

ただ、そう言っても怒《おこ》られるだけだろうなぁ。

……だとしたら。

「……強《し》いて言うなら、今着てる奴、かな？」

「何か、煮《に》え切らない答え」

少し不貞腐《ふてくさ》れた顔をする彼女だけど、俺は困った顔をするしかない。

「いやだってさ。俺、女性物の服なんて選んだ事ないし、あんまり好みもないんだよ。そもそもロミナは可愛いからどっちも似合ってるし。だから本気で迷ったんだって」

頬《ほお》を掻き目を泳がせる俺の顔は、今絶対真っ赤だ。しかも店に入ってからはフードをしてないから、顔も丸見え。

まったくさぁ。最初にお前らに追放された時に言った美少女だらけって言葉、忘れたのか？　あれは紛《まぎ》れもない本音なんだぞ？

恥ずかしさをごまかしきれなくなり、思わずため息を漏らしつつ彼女の顔を見たんだけど……何か、めっちゃ嬉しそうな顔してる。

「……そっか。じゃあ、こっちにするね」

少し頬を赤く染めはにかんだロミナが、浮かれた様子で再び試着室に戻《もど》っていく。

……えっと。あれで正解だったのか？

彼女の反応に戸惑《とまど》いながら思った事。

それは、これだったらクエスト行く方が楽だって事だった。

その後も、通りがけの屋台で美味《おい》しそうなデザート屋を見つけて食べ歩いたり。大きな公園のベンチで噴水《ふんすい》を見ながら色々と話をしたり。

彼女と初めて出逢った頃ですら味わえなかった、ちょっと気恥ずかしい想い出を作りながら、俺達はウィバンを楽しんだ。

正直、ウィバンらしい常夏《とこなつ》気分を味わった訳じゃない。

でも、やっと観光らしい観光もできて。何よりカズトとしてロミナの隣にいられただけで、本当にいい想い出になった。

彼女がどう感じているかは分からないけど、終始笑顔だったんだ。嫌《いや》な想い出にはならなかったって思いたい。

そして。楽しく幸せな時間はあっという間に過ぎ。街に夜の帳《とばり》が下り始めた頃。

「最後にもう一箇所《かしょ》だけ、付き合って欲《ほ》しい所があるの」

ロミナにそう言われ案内された場所。

それは――冒険者ギルドの闘技場だった。

§　§　§　§

「やっぱりカズトは、その格好が一番似合ってるね」

「ロミナも、それでこそ聖勇女《せいゆうじょ》って感じだよ」

彼女によって貸し切られた闘技場。

俺達はその中央で向かい合っていた。

道着に袴に胸当てに籠手《こて》などを付け、腰に愛刀閃雷《せんらい》を佩《は》いた武芸者姿の俺。

白銀色の胸当て、腕《うで》当て、脛《すね》当ての軽装鎧《よろい》に、聖剣シュレイザードを手にした、聖勇女《せいゆうじょ》らしいロミナ。

互いに装備を纏《まと》うと気持ちが入るのか。笑みは浮かべたけど、既《すで》に緊張《きんちょう》感がある。

──「……カズト。私もね。今のままじゃ、あなたと稽古《けいこ》すらできない気がする。だから……少しだけ、力を貸して」

闘技場に向かう時、口惜《くちお》しそうな顔で告げられた言葉。

やっぱりあの試練は、お前にとってもトラウマだったのか。

……まったく。あの時の事も、俺がルッテ達とパーティーを組んでいた時に起こった事にしてくれりゃいいじゃないか。そうすれば、ロミナもあの時の事を忘れて、こうやって苦しむ事もなかったのに……。

思わずそう心で愚痴《ぐち》るけど、きっとあれはこの世界の中でも異質な場所。しかも解放の宝神具《アーティファクト》直々の試練だったから、呪《のろ》いの理《ことわり》すら超《こ》えてたのかもな。

「……本当に、いいんだな？」

「……うん。大丈夫。稽古をするだけだから」

ロミナは笑ってくれるけど、やっぱり硬《かた》さが見える。実際、顔色も冴《さ》えない。

……だけど、あいつが覚悟《かくご》してるなら、俺もやらなきゃな。

「じゃ、行くぞ」

「……うん」

互《たが》いに刀と剣を正面に構える──けど、やっぱり俺達はどちらも動けなかった。

何かに怯《おび》えるように、ロミナの聖剣を持つ手が震《ふる》えている。

俺も歯を食いしばってごまかそうとしたけど、その構えを見るだけで恐怖《きょうふ》に身が竦《すく》む。

俺はあの剣を受け止められるのか？　またあいつに斬《き》られて死ぬんじゃないか？

俺の心に走るのはそんな不安。

そしてきっと、ロミナも思ってる。

俺を斬ってしまうんじゃないか。傷つけてしまうんじゃないかって……。

……情けない。俺は仲間に恐怖するのか？

そんな事じゃ、この先一緒《いっしょ》に旅なんてできないってのに……。

……俺、本当は分かってたんだ。

死ぬのは怖《こわ》い。だけど、それでも死に立ち向かえもするし、戦えもする。

そうじゃなかったら、ウェリックの呪いを解く為に身体《からだ》なんて張れなかったし、ロミナを護《まも》る為に、命を懸《か》けたりなんてしなかった。

でも……それはきっと、ロミナに傷つけられ殺されるっていう、あり得ない不安から逃《に》げようとしてたんだ。

仲間に殺される恐怖以上に、仲間を信じられない哀《かな》しみがずっと心にあったし。俺がいなきゃ、ロミナもそんな不安を感じずに済むだろって思いもあったから。

……でも、それじゃダメなんだ。

忘れられ師《ロスト・ネーマー》の呪いなら、うまく忘れさせられるかもしれない。

でも俺、やっぱりまた、みんなと肩《かた》を並べて歩みたい。

できればもう、忘れられたくない。

だから、信じなきゃダメだ。もっと強くならなきゃだめなんだ。

その為にも――。

「ロミナ！」

未だ青ざめ震えるロミナに踏《ふ》み込み刀を振《ふ》るうと、はっとした彼女は、咄嗟にそれを聖剣で受ける。

反撃《はんげき》はない。それでも俺は覚悟を決め、言葉とともに刀を振るい続けた。

「ロミナ！　剣を振れ！　俺に剣を向けろ！」

「……だめ！　私、怖い！　やっぱり怖い！」

恐怖のせいで顔を歪《ゆが》ませながら、彼女は何とか俺の刀を捌《さば》いていく。

「分かってる！　俺が弱かったから！　お前の剣を避《さ》けられなくて、沢山《たくさん》食らって！　沢山お前を苦しめた！　だけど俺は、いつかまた、お前達と旅をしたいんだ！」

わがままな想《おも》いを刀に託《たく》し、俺は執拗《しつよう》に刀を振るった。

聖剣で、強く打ち返されることを信じて。

「だから！　俺を信じてくれ！　お前の剣に怯えず、ちゃんと全て受けきれるよう、強くなってみせるから！　だから！　剣を振るってくれ！」

言葉を向けても、ロミナは未だに顔を苦しみに歪め、弾《はじ》くだけ。

だけど、少しずつ受ける剣に力が籠《こ》もる。

「カズト、ごめんなさい！　私、酷《ひど》いの！　あなたを沢山斬《たくさんき》った！　あなたを沢山傷つけた！　そんな仲間なんてきっと嫌だろう、怖いだろうって思ってた！」

「ふざけるな！　俺はお前を助けたんだ！　お前に生きて欲しかったんだ！　嫌なもんか！　嫌ならとっくに、ここから逃げ出してる！」

「私なんかが一緒でいいの？　あなたを沢山傷つけた私なんかが！」

「当たり前だ！　俺達《おれたち》は仲間だ！　俺はお前を信じてる！　だからお前も信じてくれ！　何時《いっ》かまた、一緒に旅をするって決めたんだろ！」

「カズト……私っ！」

喜びと悲しみでぐちゃぐちゃになった顔で、ロミナはふっと涙《なみだ》を見せると、瞬間《しゅんかん》。

　ガキィィイィン！

振るわれた聖剣を、閃雷《せんらい》が止めた。

強い恐怖が心に走り、身体《からだ》が一瞬《いっしゅん》強張《こわば》る。だけど、止まれるか！

「私！　あなたをもっと、信じられるようになる！　そして、絶対にまた、あなたを見つけてみせるから！　絶対にまた、あなたと旅をしてみせるから！」

「俺ももっと強くなる！　もうお前の剣を受け損ないなんてしない！　そして、次に旅する時には、昔みたいにお前の背中を護って！　お前の脇に堂々と立って見せるから！」

刀と剣が交わる度《たび》に、強く言葉を交《か》わす。

そうだ！　受けろ！　刀を振れ！

俺達の未来の為《ため》に！　ロミナの笑顔《えがお》の為に！

互いに強く弾《はじ》き、強く打ち込み。互いに強く捌き、強く返し。

互いに恐怖に顔を歪めながら、それでも必死に打ち合った。

「信じてる！　また、逢《あ》えるよね！」

「当たり前だ！　再会して、また一緒に旅をするんだ！　そうだろ？」

「うん！　ずっと！　これからも、仲間だから！」

あいつの顔が、笑顔と涙に染まり、俺も笑いながら、涙で顔を濡《ぬ》らす。

「いいか？　絆《きずな》は裏切らないからな！」

「うん！　絆を信じてるから！」

「ずっと、待ってるからな！」

「うん！　ちゃんと、見つけてみせるから！」

瞬間。

俺達は互いに刀と剣を大きく振りかぶり、互いに振り下ろした斬撃が重なって。

互いの刃《やいば》が勢いよく弾かれると、そのまま反動でくるりと互いに背中を重ね、力尽《ちからつ》きたように同時に床《ゆか》にへたり込んだ。

正直、めちゃくちゃ息が上がってる。身体《からだ》の疲労《ひろう》が一気に溜《た》まってもう動けない。

流した涙を拭《ふ》く力すらなく、ただ必死に息を整えるべく、荒《あら》い呼吸を繰《く》り返すだけ。

ロミナも恐怖があって、本来の動きじゃなかった。

俺だって恐怖に手が震えたまま。弱った身体《からだ》にびびった心じゃ、キレもへったくれもなかった。

だけど。それでも俺は受け切った。受け切れたんだ。

まだこんな酷い稽古、みんなには見せられない。

でも。だからこそ前を向け。トラウマに負けない心を持つ為、もっと強くなるんだ。

そして何時か、みんなと笑顔で旅をするんだ。

ロミナ達がくれたそんな夢を、絶対叶《かな》えるんだ。

「カズト……ありがとう。信じてくれて。勇気をくれて……」

嬉《うれ》しそうな涙声《なみだごえ》に、俺はふっと笑う。

「こっちこそ。……また、絆《きずな》の女神様《めがみ》の思《おぼ》し召《め》しを信じようぜ」

「……うん。きっとまた、アーシェがお節介《せっかい》を焼いてくれるよね」

背中に感じる温《ぬく》もりに恐怖が薄れるのを感じながら、俺達はどちらからともなく、クスクスと笑い出す。

まったく。顔は涙で濡れてるのに。おかしなもんだ。

あ。それが面白《おもしろ》くって、笑ってるのかもな。

§　§　§　§　§

あれから暫《しばら》くして、俺達はまた魔術師の術着に戻ると、冒険者《ぼうけんしゃ》ギルドを後にした。

夜にもなれば流石に気付かれにくいだろうと思って、互いにフードをするのは止めた。

「……これでまた、暫くお別れなんだよね……」

「しんみりするなって。どうせ俺達の事だ。これまでみたいに、またすぐ出逢《であ》えるって」

何処か残念そうに語るロミナを笑い飛ばしながら街を歩いていると、俺の目にふと、ある屋台が目に入った。

それはアクセサリーを売っている小物屋だったんだけど。俺はそこである物に気づいた。

……うん。あれに似てるしいいかも。

「悪い。ちょっと待ってて」

「え？」

驚《おどろ》くロミナをそこに残し、俺は足早にその店に向かう。

「いらっしゃい。何を探してるんだい？　兄ちゃん」

「あ、えっと。これ、お幾《いく》らですか？」

俺が指差したのは、丸みのある黄色い小さな花をモチーフにした、ガラス細工のブローチだった。

「それかい？　一金貨だけど。買うかい？」

「はい。是非《ぜひ》」

俺は気さくな感じの、ガタイのいいおじさんに金貨を渡《わた》す。

「毎度あり。ちなみに野暮《やぼ》な事聞くが、勿論女にあげるんだよな？」

「え？　あ、はい」

「ほー。そうかそうか。ちょっと待っててくれ」

ん？　なんか随分ニヤニヤしてたな。何があったんだ？

首を傾《かし》げていると、おじさんは手際《てぎわ》良く、ブローチに合う小さくて綺麗《きれい》な布に包んでくれた。

「あいよ。お待たせ」

「あ、ありがとうございます。包装代は……」

「サービスしとくよ」

笑顔のまま、ブローチの入った布を手渡《てわた》してくれたおじさんは、すっと俺の耳元に顔を寄せると。

「うまくやんなよ」

そう囁《ささや》いて、俺の肩を意味深にぽんっと叩《たた》いた後、親指を立てウィンクしてみせる。

……ああ。プレゼントでうまく女性を釣《つ》れ、みたいな感じか。別にそういうわけじゃないんだけど……。

俺は内心困りつつも、顔に出さずに頭を下げ、そのままロミナの下《もと》に戻って行った。

「何を買ってきたの？」

「これ。ロミナに貰《もら》って欲しいんだ」

「え？」

「開けるのは一人になってからにしてくれ。恥《は》ずかしいからさ」

そう言ってロミナの手に、ブローチの入った布を差し出すと、彼女はぱあっと表情を明るくすると、

「うん。ありがとう。大事にするからね」

そう言って、お返しに笑顔をくれた。

因《ちな》みにさっきのブローチを買った理由は、こいつの花言葉だけはよく知ってる。

俺、花言葉なんて全然知らないけど、こいつの花言葉だけはよく知ってる。

前の世界で、孤児院《こじいん》を離《はな》れる事になった子供に、何時もシスターが接《つ》ぎ木《き》した真葛《さねかずら》の小さな鉢植《はちう》えを贈《おく》ってて、その時に話して聞かせてくれたから。

真葛《さねかずら》の花言葉は『再会』。

ま、向こうの世界の花だし、実際さっきのブローチのモチーフは全然違《ちが》う花だろう。

だからこの世界の人達は誰《だれ》も、こんな意味を込《こ》めたなんて気づかないだろうけど。

いいんだ。そこに、俺の想いだけ籠《こ》もってれば。

……ありがとな、ロミナ。

また少しの間面倒《めんどう》をかけちゃうけど、絶対に、また逢おうな。

今度は最初から、カズトとしてさ。

§　§　§　§　§

ロミナと二人っきりの日を過ごした数日後。

快晴の中、俺はカルドとして、シャリアの屋敷《やしき》に足を運んでいた。

今日はロミナ達がカズトを探す為に旅立つ日。

俺も一応、カルドとして封神《ほうしん》の島で一緒だったから、シャリア達と共に見送りだ。

エントランスに集まった見慣れた面々。

シャリア達とロミナ達は、向かい合って立っている。

「師匠《ししょう》。お世話になりました」

「こっちこそ。本当に助かったよ」

「ま、俺達にかかりゃ余裕《よゆう》だって」

「お役に立てて良かったですわ。また何かありましたらお呼び立てください」

「ああ。そう言ってもらえると助かるよ」

シャリアとロミナ、ミコラ、フィリーネが笑顔で握手《あくしゅ》を交わし、そんな会話をする中。

何ともマイペースな奴が一人いた。

「でも、私達無事なの、カルドのお陰《かげ》」

「それは分かっておるが、随分急じゃのう……。お主、変な物でも食うたか？」

「ほんと。お前が男に食いつくイメージなんて、全然ねーんだけど」

確かに。彼女がこうやって誰かに執着《しゅうちゃく》するイメージはあんまりない。

記憶《きおく》が戻ったミコラから、キュリアが俺《おれ》のパーティー追放を泣いて反対したって聞いた時も、本気で驚いたくらいだし。

「だって。カルド、良い人」

「そう言っていただけて光栄ですが、皆様《みなさま》が無事だったのはキュリア様達がお強かったからら。私だけの力ではありませんよ」

そう。俺がいたからじゃない。

お前達がいたから助かったんだ。そう思って言葉を返したんだけど。

彼女は首を振ると、俺の服の袖《そで》をちょんっと掴《つか》み、じっとこっちを見ながらこう言った。

「カルド。一緒に、行こう？」

「え⁉」

「キュリア⁉　貴女《あなた》何を言っているの⁉」

ロミナとフィリーネの驚きももっとも。っていうか、寧《むし》ろ俺が本気で唖然《あぜん》とした。

俺がお前にした事なんて、巨像《きょぞう》と戦っている時に、突《つ》き飛ばして助けただけじゃないか。

こっちの戸惑いを他所《よそ》に、相変わらず無表情のまま、あいつは上目遣《うわめづか》いに俺をじーっと見つめてくる。

……だから。俺はそういうの苦手なんだって。

まあ、気に入ってくれたのは嬉しくはあるけどさ。

俺はふっと笑うと、空いた手で彼女の頭を撫でてやる。

「お誘《さそ》いはありがたいのですが、私は未《いま》だ修行の身。先日ご迷惑《めいわく》を掛《か》けた反省もございます。ですので今回は――」

「嫌《いや》」

は⁉　嫌ってなんだよ⁉

相変わらず無表情でじーっと……いや、ちょっとだけ目が潤《うる》んでるようにも……いやいやいやいや。どうしたんだってほんとに。

俺がはっきりと戸惑っていると。

「キュリア。わがままを言うでない。カルドも困っておるではないか」

「でも、私。カルドと、もっといたい」

「何でなんだよ？」

「一緒だと、落ち着くから」

……落ち着く？

そう言ったって、今回はそんなに一緒にいた訳じゃないだろ。

まあ、キュリアは万霊術師《ばんれいじゅつし》で一応俺も同じ精霊《せいれい》の力を使えるし、そういう意味では近い存在かもしれないけど……何かを感じ取ってるんだろうか？

「キュリア。私達《たち》は誰を探してるのかしら？」

「……カズト」

「そうでしょ？　だったら我慢《がまん》なさい。きっと絆の女神様が、またカルドにも逢わせてくれるわよ」

フィリーネに諭《さと》されたキュリアが、珍《めずら》しくはっきりと残念そうな顔をする。

「カルド。また、逢える？」

「ええ。絆の女神様の思し召しを信じましょう」

「……うん」

俺が仮面越《ご》しに微笑《ほほえ》んでやると、彼女は少しだけ寂《さび》しそうに微笑みながら、名残惜《なごり》しそうに、そっと服の袖を手放してくれた。

ちょっと胸が痛いけど、今度はちゃんとカズトとして逢えるさ。

だから、もう少しだけ我慢してくれ。

「それじゃ、そろそろ行こう。カルドも本当にありがとう」

「いえ。こちらこそ。アーシェのご加護がありますように」

ロミナが俺の前に立ち、笑顔ですっと手を伸《の》ばし、俺と握手を交わす。

彼女は少し潤んだ瞳《ひとみ》をごまかすように、ぎゅっと力強く手を握《にぎ》ってくる。

……襟《えり》にきらりと輝く、黄色い花のブローチ。付けてくれてるんだな。

俺も力と想いを込めて手を握り返すと、互いに笑みを返し手を離す。

「では、行くかの」

「そうしましょう。では皆様、失礼いたします」

「じゃーな！　シャリア！　カルド！　ディルデンのおっさん！　アンナやウェリックも元気でな！」

「カルド。またね」

「はい。また何処《どこ》かで。良い旅を」

「師匠。また遊びに来ますね」

「ああ。楽しみにしてるよ。みんな、気をつけてな」

俺とシャリアが笑顔で手を振《ふ》りかえし、執事《しつじ》やメイド達が頭を下げる中。

ミコラが元気に手を振った後、シャリアが用意した早馬車に乗り込んだ五人は、そのまま屋敷を離れ、去って行った。

姿が見えなくなるまで、馬車の後ろの窓から手を振っていたロミナとキュリア。そして横の窓から身を乗り出して手を振っていたミコラが印象的だったな。

馬車が視界から消えた所で、俺はため息をひとつ吐《つ》く。

さて。俺ももう少しだけ踏ん張らなきゃな。まだまだ武芸者としての感覚は微妙《びみょう》。もう数日鍛え込まないと、冒険《ぼうけん》なんてできたもんじゃないし。

そう決意した俺は、増魔《ぞうま》の仮面を外し石畳《いしだたみ》に置き、何も言わず屋敷を後にしようとする。

だけど……やっぱり、そうは問屋が卸《おろ》さないよな。

「カズト。ちょっと待ちな」

……ったく。

背後から掛けられたシャリアの声に、俺は頭を掻《か》いた後、面倒くさそうに振り返り、先《さき》程《ほど》までの笑顔とは一変した、申し訳なさそうな彼女《かのじょ》の顔を冷たく見つめ返した。

……実は、こないだの件で、俺はアンナとシャリアに説教をたれた。

流石に人を強引《ごういん》に尾行《びこう》して行動を盗《ぬす》み見ようとするなんて、正直ふざけるなって思ったし、アンナがその手引をしてたのにもがっかりした。

金を入れる革袋《かわぶくろ》の紐《ひも》を変えられるのなんて、彼女しかいなかったからな。

だからあの日の晩。宿に顔を出したシャリアとアンナに言ってやったんだ。

──「お前らを信用した俺が馬鹿だったよ。もうお前らの世話になんかなるか」

ってな。

──「そんな事言うなら、今までの宿代払《はら》うかい？」

そうシャリアがふっかけてきたのも気に入らなかった。勝手に恩に着せておいて、人を脅《おど》すのかって。

だから俺は、はっきりとこう言い返してやった。

──「そんな気持ちで宿を紹介《しょうかい》するとか、相当な詐欺師《さぎし》だな。お前の目指した商人ってそういう奴《やつ》かよ。そうだって言うなら借用書を持ってこい。何年掛かったって返してやるよ」

そのままシャリアに増魔の仮面を放り投げ、厚意《こうい》で住まわせて貰っていた宿も早々に引き払い、今は普通《ふつう》の宿を借りている。

結局、今の所借用書が届く事もなく、シャリア達と顔も合わせてはいなかったんだけど。

今日はディルデンさんが俺の部屋までやってきて、

――「本日はロミナ様達の旅立ち。せめて見送ってあげてはいただけませんか？」

そう言いながら、増魔の仮面を手渡してきてさ。

本当は行くのを迷ったけど、流石にこの件はロミナ達には関係ない。

だからカルドとして割り切って、あいつらを見送ったんだ。

並んで立っているシャリアとアンナ。

二人とも、露骨《ろこつ》にバツが悪そうな顔をしてる。

ふん。自業自得《じごうじとく》だ。

「……カズト、本当に済まない。出来心だったとはいえ、確かにあんたをなめたような事をしたのは謝《あやま》る。だから許してくれないか？」

「……」

俺は何も言わず、じっと視線だけを向ける。

出会《であ》ってからこれまでの間、彼女がここまで気落ちした所は見たことがない。

それでも俺は、じっと冷たい視線を向けたまま無言を貫《つらぬ》く。

そんな状況《じょうきょう》に堪《た》えられなくなったのは、周囲の奴らだ。

「……申し訳ございません。謝罪して許されるものではありませんが……どうか、シャリア様だけでも、お許しいただきたく……」

深々と頭を下げたのは、憔悴《しょうすい》しきった、今にも泣き出しそうなアンナ。

気丈《きじょう》だった彼女がここまでの顔をするって事は、よっぽどショックだったんだろう。

「……カズト様。私《わたくし》からもお願いいたします。どうかお二人をお許しいただけませんか？」

「僕《ぼく》からもお願いします。姉さんは悪い事をしましたが、今は反省しています。どうか僕にやり直すチャンスを下さったみたいに、姉さんにもう一度チャンスを与《あた》えて下さい！」

ディルデンさんとウェリックが頭を下げると、それに続くように、背後に控《ひか》えたメイド達まで頭を下げ。

「頼《たの》む。カズト」

最後に、シャリアも深々と頭を下げた。

だから何でこんな事になってるんだよ。俺はただのCランクの冒険者なんだぞ。

……ったく。ま、丁度いい。ひとつ嫌がらせでもしてやるか。

「……ひとつ、条件がある」

俺の言葉に、みんなが恐《おそ》る恐る顔を上げる。

まったく。沙汰《さた》を待つ悪代官みたいな顔をしやがって。

「シャリア。これから言う事を信じろ」

「……どういう事だい？」

「信じるか、信じないか。どっちだ？」

あえて俺は、彼女を試した。

何を語るのかすらわからない。そんな状況でも、俺を信じてくれるのかって。

「……あんたが、そう望むなら」

「俺が望むんじゃない。お前の大事な人が望んでるんだ」

まるで謎掛《なぞか》けのような言葉に、みんなはただ戸惑うだけ。

……まあいいさ。そうだろ？　シャルム。

俺はふっと笑うと、あいつに頼まれていた願いを叶えてやる事にした。

「伝言だ。『僕は後悔《こうかい》なんてしてないよ。姉さんやディルデン達が無事でほっとしてるし、二人を空から見守ってるから寂しくもない。だからもう、泣かなくていいからね』、だとさ」

そう言って、俺はポケットから取り出した物を、シャリアに放り投げた。

「こ、これは……」

手にした物を見た瞬間、彼女は目を瞠《みは》り。ディルデンさんも珍しく、はっきりと驚きを顔に出す。

渡したのはシャルムのギルドカード。

俺が倒《たお》れた時、ロミナがなくさないように持っててくれていて、この間逢った時に俺が預かったんだ。シャリアには俺から話をするつもりだったしさ。

「そいつが生と死の狭間《はざま》を彷徨《さまよ》ってた俺を助けてくれて、その時に伝言を頼んできた」

呆然《ぼうぜん》としていたシャリアの瞳からほろりと涙が流れ、ディルデンさんも身体《からだ》を震わせる。

……誰かが泣くのを見るのは、やっぱり辛《つら》いな。

俺はくるりと踵《きびす》を返すと、

「その言葉を信じられたら顔を出せ。それでチャラだ」

そんな言葉を捨て置き、振り返ることなくそのまま屋敷を後にした。

背後に、シャリアの嗚咽《おえつ》を聞きながら。

エピローグ　旅立ちの時

二日後の昼過ぎ。

快晴の空の下《もと》、俺は迎《むか》えに来たディルデンさんと共にウィバンの街を出て、郊外《こうがい》にある海岸線沿いの高台にやってきた。

民家もない、少しせり出した崖《がけ》の先端《せんたん》。ウィバンの街を見渡《みわた》すのに丁度いいその場所に、墓碑《ぼひ》の前で膝《ひざ》を突き、祈《いの》りを捧《ささ》げるシャリアの姿があった。

この世界の人間は、死んでも死体が残らない。

だから墓という文化はないものの、それでも遺品を亡骸《なきがら》代わりに埋《う》めたり、故人を偲《しの》び墓碑を残す風習はある。

長らくそこにあったであろう、墓碑に刻まれし名前はシャルム。

つまり、ここがあいつの墓みたいな物って事になる。

「悪いね。顔を出せって言われてたのに、こんな所に呼び出して」

「別に。気にするな」

祈りを終えたシャリアが振り返る。目が赤いけど、どこかすっきりした顔が印象的だ。

「……シャルムの件。ありがとね」

「あの言葉、信じられたか？」

「当たり前だろ。あんたはあいつに会ったことなんてない。それなのに、口調までそっくりだったからね」

「それならよかった。これで信じてもらえなかったら、俺がシャルムにどやされる所だ」

俺が肩を竦《すく》めると、彼女も釣られて笑う。

「しっかし。どうりで俺に随分《ずいぶん》目を掛ける訳だ。流石《さすが》におかしいと思ったぜ」

「悪かったね。あの日、クエストを受けに来たあんたを見た時、心臓が止まるかと思ったよ。髪《かみ》の色以外、まるであの子の生き写しだったからね」

「だろうな。まあでも、迷惑《めいわく》を掛《か》けたなんて思わなくていいさ。お陰で俺もロミナ達の元気な姿を見られたし、あいつらを助けられたからな」

「すまないね。……少し、昔話でもいいかい？」

「……ああ」

癖《くせ》のある赤髪が海風で靡《なび》く中。彼女は少し淋《さび》しげな遠い目で、ウィバンの街を見つめた。

「弟は昔、あたしやディルデンと一緒に冒険者をしてたんだ。あいつには夢があって。色々なお宝を手に入れて、それを財にしてウィバン一の大商人になりたいんだって、楽しげに話してた」

「へえ。どんな夢だったんだ？」

「あの子はこの街が大好きでね。だから大商人になって、もっとここを繁栄《はんえい》させたいんだって息巻いてたのさ」

「真面目《まじめ》な奴だったんだな」

「ああ、本当にね。で、ある時。あたし達は封神《ほうしん》の島のダンジョンの鍵《かぎ》を、とある別のダンジョンで手に入れた。噂《うわさ》には聞いていた島だし、神獣《しんじゅう》の封印《ふういん》が解ければウィバンだって危ない。だから弟は、その封印が何時《いつ》でもできるようにって、あたし達と冒険しながら色々と情報を漁《あさ》った。島の場所。封印の仕方。伝承なんかを探って、あたし達はそれの知識を蓄《たくわ》えたのさ」

シャリアの表情の影《かげ》が濃《こ》くなり、より悲しげな顔になる。

「そして、もしもの時も考え、あたし達は封神《ほうしん》の島に向かったんだ。一度ダンジョンを攻《こう》略《りゃく》できれば、何かあった時に封印をし直せるだろうって。当時は既に、あの子もあたしもディルデンもSランク。他の仲間もいたし、自信もあった。だからあたし達は、勢い任せにあのダンジョンに挑《いど》んだ」

「それで、あの巨像達《きょぞうたち》に出会《でくわ》したのか」

頷《うなず》いた彼女がぐっと歯を食いしばり、何かを堪《こら》えた後、言葉を続けた。

「あいつらは本気で強かった。すぐにあたし達はやばいって思って、咄嗟《とっさ》に逃げようとしたんだけど、あたしが馬鹿やって脚《あし》をやられちまってね。それで戦士の巨像に殺《や》られかけた時、シャルムがあたしを庇《かば》い、そのまま崖に吹《ふ》き飛ばされた……」

俯《うつむ》き、歯がゆさに身を震わせ、シャリアはぽろりと涙を流す。

「あの時、私《わたくし》が無理矢理《むりやり》シャリア様を抱《かか》え、仲間と共に命からがらダンジョンを脱出《だつしゅつ》しました。まだ生きていたかもしれない、谷間に落ちたシャルム様を見捨ててまで」

ディルデンさんの声もまた悔《くや》しげ。きっと、苦渋《くじゅう》の決断だったんだろう。

「どうりで色々詳《くわ》しかったわけだ。だからあの日は剣《けん》じゃなく、大鉄槌《クラッシュハンマー》を選んだのか」

「ああ。過去の経験で人為創生物《シンセティカル》が多いのを知っていたからね。だからこそ、油断はしなかったさ」

「俺に頼んだのもそういう理由か」

「勿論。忘れられ師《ロスト・ネーマー》の噂は知っていたし、あんたはその力を話してくれたからね。それに、あんたは屋敷であたしを負かしてる。実力は申し分なしさ」

涙を服の袖で拭《ぬぐ》い、彼女がこっちに笑いかける。

……強いな。シャリアは。

弟を失ってからも、弟の夢を自らで叶え、弟が死んだ地に足を運んででも、この街の平《へい》穏《おん》を護りたいと最善を尽《つ》くそうとしたのか。

愛する弟を失った辛い場所に向かうなんて、そんなの死者と向かい合ってなきゃできやしないし、それまでだってきっと、辛い日々だっただろうに。

「ほんと、こっちのわがままで迷惑をかけて、済まなかったね」

「いいって。プライベートを覗《のぞ》かれそうになる方がよっぽど迷惑だったしな」

「あれは好奇心《こうきしん》が疼《うず》いたんだよ。まあ、商人をやってはいても、心根《こころね》は冒険者。知りたい謎《なぞ》を追い続けるのが性分《しょうぶん》。仕方ないだろ？」

そう言って、悪びれず笑うシャリア。

お前、反省してるんだろうな？　なんて呆《あき》れもするけど。

こういう所が彼女らしいって事で許しておくか。

「アンナは？」

「あれで本当に許してもらえたのか分からないって、まだ戸惑《とまど》ってたよ」

「そうか。だったらしっかり言ってやれ。『シャリアが約束を果たしたんだから、本当にチャラでいい』ってさ。まあ、もう世話にはならないけど」

「は？　どうしてだい？」

「……明日にはここを発《た》つ」

「何だって!?　どうして急に？」

あまりに予想外だったのか。彼女が驚愕《きょうがく》したけど、俺は意に介《かい》さず笑ってみせる。

「別に急って訳じゃない。俺はロミナ達にまた見つけてもらわなきゃいけない。だけど、何時《いつ》までもここにいたら見つけてもらえないし、もう身体《からだ》も随分良くなった。ってなれば、ここに留《とど》まる理由もないからな。だからシャリアともここでお別れだ」

「は？　何言ってんだい!?　明日見送らせてくれたって──」

「だめだ。シャルムのためにも、ちゃんと商人としての仕事を全《まっと》うしろって。じゃないと『姉さん。さぼってちゃダメだよ』なんて呆れられるぞ。しっかり見られてるんだからさ」

俺はそう言って笑うと、彼女に歩み寄り手を差し出す。

「色々助かったよ。ありがとう」

「……ったく。そりゃこっちの台詞《せりふ》だよ」

呆れた笑《え》みを見せながら、シャリアは俺と握手を交わした。

「次は何処《どこ》に行くんだい？」

「マルヴァジア公国かな」

「随分遠くを目指すね。どうしてだい？」

手を離した俺達は、少しの間見つめ合う。

その問いかけに答えるか迷ったけど……ま。信じたんだしな。

「……俺、ロミナの呪《のろ》いを解く時に、ある試練を受けてるんだけど。そこであいつに何度も殺されてるんだ」

「は⁉　何だって⁉」

「ああー。って言っても、実際に本人にじゃないし、夢みたいな世界での出来事だから安心してくれ。だけど、今でもその恐怖《きょうふ》が心にあってさ。だから、あいつらとまたパーティー組む前に、できればそんな心の傷を治したいんだよ。根性《こんじょう》で克服《こくふく》しても良いんだけど、どうにもならない可能性もあるしさ。だから、そういった物に効果がある術とか付与具《エンチャンター》でもないか、調べようかなって。ほら。首都のマルージュは魔導都市としても有名だろ？」

「確かにあそこなら、何か手がかりがあるかもしれないね」

顎《あご》に手を当て考え込《こ》むシャリア。

商人として色々と知識のある彼女が、すぐに答えを出せないってことは、やっぱりそういうのに効く物はそうそうないってことか。

こりゃ、先が思いやられそうだな。ま、仕方ないけど。

「シャリア。ディルデンさん。みんなによろしく伝えてくれ。後、アンナとウェリックをよろしく頼む」

「ああ、任せな。アンナにはちゃんと話しておくし、ウェリックはディルデンが、立派な執事にしてくれるさ。な？」

「はい。彼《かれ》には十分素質もございます。私《わたくし》の後を任せられるよう、しっかりと教育させていただきます」

「なーにが後を任すだい。どうせ当面引退する気もないくせに」

「ええ。シャリア様がもう少し落ち着いていただけませんと」

「そりゃあ大変だ。なら、後数十年は現役《げんえき》でいてもらわないと」

シャリアが豪快《ごうかい》に笑い、ディルデンさんもまた、優《やさ》しそうな笑顔を返す。

……きっと、お前が見たかったのはこれだよな。シャルム。

二人の笑みに釣られるように笑った俺は、二人のそんな顔をシャルムの代わりに焼き付けるように、じっと見つめていた。

§　§　§　§　§

シャリア達と別れた翌日。

相変わらず快晴となったその日の昼前。俺は宿を引き払うと、バックパックを背負って冒険者ギルドに向かった。

ロミナと逢《あ》った時以来の、久しぶりの武芸者の格好。旅立ちの日というのもあって、少し身が引き締《し》まる。

とりあえずはマルヴァジア公国を目指すわけだけど、折角《せっかく》だし何時《いつ》もの通り、クエストでも熟《こな》しながら移動しようかと考えている。

そういう意味じゃ、やっぱり護衛クエストが適任だな。

途中《とちゅう》少し逸《そ》れて、たまには世界樹の森でも寄っていくか？

キュリアの母親の墓参りとかもできそうだし。

そんな事を考えながら、冒険者ギルドに入った俺がぼんやりとクエストボードを眺《なが》めていると。

「すいません。カズト様でいらっしゃいますか？」

突然《とつぜん》、ギルドの女性職員が声を掛けてきた。

「あ、はい。そうですけど。何か……」

首を傾げた俺に、彼女は普段《ふだん》窓口で見せているであろう、にこやかな笑顔《えがお》を見せる。

「はい。あなた様向けの限定クエストの依頼《いらい》がございまして、そのご案内に」

限定クエスト？

つまり、俺を指定したクエストって事だよな……って。

何で俺がカズトだって分かった？　しかも俺を名指し？

……まさかだよな？

嫌《いや》な予感を感じつつも、俺は女職員の案内に従い窓口に場所を移すと、クエスト依頼書《いらいしょ》を見せてもらう。

……って、おいおいおいおい。あいつ、馬鹿じゃないのか⁉

そこにあったのは予想通り、シャリアからの商隊護衛依頼だった。

しかも目的地は、お誂《あつら》え向けにマルヴァジア公国の首都、マルージュになっている。

だけど流石におかしいだろ。

商隊を組む為《ため》には、ちゃんと仕入れや卸《おろし》を考えて物を運ばないといけない。

だけど、昨日の今日でそんな判断ができるわけないのは、商人じゃない俺だって分かる。

いくら偶然《ぐうぜん》を装《よそお》うにしたって、流石にあり得ないだろ。

俺が依頼書を手にしたまま固まっていると。

「どうだい？　あんた向きの依頼だろ？」

背中から何処か楽しげな、聞き覚えのある声が聞こえた。

「……おいシャリア。お前馬鹿か？」

思わず口が悪くなるけど関係ない。流石にこんなクエスト、擁護《ようご》できないからな。

機嫌《きげん》悪そうに振《ふ》り返ると、そこには笑顔の彼女が立っていた。

「馬鹿ってなんだい。酷《ひど》い言い草だね」

「俺は昨日言ったよな？　ちゃんと商人の仕事を全うしろって」

「ああ。だから仕事しに行くんだ。護衛を頼むよ」

「仕事ってお前、何をしに行くんだよ」

俺がきつい声を出してもどこ吹く風《かぜ》。飄々《ひょうひょう》とした彼女が笑う。

「昔、一緒《いっしょ》に冒険してた仲間がマルージュにいるのさ。そいつは付与具《エンチャンター》やら古文書に詳しいんだけど、以前から何かこっちから仕入れないかって、熱心に声を掛けられててね。折角だからこの機会に、品を見に足を運ぼうって思ったのさ」

……こいつ、やっぱり商人じゃなくって詐欺師なんじゃないのか？

ってか、何で昨日こいつを信じたんだよ俺……。

思わずため息を吐《つ》き頭を抱えると、そんな気持ちなど関係ないと言わんばかりに、シャリアがぽんっと俺の肩《かた》を叩く。

「いいじゃないか。商隊って言っても早馬車一台。楽なもんさ」

「そういう話じゃないだろ⁉」

「まったく。やっぱりあんたは真面目だよ。いいから少しくらい、あたしに夢を見させな」

「夢って何だよ？」

「決まってるだろ。またシャルムと旅する夢さ」

……おい、シャリア。ここでそれは卑怯《ひきょう》だろ。

お前が俺をどう見てたか分かった上で、それを言うのは……。

……正直、それまでは本気で断ろうと思ったんだけどな。

おい。シャルムか？　アーシェか？　どっちだよ。これを仕組んだのは。

理不尽《りふじん》さを感じ、俺は心でそんな愚痴《ぐち》を吐きながら頭を掻く。

「……ったく。お前は何でそんなに強引なんだよ？」

「そりゃ決まってるさ。あんたにあたしの右腕《みぎうで》になってもらいたいからね」

「それは却下《きゃっか》だって言ってるだろ。何回言わせるんだよ」

呆れ顔をした俺に、彼女はまたも快活な笑顔を見せる。

「ほんと、いっつもつれないね。ま、それは半分冗談《じょうだん》として」

「半分かよ⁉」

「まあまあ。でもどっちにしたって、あんたはとっくにあたしの仲間。だから、あんたが夢を叶《かな》えるのに、少しでも力になってやりたいんだよ」

……まったく。シャルム。お前の姉には困らせられてばっかりだぞ。

ほんと、我《が》が強すぎるって。いい奴だけどな。

「はいはい。どうせ断らせてくれないんだろ。これ以上は時間の無駄《むだ》だし、仕方ないからクエストを受けてやりますよ」

俺はまるでミコラのように、呆れながら両手を頭の後ろに回し開き直る。

……ま、たまには騒《さわ》がしい旅もいいだろ。

一人でいると、色々と鬱々《うつうつ》とする事もあるだろうしな。

§　§　§　§　§

シャリアの屋敷に着くと、待っていたのはエントランスに止まった護衛対象であろう早馬車と、旅の支度《したく》を整えたメイド姿のアンナだった。

その後ろには、ディルデンさんやウェリック、他のメイド達の姿もある。

「カズト様。その節はお許しいただき、誠《まこと》にありがとうございます」

「あ、うん。で、もしかしてアンナも付いてくるのか？」

「はい」

「だけど、ウェリックは旅の準備をしてないだろ。折角弟と再会できたのに、もう離《はな》れ離《ばな》れになる気か？」

　俺がどこか困った顔をすると、ウェリックが笑顔で声をかけてきた。

「カズト様。僕はまず執事として、しっかりここでディルデン様から師事を受けようと思います。離れると言っても暫《しば》しの別れですし、姉さんの事はカズト様が守ってくださいますよね？」

「そりゃ、見捨てたりはしないけど……」

「であれば安心です。是非《ぜひ》、姉さんをよろしくお願いします」

　そこまで言われて頭を下げられると無下にもしにくい。とはいえなぁ……。

　思わず冴《さ》えない表情を浮《う》かべると、シャリアが背後から声を掛けてきた。

「あたしがアンナを連れて行くことに決めたんだ。勿論《もちろん》、こいつはあんたの世話役」

「だーかーら！　彼女は前に『この街にいる間の専属のメイド』って言ってたんだ。だから、それはもう終わりだって！」

「ですが私《わたくし》は、貴方様《あなたさま》にご迷惑をおかけし、数日その役目すらも果たせずにおりました。

「それに……」

じっと真剣《しんけん》な瞳を向けたアンナが語る。

「貴方様《あなたさま》は私《わたくし》に、仲間のように接して欲《ほ》しいと仰《おっしゃ》って下さったではありませんか。ですから、私《わたくし》もまた、少しでも貴方様《あなたさま》のお力になりたいのです」

……やっぱり覚えてたか。あの時言ったこと。

それを言われると、俺は何も言い返せない。

だけど、流石にそのまま受け入れるのも何か癪《しゃく》だ。

「ったく。だったら名前は呼び捨て。世話役とかもなしだ。前と同じで多少は大目に見るけど、こっちにも気を遣《つか》わせてくれ。いいか？」

「……はい！」

俺《おれ》の言葉に、久しぶりに嬉《うれ》しそうな笑顔になるアンナ。

っていうか、目尻《めじり》に涙《なみだ》を溜《た》める程《ほど》の話じゃないだろって。大げさだよ、まったく……。

「さて。準備ができてるなら出発するかい？」

「ああ。こっちは何時《いつ》でも」

「シャリア様。アンナ。そしてカズト様。お気をつけて」

「ああ。ありがとう、ディルデンさん。ウェリックも元気でやれよ」

「はい！」

「よーし、それじゃ行くよ！」

シャリアの掛け声に答え、みんなに手を振った俺達《おれたち》が乗り込《こ》むと、早馬車はゆっくりと動き出した。

離れていく面々が見えなくなるまで、後ろの窓から手を振った後。俺は横の窓に目を向けると、流れていくウィバンの街並みをぼんやりと眺める。

……この街でも色々あったな。

ロミナの師匠《ししょう》のシャリアに出会って。

あいつにシャルムの言葉を伝えて。

暗殺者の姉弟《きょうだい》を助けて。

ロミナ達《あいつら》と再会できて。

ロミナとも、カズトとして逢えたな。

……ロミナ。お前達は今頃《いまごろ》どこを旅してる？

みんなと仲良くやってるか？

俺との約束、忘れないでくれてありがとな。

何時かまた、お前が俺を見つけてくれて、一緒に旅できるのを楽しみにしてるよ。

それまでに、俺ももう少し身体《からだ》も心も強くなっておかなきゃだけど。
ほんと、それが一番大変なんだよあ。俺も、お前も。
でもほんと。俺は幸せ者だよ。
忘れられるだけの人生だって思って、当てのない旅を続けるつもりだったのに。
そんな俺に、みんなとまた旅をしたいっていう大きな夢ができたんだから。
ありがとう、ロミナ。ありがとう、みんな。
また、何時か何処かで逢おうな。絆《きずな》の女神《めがみ》様の思《おぼ》し召《め》しでさ。

～Fin……？～

エクストラストーリー　ロミナの希望

「はぁ……」

離れていくウィバンの街を見つめながら、私は今日何度目かのため息を漏《も》らす。

やっぱり、一緒に行こうって言えば良かったかな……。

そんな事を思うくらい、今の私は後《うし》ろ髪を引かれてる。

……折角《せっかく》逢《あ》えたのに、別れるのってやっぱり辛いな……。

あの時、救いたいなんてごまかしちゃったけど。あそこでちゃんと好きって伝えていたら……ううん。そこでカズトが困った顔をしたら、私もどうしていいか分からなかったもん。仕方ないよね……。

「ロミナ。どうしたのじゃ。ずっとため息を吐《つ》きおって」

「……ううん。何でもない」

「何でもない訳ないでしょ？　正直に話せばいいじゃない」

ルッテにそう答えたけど、フィリーネの言う通りだよね。

でも、話せる訳ないよ。カルドがカズトだったなんて……。

「あ……もしかして……」

鬱々《うつうつ》とした私を見て、ミコラがにんまりとすると、突然こんな事を言ってきたの。

「ロミナ。おめーカルドの事好きになったんじゃねーの？」

「え？」

「だってよー。あの日、お前俺達を振り切ってまで出掛《でか》けたじゃねーか。ひょっとして、やっぱカルドと逢ってたのか？」

ミコラは茶化《ちゃか》すように笑ってるけど……私、ちょっとあの日の事を思い出しちゃって、少しむっとしちゃった。

カズトと会う約束をした日。

一人で出掛けたのに、何故《なぜ》かみんなが私をこっそり尾行しようとしてきたの。

何とか現霊《バニッシュ》を使って振り切ろうとしたんだけど、それでも追いかけて来るからおかしいと思ったら、追尾《ついび》の水晶《すいしょう》まで使ってて。

後で聞いたら師匠に頼まれて渡《わた》されたらしいけど。あれのせいで、待ち合わせにかなり遅刻《ちこく》しちゃったんだから。

「ミコラよ。その話はもうせぬと、先日ロミナと約束したばかりじゃろうに」

呆れたルッテの声に、ミコラがぎくっとする。

「そう。私、カズトの前では笑ったけど、本当は凄《すご》く怒《おこ》ってて。師匠の屋敷《やしき》に戻《もど》った後、みんなに強く当たったの。

プライベートな時間に踏《ふ》み入って、勝手に覗き見しようとするなら、パーティーなんて解散しようって。

流石にそれが堪えたみたいで、みんなは謝ってくれて、同時に話してくれた。

師匠が裏で糸を引いてたって。

それで、みんなにもそういう事はもうしない事と、この話はもう口にしない事を約束として取り付けたんだけど。ミコラってすぐそういうの忘れちゃうんだから……」

「あ、いや、その。わ、悪い！　だ、だけどよ。ウィバン離れてこんなにため息吐《つ》いてたら、疑ったって仕方ないだろ⁉」

「……ロミナ。カルドと、一緒が良かった？」

ミコラの言葉など関係なく、キュリアがそう聞いてくる。

……そういえば、あなたも随分カルドと一緒に居たそうだったよね。もし彼がカズトだって知ったら、どう思うだろう？

「……そうね。居られるなら、居たかったかな」

「え？　じゃあ貴女《あなた》はやっぱり……」

「ち、違《ちが》うの！　好きとかそういう話じゃなくって。ただ、ほら！　命の恩人だし。もうちょっとちゃんとお礼をしたり、色々話したりしたかったかなって」

フィリーネの言葉にどぎまぎしちゃったけど、咄嗟に嘘《うそ》を吐《つ》いちゃった。

本当は、私だってカズトと一緒が良かったよ？

この間のデートだって、闘技場《とうぎじょう》の件は少し辛かったけど、凄く楽しかったし……嬉しかったし……。

あの時、勇気を出して手を繋《つな》いでみたけど……カズト、嫌じゃなかったかな……。

「じゃ、戻ろ？」

キュリアがふんすと少しだけ拳《こぶし》を握《にぎ》ったけど、私は首を振った。

「だーめ。カルドも困ってたし。無理矢理なんて可哀想《かわいそう》でしょ？」

本当は戻りたい気持ちもあるけど、ちゃんとカズトを見つけるからって、私から約束したんだもんね。

「むぅ……」

私の言葉に、キュリアが珍《めずら》しく頬《ほお》を膨《ふく》らませて不貞腐《ふてくさ》れる。

「ほんと珍しーなー。もしかして、キュリアはカルドの事が好きなのか？」

「うん。好き」

「なぬっ⁉」

「貴女《あなた》、本気で言っているの⁉」

思わず驚愕するルッテとフィリーネ。勿論、私も凄く驚《おどろ》いた顔をしちゃった。

でも、私達《たち》の驚きに、キュリアはこくりと頷いたの。

本気で好きなんだ……といっても、彼女《かのじょ》の場合、昔アシェを気に入ってた時みたいに、小動物が好き、くらいの感覚だと思うけど。

……もう。前に一緒にパーティー組んでいた時もそうだけど、何でカズトはこうもみんなを惹《ひ》きつけるのかな。確かに優しいし、素敵《すてき》だし、何時も一生懸命《いっしょうけんめい》だけど……。

でも、キュリアはきっとカルドに惹かれてるだけで、多分カズトに興味はないよね？

「まあ、彼奴《あやつ》とはまた何時か、逢えるじゃろうて」

「そうね。きっとアーシェが導いてくれるわよ」

「うん」

「そういやロミナ。襟《えり》のブローチってどうしたんだ？」

話が落ち着いたからか。突然矛先《とつぜんほこさき》を変えミコラが私にそんな話を振ってきた。

そこにはデートでカズトから貰《もら》ったブローチをしてる。可愛《かわい》らしかったし、服装にも合ってたし。

だけど、流石にカズトに貰ったなんて言えないもんね。

「これ？　この間お店で見かけて、可愛いなって思って買ってみたの」

「そうじゃったか。誰《だれ》か男からではないのか？」

「うん。そうだけど……」

ルッテの妙《みょう》な言い回し……何かあるのかな？　なんて勘《かん》ぐってたら、続け様にフィリーネがこう問いかけてきたの。

「ロミナ。そのブローチの花がピュアミリアなのは知ってるわよね？」

「うん」

「ピュアミリアの花言葉は知ってるかしら？」

「花言葉？　ううん。知らないけど」

確かに花には、花言葉なんてあるよね。でも私、そういうのに疎《うと》いから……。

「知らぬなら、止《や》むなしかもしれんな」

「そうね。自分で買ったくらいだものね」

意味深な表情をする二人。

……何か不吉《ふきつ》な言葉なの？

「なあなあ？　どんな意味があるんだ？」

ミコラが食いついてそう楽しげに尋《たず》ねると。

「……『永遠の愛を誓《ちか》う』じゃ」

……え？　永遠の、愛？

私がきょとんとしたのを見て、くすりとフィリーネが笑う。どこか呆れた顔だけど。

「ロミナ。覚えておきなさい。ピュアミリアはプロポーズで使われる花なのよ。自分で買ったのなら仕方ないけれど、もし誰かから貰ったとしたら、もしかしたらその人に好意を寄せられてるかも知れないわよ」

「う、嘘⁉」

瞬間《しゅんかん》。私は恥《は》ずかしさで真っ赤になった。

だ、だってこれ、カズトがくれたんだよ⁉

「……ロミナ。それ、誰かから、貰った？」

キュリアが少しだけ疑《うたぐ》った瞳《ひとみ》を向けてきたのを見て、私は慌《あわ》てて手を振り否定したの。

「そ、そうじゃないの！　私そんなのも知らずに自分で買って付けてたから、恥ずかしくなっちゃって……」

思わず身を小さくしちゃって、何とか言い訳はできた。できたけど……。

……ねえ、カズト。あなたはこの花言葉、知ってたの？

そんな心のもやもやが一気に大きくなる。でも、答えは再会しないと聞けないよね……。

……うん。

ちゃんと答えを知る為にも、絶対またカズトに逢わなきゃ。

私もトラウマを克服して、今度こそあなたを見つけてみせるから。

だから今度はちゃんと、胸を張って逢おうね。

そして、その時には教えてね。このブローチをくれた理由を。

〜To Be Continue……？〜

あとがき

皆様、お久しぶりです。しょぼんでございます。

いやぁ。発売から一ヶ月で制作が決定した二巻ですが、あれから約九ヶ月やっと皆様のお手元に届けることができました。

ここまでこれたのは勿論、この本を手に取り、お読みいただいた皆様のお陰です。

本当にありがとうございました！


でもほんと。作者的には「一巻のナンバリングに意味をもたせる」、「主要ヒロインを全員イラスト化してもらう」という自分なりの目標が達成できて、凄くほっとしております。

さて。今回の制作も開幕から大変でした。
というか、またも文字数を減らすからスタートでしたからね（汗）
一巻を手に取ってくださった方々から「この作品って文庫の割にページ数多くないです

か?」と言われましたが、普通のラノベの限界に近いページ数だったんですよ。

で、二巻もまた文字数を削減して、何とか同じくらいに落ち着きました。

ただ、一巻の経験もあったこと。そして、一巻で表現しきれなかったことを少しでも具現化すべく、今回はWeb版と比較しても、中々に大きな構成変更をしています。


一巻も多くの方に面白いと言っていただけたのですが、同時に多かった感想。

それは「彼女達とそこまで信頼を築けているなら、真実を打ち明けられなかったのか?」というお話でした。

自分としては、一巻でそういった要素——カズトが忘れられないためには、ずっと一緒にパーティーを組んでもらっていないといけないというジレンマを書いていた」つもりなのですが、まだまだ作家として未熟だったのか。思ったよりも伝わらなかったと反省もありました。


そこで、今回はWeb版以上に、こういったカズトの苦悩を表に出してみました。

実際に最終的なストーリーラインは、Web版の三巻に繋がってもある程度自然な形で構成していますが。そこまでの過程に関しては、文字数を減らしつつも、新たに書き起こしたり、話を入れ替えたりしてみましたので、そういった部分も楽しんでいただけたら嬉しいです。

ちなみに、今回から登場のアンナは、ほんと聖勇女パーティーとは違う一面を見せたキャラでしたが、いかがでしたでしょうか？

クールだけど恥ずかしがったり一途だったりと、作者的にも魅力的なメイドさんとして書き上げました。

Ｗｅｂ版でも人気キャラでしたが、素敵なイラストも相まって、シャリア共々より魅力的に映ったのではと思いますが、気に入っていただけたらいいなぁ……。

さて。この先も物語の続きが書けると嬉しいのですが、これればかりは何とも言えないので、もし面白いと思っていただけた皆様は是非、ラノベ好きの皆様にオススメしてください！

また、ＳＮＳ等々で感想をいただけたりすると、作者も喜びます！

そして。紙書籍でお買い上げの皆様は、帯で告知があったのに気づいたかも知れませんが。なんとなんと、本作『忘れられ師の英雄譚』のコミカライズ企画が進行中です！

いやあ。初の書籍化作品で、まさかこのような経験までできるなんて。本当に作者冥利に尽きますね。

自身も一読者として、連載開始を楽しみに待ちたいと思います！


ということで。

今回もご尽力いただいた編集S様や、イラストを担当いただいた‥（ちゃばたけ）様。

その他、装丁や営業等々、この本に携わってくださった多くの方々に感謝をしつつ、文字数を減らすためにこの辺で締めたいと思います。（そこまで⁉）

ということで、今回もこの言葉で終わりましょう。


――どうかこの英雄譚が、皆様にとって忘れられない物語となりますように。

HJ文庫 https://firecross.jp/
1174

忘れられ師の英雄譚 2 聖勇女パーティーに
優しき追放をされた男は、記憶に残らずとも彼女達を救う

2024年7月1日　初版発行

著者――しょぼん

発行者―松下大介
発行所―株式会社ホビージャパン

〒151-0053
東京都渋谷区代々木2-15-8
電話　03(5304)7604（編集）
　　　03(5304)9112（営業）

印刷所――大日本印刷株式会社

装丁――木村デザイン・ラボ／株式会社エストール

ISBN978-4-7986-3582-8　C0193

無敵な聖女騎士の気ままに辺境開拓 1

聖術と錬金術を組み合わせて楽しい開拓ライフ

聖術×錬金術で辺境をやりたい放題に大開拓！

名誉ある聖女騎士となったものの師匠の無茶ぶりで初任務が辺境開拓となった少女ジナイーダ。しかし、修行で身につけた自分の力や知識をやっと発揮できると彼女は大はしゃぎで!?　どんな魔物も聖術と剣技で、人手が足りず荒れた畑にも錬金術の高度な知識でジナイーダは無双していく！

著者／榮 三一
イラスト／なたーしゃ

クラスで一番かわいいギャルを餌付けしている話

著者／白乃友
イラスト／ぶし

お兄ちゃん本当に神。
無限に食べられちゃう！

風見鳳理には秘密がある。クラスの人気者香月桜は義妹であり、恋人同士なのだ。学校では距離を保ちつつ、鳳理ラブを隠す桜だったが、家ではアニメを見たり、鳳理の手料理を食べたりとラブラブで！
「お魚の煮つけ、おいしー！」今日も楽しい2人の夕食の時間が始まるのだった。